恋愛検定

桂 望実

祥伝社文庫

目　次

第一章　自称恋多き女　四級

1

「パエリア、最高」と言って、私は皆に微笑《ほほえ》む。

四人の男たちが笑顔で頷《うなず》いた。

スペイン語教室の帰りに、スペイン料理のお店に流れるのは、いつものこと。私、辻恵《つじえ》理子《りこ》の取り巻きたち、男性四人も、いつものようについてきた。大竹《おおたけ》という女までついてきたのは、予想外だったけど。

男たちは皆、私を狙《ねら》っていて、それぞれがライバル意識をもっている。私は、彼らが険悪にならないよう、平等に接してあげる。だから、笑顔も皆に均等に。

ピンクのパーカーを着た元木《もとき》が、大竹のグラスにビールを注いだ。「大竹さん、結構酒、いける口だね。来週また、レッスンが終わったら、ここに来ようよ」

大竹が前髪をいじりながら答えた。「えっと、来週は、ちょっと仕事で来られないかも、なんですぅ」

四人の男たちが一斉に、「えー、そうなの?」と大きな声を上げた。

ちょっとちょっと。

なによ、それ。

気配り男の元木ならまだしも、勝野《かつの》と木村《きむら》まで残念そうな顔なんて作っちゃって。石黒《いしぐろ》まで同じような顔して。クラスの和を大事にしたいんだろうけど、この程度の女に、気を使う必要なんかないのに。

私はグラスを真っ直ぐ元木に差し出す。「元木、私にも。ねえってば。ちょっと、どうしたのよ？　なぁに、皆まで、なによ。いきなり、『だるまさんが転んだ』なんて、始めないでよ……」

あれ？　音がなくなってる――。

店内を見回した。

嘘っ。

店の人たち全員が、ストップモーションしちゃってる。

これって……もしかして、もしかすると、あれ？　あの……噂《うわさ》の……恋愛の神様？

「はい、正解」

突然背後から声がして、飛び上がりそうになってしまう。

振り仰ぐと、グレーのスーツ姿の男が立っていた。

男は自身の鼻に人差し指をちょんちょんとあてて、「恋愛の神様」と名乗った。

「嘘」

「なんで?」

「えっ? いや、だって、その……神様なのにスーツ着てるから」

神様は肩を竦《すく》めてから、「ビール貰《もら》えるかな?」と言った。

私はグラスにビールを注いで、神様に差し出した。

神様は一気にグラスを空けると、「旨《うま》い」と唸《うな》った。

神様もビール飲むんだぁ。

あの、噂の恋愛の神様が、私のところにやって来るなんて——。確か三、四年前に、会社の先輩のところに、恋愛の神様が現れたって話を聞いた。恋愛の神様が主催してる、恋愛検定の三級に挑戦して、見事合格したって言っていた。そう言えば、名刺ほどの大きさの合格証を、一度見せてもらったことがある。恋愛検定は、コミュニケーション力や、セルフプレゼンテーション力とも密接に関係していると考える人がいるせいか、その先輩は三級に合格しただけで、課長に飛び級昇進した。

神様が空《から》のグラスを突き出してきた。

そのグラスにビールを注ぎながら、私は言った。「ビール好きなんですか?」

「酒ならなんでも好きだね。え? 皆? いや、違う。神様ったって、好みはバラバラよ。チャーハンが好きな神様もいるし、スニーカーに目がないのもいるしね。いずれにせよ、検定受検者が触れた物しか、私らは摑《つか》むことができないもんでね、色々不便だよ」

「そうなんですか」

「それじゃ、トライアル問題に挑戦してもらうよ。あなたも含めて、ここにいる六人の間で起こっている、恋模様について推察してみて」

ここにいる六人——私はテーブルの周《まわ》りに目を戻した。

フリーズしている男たちと、大竹がいた。

私は人差し指で男たちを指していく。「元木、勝野、木村、石黒。男たちは全員、私が好きで、憧れてるでしょ。大竹はどうかなぁ？　元木のことが好きかもしれない」

「本気で言ってる？」

「えっ？　もちろん」

「男性陣は皆、大竹さんに顔を向けて、フリーズしてるよ」

「それは、たまたまそういう時に、神様が時間を止めたからでしょ。その何秒か前には、この欲望をたぎらせた熱い視線を私に向けてましたよ。彼らが大竹に親切にしてるのは、この集まりに初参加だからですし」

神様は胸ポケットから小さな黒い物を取り出し、「四級に挑戦ね」と言って、人差し指で操作するような動作をした。

「四級？」私は大きな声を上げる。「四級って、恋愛検定の一番下の級ですよね？　どうしてですか？　マイスターを狙える力、私にはありますよ。恋の駆け引き、得意ですもん。男が切れたことないんですから、私。狙った男は必ず落としてみせますよ。ターゲットは誰です？」

「ターゲットを見つけるところから、検定だから」胸ポケットに黒い物を仕舞った。「テーブルにのってる酒瓶全部に、さーっと触ってくれるかな？　そうしたら摑めるようになって、手酌《てじゃく》でいけるからさ」

私はワインボトルと、カクテルの入ったグラスに触れ、さらに請《こ》われて、隣のテーブルの酒瓶にも手をつけた。

神様は立ったまま次々に酒を飲んでいく。

なんか、イメージと違う。

恋愛の神様って、もっと繊細《せんさい》で優しくて、でも、威厳《いげん》があって――そんな感じかと思ってた。神様もたくさんいるって聞くから、酒好きなのに当たってしまったってことなんだろうけど。

この神様大丈夫なのかな？　四級に挑戦なんて、絶対におかしい。男たちのハートを思うままに操れる私が、四級なんて。一級の合格者も相当尊敬されるけど、一番上のマイスターの合格者になると、扱いが全然違う。毎年春になると、マイスター合格者の人数がテレビのニュースなんかで発表されるし――確か、四月一日だっけ。あっ。今日か。今日、どこかで合格者が記者会見したのかもね。その様子を、テレビニュースで見たことがあったな。ワイドショーのコメンテーターになったり、本を出したりして、その後の人生が変わる人も多い。別に本を出したいわけじゃないけど、弱小化粧品メーカーの広報の仕事よりは楽しそう。

「あの」私は話し掛けた。「受検にあたって注意事項とか、そういうのないんですか?」

「ないよ、そんなの」と答える神様の目は据わっていた。

なんて不親切な神様なの。

ツイてるようで、ツイてないかも。

受検者は、神様に無作為に選ばれるって聞いてる。ってことは、恋愛検定を受検できるのは、ツイてるはず。でも、この酒好きの神様に当たったのは、ツイてない。

神様がなにかを思い出したように、「そうそう」と言った。

「なんですか?」と、私は背筋を伸ばす。

「厨房《ちゅうぼう》に行ってさ、そこにある酒瓶を、さーっと触ってくれない?」

私は吐息を漏《も》らした。

2

ページの隅を折って、本を掛け布団の上に置く。

月に二回の土曜出勤の今日、仕事帰りに書店に寄って、恋愛検定の対策本を買ってきた。夕食のサンドイッチをベッドの上で食べながら、本を読んでみたけど、たいしたことは書かれてない。書店に並ぶ対策本はたくさん種類があって、どれにしようか迷った。一番文字が少なそうなのを選んだんだけど、失敗だったかも。ケーススタディーのページを開いたら、なんだか面倒そうなことばかり書いてあって、早くベッドまで持ちこめよって、本に対してツッコんでしまった。

昨夜、恋愛の神様から四級を受けるよう言われた私は、今朝出勤してすぐに、先輩のデスクに行った。三級に合格した先輩から、アドバイスを貰えたらと思ったのだけど、話しだそうとすると、時間が止まってしまった。ネットで調べてみたら、受検中はそれを秘密にしなくちゃいけないみたい。家族にもターゲットにも、誰にも喋《しゃべ》っちゃいけないのは、裁判員と一緒。恋愛検定の場合は、受検中だと喋ろうとすると、時間が止まってしまうので、秘密は絶対に守られるって仕組みらしい。そういうこと、神様が私にレクチャーしてくれるべきじゃない？　飲むだけ飲んだら、「それじゃ」って、突然消えちゃうんだから。職務怠慢《たいまん》よ、あの神様。

前期の検定期間は、九月末までの半年間だってことだって、本を読んで知ったのよ。

ベッドから下りてトイレに行き、ついでに、ユニットバスの中でメイクを落とした。狭くてうんざりする場所。それが、我が家のユニットバス。女が必要なものはたくさんあるのに、それを置く場所がないんだから。洗顔後に使うタオルを、便座の上に置いておかなくちゃいけないなんて、憐《あわ》れ過ぎる。二年前、三十歳になった時、通勤時間を三十分以内にするって決めた。終電を逃した時のタクシー代を考えたら、都会で暮らした方がお得だったから。まさか、昇給がなくてボーナスが減るなんて、思ってもいなかった。

タオルを顔に押し当てながら、ユニットバスを出る。

すぐにドレッサーの前に座る。

ここは、私の大好きな場所。このドレッサーはイタリア製の高級ブランドの物で、二十五万円もした。でも、安い買い物だったと思う。ここに座れば、毎日幸せな気分になれるんだから。白いロココ調のドレッサーは、すべてのラインがとってもエレガント。そこにのっているのは、美しいコスメの容器の数々。コスメは眺めているだけでも楽しいし、匂いも最高。日本のコスメは無香料なんて謳《うた》ってたりして、そういうの、貧乏くさくてキライ。いい女が無臭でどうすんのよって話。その点、海外のコスメは、たっぷりと人工香料が効いていて、贅沢《ぜいたく》な気持ちになれるからスキ。

コスメへの投資は惜しまない。これが私のポリシー。一応化粧品メーカーで働いている身だし、肌は綺麗《きれい》じゃないと。たとえ、自社製品でお手入れしてなくても。自社商品は元々の値段が高くないし、社員は半額で買える。でも、欲しいのは海外の物で、たいてい高かった。薄給の身の上にはとっても辛《つら》い。

クレジットカードの明細が届く度《たび》に、金持ちの男をゲットしなきゃって気になっちゃう。結婚はしなくてもいい。愛人でもオッケー。私に投資してくれる男なら、独身者でも妻帯者でも構わない。ユニットバスで壁に肘《ひじ》をぶつけたりするような生活から、早く卒業したい。でも、私が贅沢できるほどの稼ぎのある男は、なかなかいなかった。

パックのシートを顔にのせてから、携帯電話のアドレス画面を開く。

ここには、八百件以上の名前が登録されていた。

親指を動かして、登録者情報を見ていく。

恋愛検定のターゲット、誰にしよっかなー。

なんだかわくわくしてきた。

残念なのは、ここに高収入の男の情報は一つも入ってないってこと。もしかして、これから出会ったりして？

「そういうことですか？」

私は天井に向かって尋ねてみた。

返事はない。

恋愛検定の対策本には、すでに出会っている人がターゲットになる場合と、検定期間中に知り合った人がターゲットになる場合と、二通りあるって書いてあった。

どっちなんだろう。

「どっちなんですかね？」私はもう一度、天井に向けて質問してみる。

返事なし、と。

パックシートを剝《は》がして、立ち上がった。

冷蔵庫の扉を開け、缶ビールを一本取り出し、プルタブを起こした。

缶ビールを高く持ち上げ、「飲みます？」と問いかけると、「ありがとう」とすぐ隣から声がした。

予想外の場所から声がしたので、危うく缶ビールを落としそうになる。

この前と同じスーツ姿の神様は、私の左に立ち、右手を伸ばしていた。

缶ビールを渡すと、神様はすぐに口をつけた。

見事な飲みっぷりを見ながら、「神様は二日酔いってするんですか?」と尋ねた。

「しないね」

「昨夜あんなに飲んだのに、全然?」

「全然」

ベッドに移動し、クッションを胸に抱いて座った。「ねぇ、神様。検定のターゲットって、もう私が会ったことのある人なんですか? それとも、これから出会うんですか?」

「そういう質問には、答えてはいけないことになってる」

「今飲んでるの、私のビールですよ」

神様が真顔で言う。「収賄《しゅうわい》は神様には無意味だ。脅《おど》しもきかないよ。このビールは、好意だと理解してるんだが」

じっとりと見つめられてしまい、仕方なく答えた。「好意です」

「だと思ったよ」

神様は満足げに頷くと、缶ビールの続きに取りかかった。

そして缶を冷蔵庫の上に置き、「ご馳走様」と言った。

「どういたしまして」私は話し掛ける。「あの、質問じゃなくて、確認なんですけど……

私本当に四級ですか？　もっと上の級じゃなくて？」

「四級。神様を信じられなくてどうするの？」

「……はぁ」

「何級を受検させるかって判断は、神様の一存で決めることになってるからさ。私が四級って決めたら、四級。たまに予想外に好成績を出す人がいて、そういう時は、予定していた級より上の級の合格証を出すこともあるけど、あなたの場合は、そういうことなさそうだよ。ま、とにかく、そういうことだから。じゃ」

「ちょ、ちょっと待ってくださいよ。えー、もう消えちゃうの？　缶ビール飲んだだけ？　そんなぁ」

本当に弱ってるのに。

落とせるかどうかってことじゃない。それは自信がある。困ってるのは、誰を狙えばいいかわからないってこと。

対策本を手に取った。

目次を開いて、私の問題を解決してくれそうなページを探す。

ないなぁ。

仕方がないので、さっきまで読んでいたページの続きから読むことにする。

矢を放とうとしている天使のイラストの隣には、『恋する気持ちに正直になろう』と書かれていた。

恋する気持ちって――。

私は本を放り投げた。

コトンとやけに大きな音がした。

『恋する気持ち』なんて、月9ドラマか、ディズニー映画の中にしかないもの。フツー、計算が先でしょ。この男と付き合ったら、なにが得られるかって、そういう計算。もっと自分に正直になろうよ。本を作る人も、読む人もさ。

ベッドから下りた私は、ドレッサーの上の携帯を手に取った。

もう一度アドレス画面を開いた。

3

この子にすればいいのか。

向かいに座る、小倉司《おぐらつかさ》と目が合った時、思い付いた。

私が満足できるほど、贅沢をさせてくれるだけの収入があるかは怪しいけど、大手の広告代理店で働いているんだから、そこそこの年収はありそう。結婚しようっていうんじゃないんだから、計算は甘くしておかないと。

検定がスタートしてもう六日目に入ってるから、早くターゲットを決めちゃいたい。

二つ年下の司は独身で、まぁまぁのイケメン。彼女がいるかどうかは、前に聞いたような気がするけど忘れてしまった。そういうこと気にしないから、別にいいんだけど。

司が心配そうな顔で、私の瞳を覗《のぞ》き込んできた。「いかがでしょう。このプランは？　まだ試案の段階ですから、方向性を確認させていただきたいと思ってるんですが」

「そうねぇ」

私は企画書をぱらぱら捲《めく》り、考えてるふりをする。

前任者が退職するとかで、司が新担当者だと挨拶《あいさつ》に来たのは、八ヵ月ほど前だった。

長年担当していた前任者は、企画書なんて一回しか提出してこなかったけど、司は心配性なのか、初めてだからなのか、試案だ、ダミーだと何度も書類を作ってくる。その度にこっちは意見を求められて、面倒なことこのうえなかった。

ちらっと天井へ目を向けてから、私は言った。「ねえ、今夜、暇？」

「はい？」

「食事でもしながら打ち合わせしない？　司君のこともっと知りたいなって、思ってた

「あー、えっと……今夜ですか？　今夜ですね。えっと、明日までに仕上げなくちゃいけない企画書作りがあってですね。大変残念なんですが——」

「私とデートできるなんて、光栄なことなのよ」

「よくわかってます」何度も深く頷いた。

「そのチャンスを無駄にしちゃ、ダメなんじゃない？」私は司をしっかり見つめて尋ねる。

司は頭を掻《か》く真似をして、「ですよね？」と言って、乾いた笑い声を上げた。

私は両脇を締めて、胸の大きさを強調させてから、前屈《かが》みになった。

そして、「どうするの？」と迫った。

司は目を泳がせて、口をパクパクさせる。

突然の幸運に言葉を失くしちゃって。可愛いんだから。

随分《ずいぶん》してから、司はやっと言葉を発した。「それじゃあ……行きましょうか？」

私はにっこりして、頷く。

当然よ。この私からの誘いを断る男なんていない。

再びちらっと天井へ目を走らせた。私にとっては、こんなの簡単なんだから。酒好きの神様、ちゃんと見てる？　と、心の中で問いかけてみたけど、時間は止まらず、なにも起こらなかった。

司がお店を決めたらメールをくれるというので、席を立った。

いつものようにエントランスまで誘導するように、細い通路を先になって歩く。

心なしか、後ろを歩く司の足取りが軽いような気がする。

あっ。

シーツを取り換えておけばよかった……。

自宅のベッドに、今かかっているシーツは、結構長く使っているから、毛玉ができちゃってるんだよね。新しいのは買ってあるけど、クローゼットの中だ。今夜司を部屋に連れ込んだ時、シーツを換えるから待っててなんて、ムード台無しなこと言えないから、毛玉の上でエッチってことになる。いつもベッド回りには気を使っているんだけど、残念無念。ま、しょうがないか。

エントランスで司に手を振り、「メール待ってるね」と言って送りだした。

会議室に戻って、使ったカップを片付けてから、自分のデスクのある部屋のドアノブに手をかけた。

あれっ。

スタッフたちがフリーズしている。

きょろきょろと辺りを見回したけど、神様の姿はない。

「神様?」と声をかけながら、パーテーションを回り込んだ。

いた。

私のデスクの前で、回転椅子《いす》に座っている。

私は尋ねる。「今の会議室の、聞いてました? もう早速今夜、結果出しちゃいますよ、私は」

「そのことなんだけどね。根本的に思い違いをしているようなんで、出てきたんだよ」

「思い違い?」

「そう。恋愛検定は恋愛力をはかるものでね。カップルになるか、ならないかは、査定外なんだ。それと」一つ咳払《せきばら》いをした。「エッチをしたか、しなかったかも、査定外だから」

「えっ? そうなんですか?」

「あなたが買った本にも、書いてあったはずだよ」

「エッチが関係なかったら」私は素朴《そぼく》な疑問を口にする。「なにをはかるんです?」

「だから、恋愛力」

「恋愛力って……なんですか?」

「恋する気持ち、愛する気持ちを、どう表現し、コントロールするかってことよ。そのレベルがどの基準まで達しているかを、神様が判断しましょうってことだから」

恋する気持ち——。どう表現し、コントロールするか？

頭が真っ白になってしまって、言葉が出てこない。

「最近はさ」神様が言う。「恋愛力が落ちててね。この制度が始まって二十年なんだけど、年々レベルが下がっていくんだよ。どうしてかね？　人間世界でなにが起こってるんだろう。ほかの神様と会うと、いつもその話題になるよ。あなたわかる？」

私は首を捻《ひね》った。

神様がマウスに手をかけ、「このトランプゲーム面白いよね」と言い出した。

パソコン画面を覗くと、ソリティアが立ち上がっている。

さっき司が来るまで、私がやっていたゲームだ。

書類仕事が終わって時計を見ると、司との約束の二時まで、あと十分という時間だった。ほかの仕事を始める気持ちにはならなくて、ソリティアをすることにした。

そしてソリティアをしながら、司がとっとと来て、とっとと帰ってくれますようにって願った。

これって——恋してないよねぇ。

でも、恋って、突然落ちるものって、どっかで聞いたことがある。司のもたもたした話しっぷりに苛《いら》つきながら、企画書からふと顔を上げた時、この子でいいじゃんって思った。閃《ひらめ》きってやつ。この感覚大事なんじゃないの?

マウスを動かす神様に、私は尋ねた。「私は司に恋してるんでしょうか?」

「自分ではどう思うのよ?」

「どうって言われても……さっき、突然閃いたんです。それまで、仕事の仕方が慎重《しんちょう》過ぎて、面倒臭いということしか感じなかったんですけど、そう言えば、この子でいいじゃんって。割と見た目はいいし、ファッションのセンスも悪くないし。それに、給料だって悪くはないだろうと思って。この子でいいじゃんって思った瞬間、私は恋に落ちたってことで、どうでしょう?」

神様は私に顔を向けてきたけど、それは一瞬で、すぐに画面に戻ってしまった。

しばらくの間マウスを動かしていたと思ったら、突然、画面に向かって拍手した。

画面を指差し、「上がった」と私に報告してきた。

神様じゃなくて部下だったら、間違いなく頭を引っぱたいてる。

すっと神様が立ち上がった。「そういうところがね、四級なの。あなたは不満なようだけどね。あなたのような人増えてるけどね。心の感度が下がってるからだろうって分析する神様がいるけど、私にはよくわからない。ま、すべてあなた次第よ。忠告はしたからね。じゃ」

神様が消えた途端、オフィスにいつもの音が溢《あふ》れだした。

生き返ったオフィスとは裏腹に、私は金縛りにあったかのように動けなかった。

ここからが勝負。

私は気合を入れ直した。

まさか、司がお好み焼きのお店をセレクトするとは思ってなかった。一応全部焼いてくれたけど。

お好み焼き屋ではなんだか調子がでなかったから、二次会のこのお店は、私が選んだ。照明がほど良く暗くて、カジュアルな雰囲気のバーは、私の本領を発揮できる場所。

丸いテーブルに飲み物が置かれて、私たちは乾杯をした。

司が言う。「いい店知ってるんですね。よくここ来るんですか？」

男を落とす時にね、とは言えないので、「たまに」とだけ答えた。

「さっきの店ですけど——お好み焼きの店、どうでしたか？」司が心配そうに聞いてきた。

「美味《おい》しかったよ。焼き方が絶妙だったし」

「本当ですか？　良かったぁ。なんかいつもの辻さんっぽくなくて静かだったから、気に入らないのかなって心配してたんです」

それは——私はこの男に恋してるだろうかって、自問自答を繰り返していたから。

「あの店」司が続ける。「上司の推薦だったんです。今日、辻さんと食事に行くことになったって言ったら、いくつか店を選んでくれまして、その中で一番オススメされたのが、あのお好み焼きの店だったんです」

えっ？

それって……今夜のことは、会社が了解済みの会食だって宣言してるの？

なんだろう、この胸の痛み。

さっき食べ過ぎたせいかな。

いやいや、あれこれ考えてる場合じゃない。ここからが勝負なんだから。

私は脇を締めて、ぐっと胸を膨《ふく》らませてから、テーブルに左肘をついた。そして、カクテルグラスの脚を、右の人差し指で上下に撫《な》でるように動かす。

この動きを見れば、男は大抵いろんなことを想像して、唾《つば》を呑《の》み込む。

司もごくりと生唾《なまつば》を呑み込むはず。

恋してるかどうかは、もういいや。エッチしてから考える。その方がちゃんとした答えが出るってこと、あるし。身体の相性って絶対大事だしね。すっごく優しそうに見えて、エッチの時は自分勝手だったなんていう男、結構いたもの。

ゆっくり顔を上げると、司が自分のバッグの中を覗き込んでいた。

私と目が合うと、「企画書の件なんですけど」と言い出した。

はぁ？　見てなかったの？　私の必勝ポーズと動きを。

もしかして、ゲイ？　目の前にいい女がいるのよ。今夜独り占めしているって幸運を、大切にしなさいよ。仕事の話なんて、会議室でいくらでもできるじゃない。

書類を広げて説明を始めた司の言葉を遮《さえぎ》った。「そういうの、ここでする？　ここは、お酒を楽しむ場所なの。男と女が会話を楽しむ場所なの。私をもっと楽しませてよ」

驚愕《きょうがく》の表情を浮かべた司は、すぐに「すみません」と小さな声で言って、書類をバッグに仕舞った。

なにを驚いてんだか。

司は真剣な顔で、グラスの中の水割りを見つめ始めた。

と、突然笑顔を作って、「実は僕、一人でクライアントを接待するの初めてで。ちゃんと接待できてなくてすみません」と言った。

今度は私がドキリとしてしまう。

接待と、今言ったね？　言っちゃったんだね、君。

なんで、自分の気持ちに素直にならないんだよ。むくむくと怒りが湧《わ》いてくる。自分を律しすぎでしょうよ。

私は単刀直入に尋ねる。「私のこと、女として、どう思う？」

目を大きくした司はのけ反《ぞ》るようにして、「い、今、なんて仰《おっしゃ》いましたか？」と言った。

「だから、私のことを、女としてどう思うかって、聞いたのよ」

「そ、それは……とても美しい方ですし……ですし……ですから、その……今日は役得だなと思っておりましたが――」

「そうよ。今夜の君は役得よ。役得の君が、するべきことはなによ？」

さらに目を大きくして、「なんでしょう？」と尋ねてきた。

掌《てのひら》でテーブルを叩いた。「口説《くど》くことでしょうよ」

「それは……でも、あの……辻さんのこと、なにも知らないわけですし……」

「なにが知りたいの？」私は尋ねる。

「そう聞かれますと、なにが知りたいのか、よくわからないのですが。あのですね。なんと言いますか――あ、あれです。辻さんは、僕のことをよくご存じないですよね？　互いにそういう段階で、口説くとか、それは、ないんじゃないでしょうか？」

「言ってることが、全然わかんない」

「わかりませんかぁ。それは困りましたね」

「なんで困るの？　こんなにいいチャンス、そうはないのよ。たった二人っきりで、雰囲気のいいバーにいて――ん？　もしもし？　神様、時間止めました？」

「止めた」

振り仰ぐと、真後ろに神様が立っていた。

「ねぇ、神様、ちょっと聞いてくださいよって、神様なんだから、もう知ってますよね。この男、口説けって私が言ってんのに、なんだかんだ言って、口説こうとしないんです。困ったとか言っちゃって。女に騙《だま》されたトラウマでもあるんでしょうか？　相手に問題がある場合でも、私の検定の結果になっちゃうんですか？　それってズルくないですか？」

「まぁまぁ、そう興奮せずに。落ち着いて。話の前に、そのカクテル貰えるかな？　ありがとう。いやぁ、これは随分甘いね。いや、大丈夫」

神様はあっという間に飲み干すと、空になったグラスをテーブルに置いた。胸ポケットから黒い物を取り出し、それに指をあてながら、「あなたの場合は」と言って、ちらっと私を見る。「ほかの人がどう思ってるかってことに無頓着《むとんちゃく》過ぎるんだよね」

私が反論をしようと口を開きかけた時、神様が黒い物を突き出してきた。

よく見ると、そこには私と司が映っていた。

お好み焼きの鉄板を間に挟んで座っているから、さっきのお店の映像みたい。まるで、隠しカメラで撮影していたって感じ。

私は口を開いた。「神様が胸ポケットに入れてたのって、これですか？　もしかしてスマートフォン？」

「違うよ。私は人間が使っているような通信回線は必要ないからね。これはメモ帳のようなもんだ。時に、受検者に自分の言動をふり返ってもらうツールにもなる」

神様のメモ帳の中で画が動き出し、音も聞こえてきた。

「趣味はなんですか？」と神様の手の中で、司が言う。

「ない。なんで？」と、私が尋ね返す。

さっきのお店で交わした会話だった。

映像が止まり、神様が言った。「今の場面での、間違っている点を指摘し、正しい答えを述べなさい」

「えっ？　間違っている点？　ただの会話に？　正解とか、間違いがあるってことですか？　だって、趣味ないんですもん、私。スペイン語教室は、習ってるって言うと、格好いいからで、本気で勉強するつもりはないし。しょうがないじゃないですか」

「嘘をつけと言ってるんじゃないんだよ。男が趣味はなにかと聞いてきた。恐らく、会話のきっかけを探してるんだろう。共通点を探そうとしているのかもしれないし、あなたを知りたいという興味からかもしれない。だから、ないとだけ答えるのはダメなんだよ。もうそこで会話が終わってしまうでしょ。なかったら、『ないのよ。あなたは？』と聞き返してあげる。そこから、この男性の新たな魅力に気付かされるかもしれない」

「……へぇ」

「それから、質問に対して、『なんで？』との質問返しは、反則。知りたいと思ったから、聞いただけなんだから。理由を深追いするのは、まったく意味のない行為だね」

再び画が動き出した。

ちょっと前の私が、自分の脹脛《ふくらはぎ》を擦《こす》りながら言う。「斜め座りしてても、足って痺《しび》れるね、畳だと。そうそう。うちの会社の経理にいる人なんだけど、椅子の上に正座して仕事するんだよ。信じられなくない？　五十代の女の人。それで、算盤《そろばん》なの。しかも、五つ珠《だま》の。使いにくいって言って、電卓を使わないの。古代の人がタイムマシーンに乗って、今の時代に来ちゃったんじゃないかって、私たちは噂してるんだ」

画面の中の司は、唇を引き結んでなにも言わない。

神様が声を上げる。「今の場面での、間違っている点を指摘し、正しい答えを述べなさい」

私は呆然《ぼうぜん》として神様を見上げる。

全然わからない。本当に。ただのちょっとした小話だもの。それが間違っていたなんて言われても――。

「その顔は、答えられないってことかい?」神様が尋ねてきた。「正解を知りたい? だったら、こちらの男性の水割りのグラスを――早いね。ありがとう。まぁ、そう焦《あせ》らずに。ひと口飲ませてよ。これは随分薄い水割りだね。いや、いいけど。今の設問ね。まずあなたは、畳だと足が痺れると文句を言っている。これはNGだね。男は、連れて行った店への評価は、自分への評価とイコールと考えるところがあるから、こういうことは言うべきではないんだ。なんとか店のいいところを探して、褒《ほ》めておくのが正解。次に、会社の人の悪口をあなたは言っている。こちらは取引先の会社の人なんだよ。あなたの話に、迂闊《うかつ》には頷けないだろう。頷けば、自分まで、取引先の会社の人の悪口に参加したことになってしまう。そもそも、誰かの悪口は、二人っきりで初めての食事中には相応《ふさわ》しくないネタだ。相当親しくなった相手にじゃなけりゃ、あなたの品格が疑われる行為だよ。今のはほんの一部を抜粋《ばっすい》したわけだけど」黒い物を胸ポケットに仕舞う。「あなた、間違いだらけ。この調子じゃ、四級なんて絶対合格できないから。まともな会話が成立してなくて、いい雰囲気にもなってないのに、楽しませろと脅したり、口説けとからんだりなんて論外だから」

司が悪いんじゃなくて、悪いのは私？　そうなの？　ショックで言葉が出ない。

神様が水割りを飲み干してから、言った。「そもそもあなた、この人に恋してるの？」

私は首を捻った。

4

「手伝ってるんだね」と私が言うと、妹の香織《かおり》は黙って頷いた。

不貞腐《ふてくさ》れた顔で、「パートの人が病欠で」と説明しながら、テーブルに水の入ったグラスを置いた。

「抹茶《まっちゃ》ロールケーキと、ホットコーヒー」と、私は注文を出す。

くるりと身体を回した香織の腕を、私は摑む。「ね、昨日お母さんから電話がきてさ。

私、呼び出されたんだけど、なんでか知ってる?」

香織は冷たく「知らない」と答えて、お店の中に入っていった。

私はオープンテラスの席から、窓ガラス越しに香織を見送る。白いソックスを履《は》く香織は、中学三年生。校則を守る生徒会副会長で、読書部の部長をしている。

私は赤と白のギンガムチェックのテーブルクロスに、頬杖《ほおづえ》をついた。

香織も今日、私が実家のレストランに呼び出された理由を知らないのか。香織は愛想はないが、嘘をつく子ではない。香織が知らないと言ったら、本当に知らないに違いない。

なんだろう。母がどうしても私に直接会って話したいことって。

このレストランは、母と継父《けいふ》で始めたお店だ。母は私が二十歳の時、継父と再婚した。私は、父親ができたのと同時に妹もできた。継父には香織という連れ子がいたのだ。私の本当の父親が、今どうしているかは知らない。母が話したがらないので、父のことを尋ねるのは、我が家ではタブーになってしまった。二歳の頃に別れたっきりなので、なんの記憶も残っていないうえに、母からの情報もないので、私は父といえば継父しか思い描けない。

香織がコーヒーとロールケーキを運んできた。

テーブルに置きながら、「今忙しくて手が離せないから、もうちょっと待ってて」ってと母の言葉を伝えてきた。

「わかった」

香織がテーブルから離れると、私はすぐに携帯電話を取り出した。アドレス画面を見ていく。

参ったなぁ。

八百件以上アドレスが入ってるのに、相談できる人が一人もいない――。

恋愛するってどういうことだっけって、聞きたいのに。

女友達って、いないのよねぇ。恋愛相談するなら、別に男だっていいんだけど、男友達って呼べるような人もいないんだよねぇ。一回か二回エッチした男を、友達にしておけば良かったなぁ。次、次って、思っちゃうんだよね、私は。つまらない男に関わってる時間がもったいなくって。

恋愛上手なはずなのよ、私は。それなのに、三日前、酒好きの神様は、私を完全否定した。間違いだらけだと言う。もう……どうしたらいいのか、全然わからない。

足を組み直して、コーヒーを飲んだ。

ロールケーキを口に運ぶ途中で、レンガ塀《べい》のいたずら書きに目が止まった。

低いレンガ塀が、テラス席と歩道との間仕切りになっている。そのレンガの一つに、相合傘と二人の名前らしきものが彫られている。なにか硬いもので削《けず》ったようだった。

どこの子どもがやったんだろう。こんなくだらないこと。

ピッチャーを携《たずさ》えた香織がやって来たので、私はいたずら書きを指差す。「くだらないことする客が、いるんだね」

香織は頷き、「彫っちゃってるから、消せなくて」と言った。

「今もこんなことするんだね。私の子どもの頃で、廃《すた》れたかと思ってたよ」と、私は感想を口にした。

「廃れてないね。音楽室や図工室や、いろんなところに、たくさんあるもん」

「そうなんだ。香織は？　って、真面目《まじめ》な香織が、いたずら書きをするわけないか。えっ？　あれっ？　いたずら書きしたことあんの？　いや、別にしたっていいけどさ。このお店のレンガじゃなけりゃ。なによ。どっちなの、その顔は」

ゆっくりと私の向かいの席に座った。「私はしたことはない。でも……」

「でも？」

「音楽室に、こういうのたくさんあって。その中に、私の名前があるのを発見した時、息が止まりそうになったことがある」

私は言った。「香織なんて、結構よくある名前じゃん」

「カーリーって呼ばれてるから、私。相合傘の右に、カーリーって書いてあったんだよ」

「そりゃ、香織のことだね。左側は？　なんて書いてあったの？」

「クラスの男子の名前だった」

「その子が書いたのかね？」

香織は怒ったような顔で、首を激しく左右に振る。「わからない。その子が書いたのか、誰が書いたのかなんて」

「なんで怒るのよ」

「怒るよ。そんなの見ちゃったから、その男子と、目合わせられないし。それまで、なんとも思ってなかったのに、なんか変に意識しちゃって。困るよ。迷惑」

「ね」私は身を乗り出す。「恋愛するって、どういうことかな？」

「はぁ？」大きな声を上げた。「なにそれ」

「真面目に聞いてんのよ」

「恋多き女なんでしょ、お姉ちゃんは。恋愛の達人だって、いっつも言ってるじゃん。それがなんで、中学生の私にそんなこと聞いてくんの？」

「なんかさ、私、ちょっと自信失っちゃってね」

香織が探るような目を向けてきた。「なにかあったの？」

手をひらひらと左右に振る。「なにもないけどね。ただ……ちょっと。もしかしたら、私の恋愛とほかの人の恋愛って、違うんじゃないかなって思ったりしてさ、最近。なんだか混乱して、よくわからなくなっちゃって」

「今頃気付いたの?」

「な、なに?」

長袖のカットソーの袖口を弄《いじ》りながら香織が言った。「小学生の頃は、お姉ちゃんの話を真に受けてたけど。中学生になったらわかるよ。お姉ちゃんの言ってること、おかしいって。だから心配してたよ」

心配してた? 妹が私を? 私は動転する。

香織が続ける。「お姉ちゃんは、自分に自信があり過ぎなんだよ。恋愛って、いつもより臆病《おくびょう》になってしまうもののような気がするよ。嬉《うれ》しいのに気まずかったり、楽しいのに不安だったりしてね。そういう経験は?」

私は首を捻る。

香織がため息をついた。「お姉ちゃんは自分にしか興味ないでしょ。でも、恋愛って、相手のことが知りたくて、しょうがなくなるんだよ。好きなことはなにか、苦手なことはなにかって。それで、相手が好きなことは、自分も好きになろうとしてみたりしてさ。そういう経験もないよね？」

さらに私は首を捻る。

なんか、だんだん腹が立ってきた。

なんで、中学生からここまで言われなきゃいけないの？

でも……と、思う。

香織の言うことが、本当だとしたら？　私が思っていた恋愛とは、全然違う。私が今まで恋愛だと思っていたのは、なんだったんだろう。

「昔は」香織が話し出す。「お姉ちゃんは、金持ちの男をゲットするのが目標だから、恋愛は必要ないって考えてるのかなって、思ってたんだけど。私ももう中三だしね。金持ちの男をゲットするのだって、恋愛してるって、相手に思わせなくちゃいけないってことぐらいわかるからね。お姉ちゃんが、金持ちの男をゲットできるとは思えないんだよ」

私は必死で、香織の言葉を消化しようとする。

でも、なかなか呑み込めない。

突然、香織が立ち上がった。「さぼってると、親に悪いから」

私がなにも言わずにいると、「じゃ」と小さく言って、身体を回した。

袖口を捲りながら、香織はお店の中に戻って行った。

私は再び頬杖をつき、相合傘に目を向けた。

香織は語尾をとても強く発音するので、怒っていると勘違いされることが多い。でも、大抵は怒っていなくて、本人は冷静に話しているつもりだったりする。それに皮肉屋でもないし、ヤな子でもなかった。

そう。香織は真面目ないい子。それぐらいは私にだってわかる。一応姉妹なんだから。

私は手を伸ばし、相合傘が彫られたレンガに触れた。

指にギザギザの刺激が伝わってきた。


実家のお店を出た。

母の緊急の話というのは、祖母の遺産の話だった。

一人娘だった母が、遺産を貰うだろうことはわかっていたので、なにも、わざわざ私を呼び出す必要もない話だった。

大切な休みの土曜日だっていうのに。

駅へ向かいながら、携帯電話で時間を確認する。午後三時。なんて中途半端な時間なの。スポーツクラブへ行くか、買い物か、美容院に行くぐらいしかないじゃない。

赤信号で、足を止めた。

ふと、私の前に立つ、女子中学生の制服に目が止まった。

私が昔、着ていた制服だった。今は香織が着ている制服——。

突然、中学校に行ってみたくなった。

私はくるりと身体を回して、道を戻り始めた。一つ目の角で右に曲がる。

左に緩《ゆる》くカーブする道を進むうちに、いろんなことが一気に蘇《よみがえ》ってきた。

ラムネ味のアイスキャンディーを食べながら、友達とここを歩いた。あの子たち、どうしてるかな。高校に行っても、絶対絶対友達だって誓い合ったのに。中学の頃は、私にも女友達がいたんだったわ。

きれぎれの日差しが顔に降り注いでくる。

途端に、胸がきゅうっと絞られるような気がした。

左には学校の敷地を囲むように、背の高いフェンスが続く。このフェンスと街路樹に挟まれた歩道では、光はきれぎれになる。学校へ行く時も、帰る時も、私たちはこのきれぎれの日差しの中だった。夢中で話す友達の顔は、明るくなったり、暗くなったりと目まぐるしく変わった。

男子中学生が向こうから歩いてきた。

私のヒョウ柄のミニスカートをはっきりと捉《とら》えてから、すれ違う。

フェンスの向こうに、グラウンドが見えてきた。

野球部員たちが円陣を組んで、体育座りをしている。一人だけ立っている誰かの話を、聞いているみたいだった。

私は足を止め、彼らを眺めた。

昔もこんな風によく野球部の練習を見学した。

中一の時好きになったのが、三年生で野球部の部長だった。当時の私は地味で、クラスでも全然目立たなかった。学校で一番人気の男子が、私を選んでくれるとは思えなかった。わかっていたけど、私は毎日野球部の練習を見学し続けた。バレンタインデーに、思い切ってチョコをあげようかと考えた。それは当時の私には、とても勇気のいることだった。勇気を振り絞ってチョコを渡すと、先輩はにこっと笑って、「ありがとう」と言った。貰いなれているといった風情《ふぜい》に傷ついたけど、受け取ってもらえただけでハッピーだった。

中三の時に好きになったのは、同級生の子だった。やっぱり野球部だった。三年のくせに、ベンチにも入れない部員だったけど。席が近くになるのが続いたり、親同士の仲が良かったりしたせいで、普段から割とよく口をきいていた。気が合うなと思ってから、好きかもしれないと自分の気持ちに気付くまで、半年もかかってしまった。私がバレンタインデーにチョコをあげれば、カップル成立だと女友達は口々に言った。何度も何度も確認したが、その度に女友達は絶対だと言った。

桜の木を探して、顔を右に捻った。

あれだっ。

まだあったんだ……。

二月十四日、私はあの木の下に、その同級生を呼び出した。

中一の時とは違って、今回はチョコをきっかけに、交際が始まるような予感めいたものがあった。

だからこそ、ショックだった。

チョコを受け取ってもらえなかったことが。想いを拒否されたことが。

好きな人がいるからチョコは貰えないと、その子は言った。

私は哀しくて、口惜《くや》しかった。なんで大丈夫だなんて思ってたんだろうと、自分の間抜けさが情けなかった。

その日を境に、女友達はその子の悪口を言い始めた。私を慰《なぐさ》めるために。

それから、その男子にどんな態度を取ったらいいのかわからなくて、頭を抱えた。気が狂いそうだった。

カキーンと大きな音がした。

練習が始まった野球部へ目を戻す。

キビキビと動く部員たちを、ぼんやり眺める。

やがて足に痛みを感じて、足元へ視線を落とした。

九センチヒールは脚を綺麗に見せてくれるけど、長時間立っていると辛くなるんだよね。わかっているけど、ヒールを一センチでも下げるわけにはいかない。それが、私のポリシー。

ゆっくり歩き出す。

ヒールの高さにこだわりがあるように、スカート丈やネックラインにも、私なりの基準がある。この基準が完成したのは、高校生の時だった。

動機は、美しくなって、私をふった男子を見返したかったから。それは失恋した女が、誰でも考えること。ただ私の場合は、努力の量が半端じゃなかった。今まで生きてきた中で、あの時ほど全身全霊で課題に取り組んだことはない。無茶なダイエットをして五キロ減量し、メイクの仕方を必死で勉強した。高校に入学する頃には、私は随分と女っぷりを上げた。制服がなく、校則も緩かった高校には、化粧をして通った。胸はどんどん大きくなっていったので、バストを強調するような服を選んだ。映画をＤＶＤでたくさん観て、ソソる仕草を勉強した。セクシー路線に変更した私は、成功した。たくさんの男子から告《コク》られるようになった。

それからの私は、言い寄って来る男たちの中から、その時の気分で選べば良くなった。たまに私に興味がないといった態度を取る男がいると、こっちから仕掛けた。ゲームをクリアしようとする感覚だった。やがて飽きれば、ポイと捨てた。

部員が一人、フェンスの近くまでやって来た。

ボールを捜しているみたいで、きょろきょろとしている。

私は足を止めて、「そこ」と教えてあげる。

部員は私が指し示す場所に目を向け、ボールを見つけると、駆け寄った。

ボールを拾い、帽子を取る。

お辞儀《じぎ》をしながら、「ありがとうございました」と大きな声で言った。

坊主頭に再び帽子をのせて、走り去った。

なんか、似てた――。今の子。あの同級生に。

坊主頭の子って、皆似て見えるんだろうけど。

そうだ。大会に応援に行ったこともあった。ベンチにも入れない三年生だったから、あの子は同じ応援席にいた。応援に回った部員たちは、前の方に固まって座っていた。私はそこからかなり離れた後ろの席にいた。チームメートたちの試合に一喜一憂しているのが、その背中から伝わってきて、私も同じように喜んだり、がっかりしたりした。彼のユニフォームは真っ白で、それは、彼の心の綺麗さを表しているように思えた。

思わず、私は苦笑する。

応援席にいた部員たちは、全員同じように真っ白なユニフォームを着ていたはずなのに。好きな人に関係することは、すべていい風に思っちゃうんだから。

それが——恋？　そういうこと？

あの当時の私は……キラキラしている世界に住んでいた。

今の私は？

どうかな。

なんだか凄《すご》く勿体《もったい》ない気がしているのは、なんでだろう。

なんでですかね？

空に向かって尋ねてみた。

神様からの返事はなかった。

5

計算？

そういうこと？

私から距離を置くために？　もう誘われたくなくて？

二人で食事をしてから八日後の今日、司はうちの会社に打ち合わせに来た。部長だという山口《やまぐち》を伴って。

すっごいドキドキしてたのに。この前の夜のことを、どうやって話そうかって。また誘ったら、なんて言うかなって想像したりして。

それなのに、司の隣にはオッサン――。

司はオッサンを私に紹介すると、「この間はお時間をいただいて、ありがとうございました」と言った。

「いえ。こちらこそご馳走様でした」と答えた時、私は顔を上げることができなかった。

瞳を覗いたら、司の気持ちがわかっちゃうかもしれないもん。

それは……ちょっと怖い。

座るように促《うなが》すと、司と山口は並んで腰かけた。

司がバッグから書類を取り出している間に、山口が言った。

「うちの小倉は、ちゃんとやってますでしょうか？」

「はい？」私は動揺してしまう。「まぁ、はい。そうですね」

山口が喋り出した。「まだまだ力不足で、ご迷惑をおかけしている部分があるかとは思いますが、こちら様の仕事は一生懸命やらせていただいています。それだけは、確かです。この間も、他業種の会社さんの電車の中吊り広告を見たと言ってきましてね。そのアイデアを御社の広告に活用できないだろうかと言うんです。しょっちゅうなんですよ。そういうことを言ってくるの。常に御社のことが頭にあるようで、他社さんの広告から御社の企画へと連想していくんでしょう」

顔を司に向けた途端、目が合ってしまう。

わっ。

すぐに逸《そ》らした私は、なんとか気持ちを立て直して、山口に微笑んだ。

ふうっー。

なんか、暑い。

どうして今日は眼鏡なの？　いつもと雰囲気が違うから、ちょっとドキンとしてしまう。いつもコンタクトだったなんて、知らなかったし。

企画書を受け取った私は、司の説明に耳を傾ける。

ダメだわ。全然集中できない。

そうかといって、企画書から顔を上げられない。

どうしてうちの仕事に一生懸命なんだろう。山口のお世辞？　それとも本当？　一生懸命な理由の中に、私の存在ってあるのかな？　って、なに考えてるんだろう、私。

向かいの二人が紙を捲ったので、慌てて私もページを繰る。

司の声が続く。

まぁ確かに、熱心ではあるのかも。前の担当者より、仕事が丁寧だとは思っていた。

この前の夜のこと、司は山口になんて話したんだろう。

迫られましたとか？　断ったら、キレられましたって？

まさかね。

いや、わからない。

今日山口を突然連れてきてるってところが、怪しい。この前なにも言ってなかったもん。

あー。もうヤだ。こういうの。

あーでもない、こーでもないって、捏《こ》ねくり回して考えるの。

こういうの、卒業したはずなんだけど。

私は掌の真ん中にある心を落ち着かせるツボを押しながら、司の説明が終わるのを待った。

十分ほどして、ようやく司の声が途切れた。

そして、「いかがでしょう?」と司が尋ねてきた。

せーので、勢いをつけて、私は顔を上げる。

やっぱ無理。

すぐに司のネイビーのニットタイまで視線を下げて、「A案より、B案じゃないですかね」と答えた。

結局、B案にA案の一部を加えたもので、再度企画書を出してもらうことになって、会議はお開きになった。

エントランスで見送る時、司と一瞬目が合ってしまう。

やっと息苦しさから解放されると思った途端に、油断した。

でもあまりに一瞬で、司の瞳がどんなだったかはわからなかった。

わからなくて、良かった。司の瞳に冷たさしかなかったら、私は傷ついてしまう。

二人が背中を向けた途端、私はその場を離れた。

自分のデスクに向かう。

途中で、なぜか小走りになった。

部屋のドアを開け、自分の席へ突き進む。

その勢いのまま、椅子に滑《すべ》り込んだ。

心臓がドキドキしている。小走りしたから？

額に手をあて、今日司と会ってからのことをリピートしてみる。なにか、私が見落としたり、聞き逃したりした大切なものってあった？

三回繰り返してみたけれど、なにもなかった。

はっとした。

なにもなかったし、なにもしなかった――。

俯《うつむ》いて企画書を読むふりをしていただけ。なにやってんだろう、私。っていうか、どうしたかったんだろう、私は。

このままでは良くない。それははっきりしてる。じゃあ、どうする？

さっきはお疲れ様でしたってメールをする？　そうだね。それがいい。

パソコンのキーボードに軽く手をのせる。

「お世話になっております」と打ち、「さっきはお疲れ様でした」と続けて、指が止まる。

なにを伝えたいんだっけ？　そうだ。ちゃんと、この前の夜ご馳走になったことのお礼を——いや、それは一応さっき直接言ったか。もう一度言ってもいいかな。それは、しつこい？　あー、もう。

どうなってるのよ、私は。母校に行ったのが、良くなかったのかな。まるで、自分に自信がなくて傷つき易《やす》かった、あの頃の私に戻ってしまったみたい。そう言えば、香織が、いつもより臆病になるのが恋愛だとか、生意気なこと言ってたけど——。私だって中学生の頃は、ちゃんと恋愛できてたってこと？　じゃあ、今は？

キーボードから手を離し、腕を組んでパソコン画面を睨《にら》む。

そもそもさ、神様のせいじゃない？　こんなにあれこれ思い煩《わずら》うようになったのって。細《こま》かいことをあれこれ指摘してきて、間違ってるなんて言うから、さっきのは良かったのかな、悪かったのかな、なんて考えるようになっちゃったじゃない。

天井に目を向ける。

神様、聞いてる？　これからどうしたらいいんですかね、私は。お疲れ様メールは打った方がいいんですか？

時間は止まらない。

神様なのにちょっと不親切じゃありません？　ちょっとぐらいヒントみたいなものをくれたって、いいですよね？

ノーリアクションっと。

参ったなぁ。職場だからお酒なんて置いてないし。

そうだ。

マウスに手を伸ばし、ソリティアのソフトを立ち上げる。

しばらく待ったけど、神様は現れてくれなかった。

ため息をついて、私はソフトを閉じた。

6

「どういうこと？」私は問い質《ただ》す。

「も、申し訳ありません。本当に。あの……どうしましょうか？」

「どうしましょうかって、私に聞いてるの？　聞きたいのはこっちよ」

私は頭を抱えた。

四月十九日の今日は、午後二時からうちのショールームで、プレス向けの新商品発表会がある。それを仕切っていたのは司だった。広告を出稿する予定の雑誌の編集者はもちろん、コスメライター、美容ジャーナリストと名乗る人たちを、とにかくたくさん集めて、新商品を売り込むのが目的。

女性には実際に試してもらえるよう、鏡やメイク用品、クレンジングするための品、タオルも用意してある。帰りに渡す手土産《てみやげ》も準備万端。それらの準備は私の担当だった。招待客を選定し、招待状を配り、来場を促す電話とメールのフォローは司の担当。それに、発表会でデモンストレーションをしてもらう、有名なメイクアップアーティストを手配するのも。

予定では、メイクアップアーティストの長谷川《はせがわ》ヒロカズは、午前十時にうちの会社に来て、司も同席の上で打ち合わせをすることになっていた。長谷川が来ないので、午前十時十五分まで待って、司が連絡を取ったのだけど、事務所も携帯電話も留守電になっているという。

今にもひょっこり現れるんじゃないかって気もする。なーんだ、ただの時間にルーズな人かってオチだったらいいんだけど。すっかり忘れられてたら？　司は二週間前に今日の約束をしてから、連絡を取っていなかったと言うので、「なんで昨日の段階で確認しておかなかったの」と叱《しか》り飛ばしてしまった。長谷川はこの業界では売れっ子だった。だからこそ、長谷川のスケジュールに合わせて、発表会を今日にした。なのに。

私は会議室でおろおろしているだけの司をひと睨みしてから、腕時計に目を落とした。

本番まで四時間を切っている。

今更今日の発表会を中止にはできない。

どうする？

私は司に、長谷川へ連絡を取り続けることと、親しそうな人を探し出して、ほかの連絡方法がないかあたるよう指示した。

司を会議室に残して、私は上司のデスクに向かった。

デスクについていた上司の前に立ち、現状を報告した。長谷川が来なかった場合のために、メイク指導をしてくれる人が欲しいので、どこか近くの売り場にいる販売員を借りたいと申し出る。

怒鳴られるのを覚悟していたけど、部長は意外にも、「そりゃ、大変やないか」と言って、すぐに受話器を握り、販売員を統括している部署に内線を掛け始めた。

それからのドタバタを、私は気力だけで乗り切った。もう細かいことは覚えていない。

結局長谷川は来なくって、販売員も借りられず、ピンマイクを胸につけたのは私だった。

元々頼んでいた女子社員の素顔をパレットにして、私が新商品を使って塗っていった。

デモンストレーションが終わると、招待客たちのメイクを手伝い、見送る時には手土産の入った手提げ袋を渡した。

午後五時に最後の客が帰った途端、どっと疲れが襲ってきて立っていられず、ショールームの椅子に座り込んだ。

部長は「長谷川なんちゃらより、辻さんで成功だったんとちゃう？　いやぁ、ホンマに。お疲れさん」と私に声をかけてから、ショールームを出て行った。二人の後輩も「辻先輩、大成功ですよ。メイクのテクニック、すっごくわかり易かったですもん。今度から辻さんで」と言ってくれた。

ホンマかいなって、感じ。

私はぼんやりと、後輩たちがメイク道具や食器を片づけるのを眺める。

頭も身体も一ミリだって動かしたくない気分。

「お疲れ様でした」

ゆっくり振り仰ぐと、司が笑顔で立っていた。

笑顔っておかしくない？　誰のせいでこんなことになったんだって話よ。言いたいことはたくさんあったけど、あまりに疲れていて声も出なかった。

「あの」司が恐縮したような顔で言う。「やっと長谷川さんと連絡が取れまして。ローマの飛行場にいるってことでした。昨日の夜に日本に戻る予定だったそうなんですが、飛行機のトラブルでローマに戻されてしまったって話で……あの、本当に申し訳ありませんでした。僕から昨日でも、一昨日《おととい》でも、長谷川さんに最終確認の連絡をしておくべきでした。それで、あの、僕からこんなこと申し上げるの、どうかと思うんですけど、長谷川さんより、辻さんで良かったんじゃないかと。えっと、その、すみません。勉強中ではありますが、なかなかメイクのことって難しくって、わからないことも多いんですけど、招待客の皆さんの反応が凄く良かったもんですから。辻さんの解説に感心してるって表情をしてましたし、それに、あれです。帰る時勉強になりましたって、言ってくれた人もいましたので」

そうかな。ちょっとは嬉しいけど。

司が私の正面の椅子に座った。「あの、辻さん、格好良かったです。状況が刻々と変わっていくなかで、次々に的確な指示を出されて」

意外な言葉を耳にした私は、司を見つめてしまう。

司は真面目な顔をしていて、たちまち恥ずかしくなった私は、目を逸らした。

「それでなんですが」司が小声になった。「今日のお詫びと言ったらなんなんですけど、食事どうですか？」

うっそー。

それ、どういう意味？

悩んで、迷って、何回も書き直してから送った私のお疲れ様メールに、こちらこそお疲れ様でしたという、ビジネスの香りプンプンの返信だったから、もうダメなのかなと思ってた。だから……もうこれ以上近づかないって決めたのに。本当は今日だってメチャメチャ気まずくって、相当自分を励ましてからじゃなきゃ、司に会えなかった。すぐにトラブルが発生しているのがわかって、それどころじゃなくなったけど。

恐る恐る司の表情を探る。

私の答えを待ってるって顔の司を見て、そっか、返事をしなきゃと気が付いた。

「食事だったら、肉がいい」と、私は言ってみる。

晴れやかな顔になって、「肉ですね。わかりました。店探します」と司が答えた。

たちまち私はウキウキしてしまう。そんなに素直に良かったぁなんて顔をされたら、照れちゃうよ。

ん？

これって、デートの誘いなんだよね？　本当に言葉通りのお詫びのつもりだったら？

もう、ヤだ。こういうの。どういうつもりで言ったんだろうかと、あれこれ推理するの。

こうなったら聞いちゃう？　どういうつもりで誘ってんのって。

あー、でもなー。お詫びの気持ちだけです、なんて言われちゃったら……立ち直れない。どこにいっちゃったんだろう、私の自信。

司が携帯電話を胸ポケットから取り出して、操作をしながら言う。「今週はちょっとあれなので、来週はどうですか？　来週で空いてる日ってありますか？」

いつでもいいと言いそうになって、慌てて口を閉じた。

いつでもいいなんて言ったら、モテなくて、暇を持て余してる女と思われちゃうじゃない。忙しいけど、あなたのために時間を作ってあげるわってことにしなきゃ。

自分の気持ちも、司の気持ちも、なにもかもわからない。これからどうしたらいいのかも。

だけど、誇りだけは捨てちゃ、ダメ。そこは大事にしなきゃ。

私も携帯を広げた。

たっぷり時間をかけて、スケジュールを見る。

もういいでしょうと思えるまで引っ張ってから、私はゆっくり顔を上げた。「水曜日かな」

「じゃあ、水曜日にしましょう」と司の声がした途端、私はにんまりしてしまう。

凄く楽しみなのに、それと同じくらいの大きさの不安もあって、胸が……痛い。

もしかして、これが恋……？

第二章　シンデレラ願望男　三級

1

やっぱテトリスって、時間潰《つぶ》しに最高のゲームだな。

僕は全消しに成功して、すっきりした気分になる。

携帯電話を閉じてアイスコーヒーに手を伸ばすと、グラスにはたくさんの水滴がついていた。

腕時計で時間を確認すると、昼休憩が終わるまであと二十分だった。

ストローでアイスコーヒーを啜《すす》りながら、ファストフードの店内を眺めると、土曜日のせいかデート中といったカップルが多い。基本的に土日は休みなのだが、大型台風の影響で仕事が遅れたため、今日は職場の半数ほどが出社させられている。

ちらっと隣席へ目を向けた。今日からもう十月だっていうのに、ビーチにでも行くようなリゾート色満開のワンピースを着た女がいて、その向かいには短パン姿の男がいた。男は自分の髪を立たせることに夢中のようで、女の話を真剣には聞いていない。

今度はなんのゲームをしようかと考えながら、携帯電話を開いた。

あれっ。壊れた?

どのキーを押しても、まったく動かない。

携帯を激しく振った。

「堀田慎吾《ほったしんご》さん？」

僕の名前を呼ぶ声がして、顔を上げると、正面にスーツ姿の男が立っていた。

誰だっけと必死で頭の中で検索をかける。

年齢不詳だし、特徴もない顔で、記憶を呼び起こすヒントになりそうなものがない男だった。

突然男が片手を自分の顔の横まで上げて、その手をパッと開いた。

「恋愛の神様」

マジで？

隣のカップルへ目を向けると、フリーズしていた。その隣のテーブルにいる客もだ。さらにその隣にいる客も。

店内をぐるっと見回すと、全員がフリーズしていた。

どうやら本当っぽいぞ。

恋愛の神様が僕のところにやって来るとはな。

神様が言う。「それじゃ、まずはトライアル問題に挑戦してもらうね」

「それ、絶対じゃないですよね?」

「なにが?」

「そういうの、興味ないんですよね。検定とか資格とか。だから僕はいいですよ」

面食らったような顔をした。「あなたは恋愛検定のこと、よく知らないのかな? 履歴《りれき》書《しょ》に書ける、人気の資格なんだよ。今の世の中、知識や経験より、コミュニケーション力やセルフプレゼンテーション力の方が必要とされてるでしょ。有資格者の平均年収は、無資格者の二倍ってデータがあるんだけど、知ってる?」

「転職する予定ないし、出世とかも興味ないんですよ、僕。それに、ネット情報ですけど、実際問題、恋愛検定の資格をもっている人たちの離婚率って、もってない人たちとほとんど変わらないって話じゃないですか。それ、おかしくないですか?」

「生涯の恋愛を保証するものではないからね」神様が肩を竦《すく》める。「あくまでも、検定期間中にどれだけの力があるかを測るだけだから」

「それじゃ、結婚はどの神様が担当なんですか? 運命の神様とかですか?」

「運命の神様なんていないよ」

「えっ? いないんですか?」

「いない。物語を面白くするために、人間が作った架空の神様だね」

やっぱりそうだったのか。

違和感があったんだよな。僕の毎日はとても淡々《たんたん》としていて、運命の神様が差配しているとは思えなかった。そうか、やっぱりいなかったんだな、運命の神様は。なんだかすっかり納得する。

神様が聞いてきた。「で、どうするの？　恋愛検定」

「受検したくない場合は、どうすればいいんですか？」

「まず正当な理由を文書にして、神様第三者委員会に提出してもらう。一週間後ぐらいに呼び出されるから、今度は神様第三者委員会のメンバーたちの前で、口頭で説明してもらうことになる。メンバーたちを納得させられたら、受検しなくてもよくなる。ただ、ほとんどの場合認められないけどね」

そんなに面倒なのか。だったら、取り敢《あ》えず受検するってことにしとくか。なにもしなければ不合格になるだけで、そっちの方が簡単そうだ。

「受検することにします」と、僕は神様に言った。

「そお？　それじゃ、隣のカップルについて、推論できることを述べてみて」

僕は顔を右に動かした。

男は髪を立てている途中でフリーズしたせいで、両手を上げた状態だった。女の口は半開きになっている。

僕は少し考えてから、答える。「彼女は、さっきから友達の話をしていたんですよ。その友達が彼とうまくいってないとか、そんな話で。彼が最近構ってくれないから、淋《さび》しいって、友達から毎日電話とメールが大量にくるとも言ってました。浮気しちゃうんじゃないかなって、この子が、その友達を心配するようなコメントしてましたけど、それ、友達じゃなくて、この子のことなんじゃないかって思って、テトリスしながら聞いてたんです。もっと私を構ってくれとは言えないのか、すでに言ったけど、全然変わらなかったんで友達の話ってことにしたのか、そこら辺はわかりませんけど。浮気するかもよって、脅《おど》しをかけたいんでしょうね。でも実際のところ、浮気はしてないんじゃないかな。もし浮気してたら、さすがに口にしないでしょうし。それに彼のこと、好きみたいだし。別れたくないんでしょう。別れようか迷ってるぐらいだったら、そういう友達の話にするんじゃないですかね。そういうこと、この彼は多分、全然わかってないんじゃないかな。三種類の相槌《あいづち》を、順番に口にしてるだけって感じだったから。彼女から出してる信号は、彼には届いてないように思いますね」

「それだけ?」

「はい」

「じゃ、三級に挑戦ね」と言って、神様は胸ポケットから黒い物を取り出した。手の中のそれを見ながら、恋愛検定の仕組みを説明し始めたと思ったら、黒い物を胸ポケットに仕舞い、「じゃ」と言って、あっという間に姿を消した。

突然世界が動きだす。

BGMが再開され、店員の芝居じみた接客の声も聞こえてきた。隣のカップルも動き出し、女は話を始め、男は手を動かす。男がこっちを見てきたので、僕は目を逸《そ》らしてグラスを摑《つか》んだ。

三級ってことは、僕の推理は当たってたんだろうか。それともハズレてたのか。ま、どっちでもいいけど。恋愛検定なんて興味ないし。

そう言えば、この前話のあった見合い相手が、恋愛検定三級の資格をもっていた。母は、女性がその資格をもっているのを素晴らしいと言い、僕にその見合いを強硬に勧めてきた。だが僕は心を動かされなかった。

見合い話がくると、僕はつりがきと写真をじっくり検分する。もう三十六なんだからあれこれ言ってないで、まずは実際に会ってみるべきだと母は訴えてくるが、その度《たび》に僕は妥協《だきょう》しちゃダメなんだよと答える。一生に一人の人を選ぶんだから、ちょっとでも気に入らない点があっちゃいけない。そういうこと、母はわかってくれないので参る。母はつりがきに入れられるような、格好いい趣味をもてとも言う。実家暮らしで三十六歳だというと、オタクっぽく思われるのか、趣味について根掘り葉掘り聞かれることが多くなったと、母は嘆《なげ》く。無趣味の人間のどこが悪いんだ？　僕は胸を張って堂々と宣言したい。無趣味だと。それも立派な生き方だ。ちまちまと集めたり、こだわったりするのが楽しいと感じる方がちょっと変なんだ。なにかすれば疲れるし、疲れるのは嫌いだ。

腕時計で時間を確認すると、昼休憩が終わるまであと十分だった。

携帯電話を摑み、無料でできるゲームサイトにアクセスした。

2

去年より列が長いな。

僕は最後列から首を伸ばして、遥《はる》か向こうにあるレジを確認した。

毎年十月上旬に、このデパートの特設会場で開かれる駅弁大会に買い物に来る。母は駅弁が好きで、毎年この駅弁大会を楽しみにしていた。だが自分では買いには来ずに、欲しい駅弁の名前を書いたメモを僕に渡す。デパートが僕の職場に近いため、仕事帰りに買ってきてと頼んでくるのだ。コンテナ・プランナーの仕事はほとんど残業がないので、たいてい午後五時十分までにはタイムカードを押せることを、母は知っていた。給料は安いし、何年も昇給していないが、定時に帰れるというのはなかなかいい。生活するためには金が必要で、それは実家暮らしでもそうだ。金を稼ぐために働かなくてはいけないなら、なるべく楽な仕事がいい。時間もきっちり決まっている方がいい。ノルマのために残業とか、そういうの考えられない。

順番が来るまでまだ相当時間がかかりそうだったので、僕は携帯電話を広げた。今夜のテレビ番組をチェックする。面白そうなものはなかったので、ニュースサイトをちょっと見てから、映画情報サイトに移って、ダウンロードランキングを調べた。ついでに漫画とゲームソフトの売上ランキングを調べてみる。

前に並ぶ人が少し動いたので、僕も二歩分前にズレた。目当てのハンバーグステーキ弁当を手にするまでには、まだまだ時間がかかりそうだった。

その時、声がした。

「もしかして、堀田さん？」

携帯から顔を上げると、僕の前に立っていた女性がこっちを見ていた。

あっ。

「看護師さんですか?」僕は尋ねる。

「はい。覚えてました? 安田千里《やすだちさと》です」

僕は頷いた。

今年の夏に盲腸で入院した時の、担当看護師だった。確か、僕と同い年だと言っていたっけ。ナースの制服の時はもっとキリッとした感じだったが、髪を下ろしているせいか、今日はちょっと柔らかい印象だった。

千里は言った。「堀田さん、駅弁が好きなんですか?」

「いえ、僕じゃなくて、母が。毎年メモを母から渡されるんです。これとこれを買ってきてくれって。それで」

「そうなんですか。私は駅弁大好きで。なかなか長い休みなんて取れないから、せめてお弁当を食べて、旅気分を味わいたくて」

「そうですか」

「堀田さんは旅行は行きますか?」

「いや、全然。移動するだけで、結構疲れるじゃないですか? そこまでして行きたい場所もないし」

千里は顔を斜めに倒して、納得したのかしなかったのか、よくわからない態度を取った。

　また列が少しだけ動いたので、千里と僕は一歩分前に進む。

「ここのほかに、頼まれたお弁当ってどんなのです？」と千里が明るく聞いてきたので、ポケットからメモを広げて読み上げた。すると、「どれも人気のお弁当ですね。お母様って、相当に駅弁の知識をお持ちみたいですね。確か、毎日お見舞いにいらしてましたよね。そうそう。一度、着物姿でお見舞いにいらしたこともありましたよね」と言った。

「そうでしたっけ？」僕は首を捻《ひね》る。「覚えてませんけど、そうだったかもしれません。たまに着物を着て、どこかに出かけてるみたいだから。どこかに行ったついでに病院に来たことがあったかもしれませんね」

　僕は携帯に戻りたくなっていたが、千里はまだまだ話を続けそうに見えた。

「そう言えば」千里が口を開いた。「あの画像どうしました？」

「画像？　あぁ、僕のＭＲＩ画像ですか？　家のパソコンの壁紙にしてますよ」

　目を真ん丸にした千里は「本当に？」と言った後、小さな声で「凄《すご》い」と呟《つぶや》いた。

　手術の前後に、僕はＭＲＩの機械の中に入った。医者はそこで撮られた画像を見ながら、何度か説明をしてくれた。自分の内部が映し出されていると頭ではわかっていても、自分のものだという感覚は生まれてこなかった。だが、ちょっと面白かった。それで千里に、自分のMRI画像のコピーが欲しいと頼んでみた。千里は今みたいに驚いた顔をしたが、医者に聞いてみると言ってくれた。退院の前日になって、千里が一枚のCD－ROMを病室に持って来てくれた。そこには、僕のMRI画像が収録されていた。

千里が笑いながら言う。「長いこと看護師してるけど、自分の画像を欲しいって言ってきた人、堀田さんが初めて」

「そうですか」

「ええ」と言って、また笑った。

僕もつられて笑ってしまう。

今度は僕の仕事について尋ねてきたので、船が着いたら、どの順でコンテナを降ろしたら一番効率がいいかを考えて、指示を出すのだと説明すると、感心したような顔をした。

さらに、「大変なお仕事ですよね」と言うので、「全然」と僕は答える。

「看護師さんの方が、何万倍も大変な仕事でしょう」実感を込めて僕は言った。

同室にいた元教師だというジイさんは、なにかというと「学校では」と現役時代の話を持ち出して、教育論をぶっていた。僕が一番苦手なタイプの人だった。僕は話し掛けられるのが嫌だったので、ヘッドホンのイヤーピースを常に耳に挿《さ》していた。同室の誰もがジイさんをシカトしていたが、千里だけは違った。体温を計測する時も、点滴を交換する時も、ジイさんのつまらない話をさも楽しそうに聞いた。それだけでも尊敬に値する。ほかにもハードな仕事を抱えているであろうことは、窺《うかが》い知れた。貰っている給料の額は、割に合ってるんだろうか。

「看護師の仕事は」千里が言う。「好きなんです。大変ですけど、やりがいがありますから」

僕はのけ反《ぞ》りそうになるのを、なんとか堪《こら》えた。

いるんだよな、こういう人って。気軽にやりがいとか、生きがいとか、そういうのを口にする人。

急に千里が気の毒になる。

辛《つら》くてしんどい気持ちを、やりがいや生きがいだと勘違いしてるんじゃないかな。もっと楽に生きればいいのに。そこそこ働いて、そこそこテレビや漫画を見て、そこそこゲームをして、そこそこ好きなことをすれば、そこそこ幸せな生活を送れる。

一生懸命働く千里は、ナースの中でも一番人気だった。注射が上手《うま》かったし、いつも元気で明るかった。千里が独身だと聞き付け、三十六歳じゃなかったら口説《くど》くのにと残念がる患者もいた。それに、千里に朝、起こされたいという患者も結構いた。「お早うございまーす」と千里の声が病室に響き渡ると、今日はいい日になるような気がするというのだ。確かに、千里の「お早うございまーす」はなかなか良かった。やる気を発散している人の側《そば》にいるとうんざりする僕が、なぜか、千里の「お早うございまーす」は好意的に受け取れた。

僕が小さな声で「お早うございます」と答えると、千里は「堀田さん、今日はいい天気ですよー」と言って笑顔を見せてきた。そんな時の千里の笑顔は眩《まぶ》しかった。

今、目の前にいる千里の顔をじっくり眺めてみる。

あれは病室に溢れていた朝日のせいだったみたいだ。今は全然輝いていない。ただの話好きのオバサンだった。

列が少し動き、僕らはまた少しだけ前に進む。

千里が自分のショルダーバッグの中に両手を突っ込んだ。探し物をしているのか、ごそごそとバッグの中を掻《か》き回していたかと思うと、突然両手を抜き出した。

両手はグーになっている。

「どっちに飴が入ってるか？」と、千里は言った。

「はい？」

両の拳《こぶし》を小さく上下に動かして、「さ、どっち？」と言って、「当たったら、あげます」と続けた。

くだらねーっと思ったけど、拒否したら、さらに面倒なことを言い出してキリがなさそうだったので、僕は右の方を指差した。

「あったり」と千里は驚いたような声を上げて、手を広げた。「はい、あげます」

小さな黄色い包みを貰《もら》ってしまった僕は、しょうがないので口の中に飴を投入した。

3

母の糠漬《ぬかづ》けは抜群《ばつぐん》に旨《うま》い。

旨いと僕が言うと、母は決まって、祖母から受け継いだ糠床《ぬかどこ》を、毎日手入れしてるからだと答える。

その母は今夜はどこかに出かけていて、夕飯は僕と父の二人だけで済ませた。父は何年も前に定年退職していて、夕飯は毎日家で食べる。ダイニングテーブルに置いてあった母のメモ通りにチンをした食事を、僕と父はあっという間に平らげた。父と二人だけだとまったく会話がないので、普段よりも早く食事が終わる。

冷蔵庫にあった漬物を皿に取り分け、缶ビールを手に自室に戻った。

フローリングの上に胡坐《あぐら》をかき、ニンジンの漬物を齧《かじ》る。

やっぱり旨かった。

「旨そうだね」

突然の声にぎょっとして振り返ると、神様が立っていた。

一ヵ月前に見た時と同じ、スーツ姿だった。

僕の右に正座した神様が、再び「旨そうだね」と言ったので、「もしかして、神様って食べられるんですか?」と尋ねながら漬物の皿を勧めた。

「いや、漬物じゃなくて、ビールが旨そうだねと、言ったんだけどね」

「ビール? 酒飲むんですか?」

「好きだねぇ」と言うので、僕はキッチンにビールを取りに行った。

部屋に戻ると、神様が正座したままの姿勢だったので、缶ビールをテーブルに置き、「足、崩したらどうです?」と言ってみた。

「いやいや。どうせ痺《しび》れないから。これ、貰えるの? ありがとう。それじゃ、遠慮なく。んー、やっぱりビールは、ひと口目が一番旨いね」

ごくごくと喉を鳴らして飲み続け、あっという間に空《から》にしてしまったようだった。

片目で缶の中を覗《のぞ》いている様子が、未練たらしくて可笑《おか》しい。

僕は笑いながら追加の酒を取りに行った。

日本酒の紙パックとグラスをテーブルに置いて、僕は言う。「ビール、もうないもんで。日本酒でもいいですよね」

「酒だったらなんでも」と神様は答えて、すぐに飲み出した。

僕も漬物をつまみにビールを飲む。

やがて、神様が口を開いた。「このままだと不合格だけど、それでいいのかな？」

「不合格って……あぁ、恋愛検定の三級のことですか？　ターゲットがいません」

「よく考えてごらんよ」

「考えるもなにも、神様が現れてから、誰とも知り合ってませんから。お見合いもしてないし」

「新しく知り合うとは限らないよ。すでに知り合ってるってことだってあるよ」

「すでにって言われても」首を捻る。「いませんね。どう考えても。神様のデータ、間違ってるんじゃないですか？」

「酷《ひど》いこと言うね」神様が大きな声を上げた。「間違ってるなんて。心の狭い神様だったら、あなたに罰《ばち》を当てちゃうところだよ。私は心が広いから、そういうことしないけどさ。こうやって酒をご馳走になってるわけだし、ヒントを出してあげようかなとも思うんだけどね。ただやっぱりさ、それには、舌を滑らかにしなくちゃダメなんじゃないかな。

あっ、そう？　悪いね。これ、飲み易《やす》いからどんどんいけちゃうね」

二本目の日本酒の紙パックを手に部屋に戻ると、神様の上半身が微《かす》かに揺れていた。酔っぱらってるんだろうか？

テーブルに酒とグラスを置くと、神様は「ありがとう」と言って、すぐに手酌《てじゃく》を始めた。

神様が喋《しゃべ》り出す。「それじゃ、ここだけの話をしようかね。対象者は安田千里さん。知り合ってるでしょ」

「はい？　安田さんって、あの、ナースの？　僕と同い年ですよ、あの人。全然タイプじゃありません。それに、好きでもありませんし。これから好きになることもありませんね。やっぱり、神様がもってる僕のデータ、間違ってますって。僕はもっと若い人じゃないと。二十代じゃなきゃ考えられませんよ。それに、おしとやかで清楚《せいそ》な感じの人がいいんです。聞いてます？　僕の話。それに、色白でないと。安田さん、色黒でしょう。それに、鼻の穴が大きいし。神様、聞いてますか？　眠いんですか？」

目を擦《こす》ってから言った。「あなたは随分《ずいぶん》と安田さんの外見をあげつらっているけれど、自分はどうだっていうのよ」

僕は神様を睨《にら》む。

神様が自分の胸を叩《たた》いた。「ここでしょうよ、大事なのは。ハート。相性でもいいけどさ。三十六歳だったら、そういうことわかってる年齢だよ、本当なら」

なんだよ、それ。

三十六歳だから、いろんなものを諦《あきら》めろっていうのかよ。

いいじゃないか。理想が高くたって。それぐらいなんだ、願望があるのは。毎日の生活だって、将来だって、平凡でいいと思ってる。ただ伴侶《はんりょ》となる女性にだけは、妥協したくない。

背中を丸めた神様が、グラスに顔を近付けていった。

なんか、気に食わない。

うちの酒を飲みまくっておいて、僕の女性の好みを否定しちゃってさ。

僕は大きく息を吐き出してから、宣言する。「安田さんは僕の好みのタイプではないので、なにか行動を起こすつもりはありません。当然三級不合格になるでしょうけど、元々合格したかったわけでもないんで、構いませんから。一つ聞きますけど、そういうターゲットが誰かって話、僕にバラしていいんですか？　ネットで読む限りじゃ、誰がターゲットかを考えるところからが検定なんですよね？　いいんですか、そういうの神様が言っちゃって」

神様は正座したまま、ゆっくり頭を回すように動かしている。

完全に酔っぱらってるじゃないか。呆《あき》れるよ、まったく。

僕は漬物に手を伸ばし、口に放った。ビールに専念することにして、喉に流し込んで休むというのを繰り返した。

飲み終わった缶を握り潰した時、神様の声がした。

「恋愛の神様なんて、正気じゃやってらんないよ。酒でも飲まなきゃさ。別の担当になりたかったんだよ。なんでもよかった。恋愛の神様以外だったら、なんでもね。こんな仕事したかないんだ、私はね。人間の世界じゃ、恋愛の神様っていったら、結構人気なんだよ、知ってる?」

神様は人差し指を自分の鼻にあてた後、その指で僕をまっすぐ指してきた。その指を今度は小さく回し始める。目は完全に据わっている。そして突然、手を下ろした。

「だけどさ」神様が続ける。「神様の世界じゃ、傍流なんだよね。久しぶりに会った神様にさ、今なにやってんのって聞かれるわけよ。『恋愛』って答えるでしょ。そうすると、そりゃあ、そりゃあって言うんだよ。そりゃあの後は言葉にしないんだ。だけど、可哀想にって言葉が続くってのはさ、わかっちゃうんだよね。残念ながら私、神様だから。ちょっとあなた、聞いてる?」

「はぁ」

「聞いてるの？　聞いててくれてるの？」

「はいはい、聞いてます」

「そう？　聞いてくれてるのかぁ。そうか、あなたは聞いてくれてるか……」

声はどんどん小さくなり、やがて、神様の顎《あご》ががくっと下がった。

おやおや。

神様もいろいろあるみたいだな。

さっきはちょっと腹が立ったが、許してやってもいいような気がしてきた。

だからといって、女の好みを変えるつもりはないが。千里がターゲットなんて、とんでもない。

好みのタイプではない人を、無理にくっつけようとしないでくださいよ。僕は心の中で呟いた。

4

身長、体重、視力、聴力まではスムーズにいく。

だが毎年、血液採取の手前で流れは滞《とどこお》る。

今年も血液採取の部屋の前には、健康診断を受診中の人たちが溢れていて、通路の長椅子はすべて塞《ふさ》がっていた。

しょうがないので、僕は立ったまま壁に寄りかかって、長椅子に空きが出るのを待つ。年に一度の健康診断は、会社の近くの病院で受ける。全社員が一ヵ月の間に受診を終えるよう、また業務への影響が最小になるように総務部が予定を組んだ。今朝病院で受付をした時には、ロビーに四人の社員の姿を見かけたが、この通路にはいない。

力強い足音が聞こえてきて、ぎくっとして、顔を向けた。

ナース姿のその人は、千里ではなかった。

胸を撫《な》で下ろした僕は、通り過ぎるナースを見送った。

千里がこの病院に勤めているからといって、出くわすかどうかはわからない。千里は入院患者を担当しているナースだし、健康診断の検査室とはフロアも違う。出会う確率は低いだろう。そうはわかっているのだが、会っちゃったら気まずいよなと思ってしまい、気がつけば、会いませんようにと念じていた。足音がすれば、ひょっとしてと思ってしまうし、白いものが目の端に入れば、緊張してしまう。

神様のせいだ。

先週突然現れた神様が、ターゲットが千里だなどと言うから、変に意識するようになってしまった。まったく興味ないのに。

ナースが部屋から顔を出し、名前を呼んだ。一人の男がのっそりと立ち上がり、部屋の中に入っていった。

僕は空いた長椅子に滑《すべ》り込む。

僕の左に並んで座る二人の男は、知り合い同士のようで小声で喋っている。

一人の男が言う。「毎年健康診断が終わったあとで、ダイエットするぞと誓うんだけど、毎年できないんだよなぁ。息子がさ、幼稚園で俺の絵を描いてくれたんだけど、それが、妊婦かよって感じの腹してる俺でさぁ。息子から見ると、太ってる男なんだよな、俺」

「それ、わかる」ともう一人の男が答え、検査着の上から腹を撫でた。

僕は二人にちらっと視線を送る。

二人とも、僕と年が近そうに見える。

僕も自分の腹に手をあてた。ぽっこりと出ている——。腹に力を入れて、少し引っ込めた。

十年前と同じ生活をしているのに、どうして十年前とは違う体形になっていくんだろう。年のせいってやつなのか。

腹に加えていた力を抜く。途端に腹がたるむ。

残念な気持ちが胸に溢れた。

ナースが名前を呼び、隣の男が立ち上がった。

なにもすることがない僕は、猛烈に携帯電話が恋しくなる。携帯電話があれば、こんな待ち時間いくらでもやり過ごせる。だが携帯電話がなければ、手持ち無沙汰だった。時間を確認する術《すべ》がなくて、正確なところはわからないが、心情的には一時間も経った頃、ようやく僕の名前が呼ばれた。

部屋に入った僕に、ナースはベッドを指差し、そこに座るように言った。

ナースの胸元には、川島《かわしま》と書かれた名札がついている。

僕よりも十は年上に思えるベテランナースは、手際良く血圧を測ると、「上が百二十、下が七十九です」と教えてくれた。

ノーリアクションでいた僕に、「まだお若いから、血圧の数値に興味ないみたいですね」とナースは言った。

若いと言われた僕は、ちょっと喜んでしまう。

僕は言った。「血圧って、あんまり気にしてなくて。僕の数値はどうなんですか?」

「正常ですよ」にこっと笑った。

それは良かった。

ナースにこっとされて、正常だと言われただけで、すっごくほっとする。入院中もそうだった。医者から順調だとか問題ないといった言葉を聞けば、安心はできたが、ナースから大丈夫ですよと言われた方が、何倍も喜べた。

ナースって、そういう役どころなんだろうな。

だからだな。

千里の「お早うございまーす」が楽しみだったのは。千里がナースだったからだ。千里に個人的な想いがあったわけじゃない。神様はそこを間違えてるんだろう。

川島が血を採取するというので、拳の中に親指を入れて準備をした。

僕の腕に川島が脱脂綿《だっしめん》をあてた時、遠くからえずく音が聞こえてきた。

川島は手を止め、おどけたような顔をした。「胃カメラ検査を受けている方ですね。堀田さんは眠っている間に？　それとも眠らずに？」

「眠っている間にしてもらいます」

「その方が楽ですよね。はい、ちょっとちくっとしますよぉ」

小さな痛みが腕にきた。

僕は疑問を口にする。「こちらの病院じゃ、薬で眠っている間に、胃カメラ検査してもらえる方法があるっていうのに、どうしてわざわざ、素面《しらふ》で胃カメラを飲む方を選ぶ人がいるんですかね？　毎年思ってたんですよ」

「薬にはリスクがありますからね。とってもとっても小さいリスクですけど。それに、ご自身の目で画像を見たいという方も、結構いらっしゃるんですよ」

「自分の内臓の画像を見たい気持ちは、僕もよくわかりますけど、それは検査が終わってから、コピーして譲ってもらえばいいんじゃないですかね」

川島は笑って、「ライブで見たいそうなんですよ。ご自分の内臓を」と言った。

マゾだろ、そいつら。

血液採取が終わり、部屋を出た僕は、次の検査室に向かった。

続く検査では、川島のような無駄話をしてくるナースはいなくて、淡々とクリアしていった。マゾではない僕は、眠っている間に胃カメラ検査をしてもらい、終わると、薬が完全に切れるまで、ベッドで横になっているよう指示された。

うつらうつらしていると、ナースたちの声が耳に入ってくる。それは現実なのか、夢なのか判然としない。どれもが千里の声のようでいて、どれもが千里とはちょっと違う声のような気がした。

大きな声で起こされて、目を開けた。

千里より十は若そうなナースが、僕の瞳を覗き込んでくる。ちょっと可愛い子だった。半身を起こした僕に、可愛いナースは書類を差し出してくる。

言われた場所に僕がサインをすると、「検査は終了です。お疲れ様でした」と言って、すぐに隣のベッドに行ってしまった。

千里や川島のように、話しかけてこないのが残念だった。今のナースぐらいだったら、付き合ってもいいんだけどな。

僕は更衣室へ行き、着替えをして、腕時計を覗いた。午後一時だった。猛烈に腹が空いている。例年のように、病院の一階にあるレストランで食事を摂《と》ろうと、エレベーターホールに向かった。そこのレストランはたいして旨いわけではないが、急いで腹を満たすには便利なので毎年利用している。

エレベーターが下りてくるのを待っていると、突如不安が押し寄せてきた。

このエレベーターに千里が乗っていて、ばったりなんてこと……あったら、嫌だ。

嫌だと思えば思うほど、エレベーターに乗っていそうな気がしてくる。恋愛の神様が偶然を演出しやしないだろうか。そういうの、迷惑なんだけどな。あー。千里に会いたくない。強烈に、そう思う。

階段で行くか。

いや。そっちこそ、神様が企んでいる方で、階段の途中でばったりになったりして。どうするか――。

決断できないうちに、チンと軽い音がした。

ゆっくりエレベーターの扉が開いていく。

少し後ずさってしまう。

と、中は空っぽだった。

僕は大きく息をついた。

5

僕の目の前に座る、藤谷涼子《ふじたにりようこ》は、まさにタイプのど真ん中だった。

運命の人とやっと出会えた。

二十回以上も見合いをしてきたが、それも、涼子に出会うための必然だったのだ。妥協せずに、独身を通してきて良かった。

二十四歳の涼子は楚々《そそ》とした姿で、僕の向かいに座っている。見合い写真より実物の方が何倍も素晴らしい。ストレートの長い髪は栗色で、思わず触りたくなるような柔らかさを見せていた。色白で小さな顔は、理想的な卵形だ。終始伏《ふ》し目がちの涼子が、時折顔を上げる。その途端に、僕は痺れたようになった。その瞳に吸い込まれてしまいそうだった。僕と目が合うと、恥ずかしそうにすぐに俯《うつむ》いてしまう仕草も、たまらなくキュートだ。

十二月最初の日曜日の今日、ホテルの中にある和食レストランの個室で、正午に見合いは始まった。出席者は涼子と僕と、それぞれの母親だった。

開始から一時間経った今、僕の心は満足感でいっぱいだった。急に僕の人生が輝き始めたように思える。

仲居が新しい料理を運んで来て、一瞬部屋は静かになる。会話を担当していた涼子の母親と僕の母が、ぴたっと口を閉じたせいだった。

料理を並べ終えた仲居が部屋を出て行くと、すぐに涼子の母親が口を開いた。「このお料理も綺麗《きれい》な飾り付けですねぇ。食べるのが勿体《もったい》ないぐらい。ねぇ、涼子?」

涼子はこくりと頷《うなず》いた。

その仕草もいいなぁ。思わず、僕はにやりとする。

涼子の母親が続ける。「娘は料理が趣味なんですよ。会社がお休みの日には、色々作ってくれるんです」

僕の母が感動したような声を上げる。「それは、素敵なご趣味ですわねぇ。最近は、包丁を持ったことがないなんてお嬢さんも多いようですけれど、やっぱり、お料理はできた方がよろしいですわよねぇ」

にっこりと涼子の母親は微笑《ほほえ》む。「慎吾さんのご趣味は、読書なんでしたよね。それも素敵なご趣味ですわねぇ」

僕は苦笑してやり過ごす。

見合いの度に、母は僕のつりがきに読書と書いてしまう。今回もそう書いていたみたいだった。

食事が終わると、母親たちはひと足先に帰ると言い出した。僕と涼子の二人だけにしようという母親たちの作戦だ。このホテルの庭はとても美しいので、散策でもしてカフェでひと休みをしたらいいと、僕たちに指針を与えてから、二人の母親は立ち去った。

僕は「提案に従って、庭を歩いてみますか?」と尋ねた。

涼子が小さく頷いたので、庭を目指して歩き出す。

自動ドアを二つ通り抜けて、庭に出た。

遊歩道を並んで歩く。

十二月にしては暖かい日だったが、冬はちゃんと存在感を見せていて、風は冷たい。

「寒くないですか？」僕は尋ねた。

「大丈夫です」と、涼子が可愛い声で答える。

涼子は白いマフラーに顎を埋めるように俯いて、僕の隣を歩く。

とても幸せな気分だった。

やがて小さな池に辿《たど》り着いた。

立ち止まり、二十匹ほどの錦鯉《にしきごい》が優雅《ゆうが》に泳ぐのを眺める。

突然、涼子の声が聞こえてきた。

「あの、どんな本を読まれるんですか？」

その質問か。結構聞かれちゃうんだよな、見合い相手から。

一度正直に漫画をたまに読む程度だと告白したら、あとで、母からえらい剣幕で怒られたことがあった。それからは、適当にごまかすようにしている。

僕は言った。「色々です。取り敢えず、なんでもって感じで」

すると、涼子は一人の名前を上げて、どう思うかと聞いてきた。

マズい感じだ。

涼子が上げたのは、誰だ？　話の流れからいって、作家の名前か？　嘘をついてましたと告白しても、間に合うだろうか。

ちらっと涼子を窺うと、真っ直ぐ僕を見つめていた。
その瞳をずっと見つめていたかったが、僕は逸らした。
次の対応を決めるまでの時間が欲しい。
僕は「寒いから、もうホテルに戻りませんか」と提案した。
涼子が頷いたので、僕は来た道を戻り始める。
少し遅れて、涼子が付いてくる。
どうする……どうするよ。困ったなぁ。
考えを決められないうちに、自動ドアに到着してしまう。
そのまま中に突進した。
案内板でカフェの場所を見つけ、そこへ向かう。
カフェの前には、中に入る順を待つ人たちが、椅子に座っていた。
僕が最後列の椅子に座ると、涼子が静かに隣に腰かけた。
さて、どうする。僕はまだ、どう答えたらいいか決めかねていた。
ん？
突然、閃《ひらめ》いた。
涼子から質問が出てから、随分時間が経っている。もうさっきの話はなかったことにできるんじゃないだろうか。そういうことって、よくあるし。

それでいこう。

僕は急に気分が軽くなって口を開く。「涼子さんはどんなお料理が得意なんですか?」

マフラーを外しながら、「なんでも作りますけど、最近はイタリアンに凝っています。

パスタマシンを買ったので、パスタから作ります」と答えた。

「それは、旨そうですね」

涼子は小さく微笑んだ。

よし、乗り切った。

ほっと胸を撫で下ろす。

心配し過ぎか、僕。

涼子がマフラーを丁寧に畳んで、自分の膝《ひざ》の上に置いた。「さっき詳しくお聞きできなかったんですけど、コンテナ・プランナーというのは、どういうお仕事なんでしょうか?」

「船が港に着くと、降ろさなきゃいけないコンテナを降ろして、乗せなきゃいけないコンテナを乗せる必要があるんですけど、その指示書を作成するのが仕事です。たいした仕事じゃありません。誰でもできる仕事なんですよ」

「そんな、謙遜《けんそん》なさらなくても……」

「いや、本当に。15パズルって知ってますか？　あの要領なんです。ここに一つ入れたいから、隣のこっちを先に動かして、空間を作っておくとか、そういう風に考えていけばいい仕事なんです。パズルをして、給料が貰えるんだから有り難いですよ。ほとんど残業なんてありませんし」

ここはアピールするところだと、僕は理解していた。

だから涼子の目を見つめて言った。「仕事に人生を捧げるって人、いますけど、僕はそれ、勿体ないと思うんです。仕事に必死になるのって、ちょっとどうかと。僕の仕事のいい点は、楽っていうのもありますけど、残業がほとんどないところです。毎晩のように終電や深夜タクシーで帰宅するなんて、おかしいですよ。そのおかしさに気付かないのって、変です。結婚しても、一緒にいる時間はほとんどないなんて夫婦じゃ、家族になれませんよ。僕は奥さんと一緒に過ごす時間をたっぷり取るつもりでいます。家庭第一主義者です」

奥さん、なんて言っちゃったよ。

ちょっと先走ったかな。

いや、そんなことはないな。これぐらいのアピールは必要。

いい夫になれますよって、ちゃんと言っておかないと。

涼子は僕からマフラーに目を移し、考え事をするような表情になった。

僕との将来を想像しているんだろうか。

にやつきそうになって、僕は慌てて唇を引き結んだ。

6

夕食の席につき、仰天《ぎょうてん》した。

僕の好物ばかりが、ダイニングテーブルに並んでいる。

「今日、なんかの日だったっけ?」と母に尋ねた。

「そんなんじゃないわよ。さ、いただきましょう」

母に促《うなが》され、僕は「いただきます」と言いながら箸《はし》を握った。

母が茶碗にご飯をよそいながら言う。「お父さんはなんかの集まりがあって、そっちで食事を済ませてくるって言って、出かけたのよ。だから、今夜は慎吾の好物をと思ってね」

僕は茶碗を受け取り、トンカツにたっぷりソースをかける。

席についた母が、リモコンでテレビの音量を小さくした。「今日ね、藤谷さんから電話があったのよ」

僕の心臓はドクンと飛び跳ねる。

見合いの翌日には、先方の親か仲人から連絡が入ることは、今までの経験上わかっていたが、今回ばかりはその儀式の重さが違う。交際のスタートを切りますよと、両家に宣言するわけだから、まさに門出だった。

母が続ける。「あちらのお母さんが言うには、娘はまだ未熟で、ご立派な息子さんとは釣り合いが取れないので、今回はご縁がなかったと思ってますって」

「嘘……」

「嘘じゃないのよ、これが。残念だったわねぇ。お見合い写真を見た時から、慎吾が乗り気になってたから、今回こそ上手くいってくれたらって、お母さん、思ってたんだけど」

愕然《がくぜん》として僕は固まってしまう。

なにがいけなかったんだ？　寒いのに庭を歩かせたのがよくなかった？　カフェでは会話を楽しんだはずだ。僕に笑顔を見せていたじゃないか。

やっぱり、訳がわからない。

「本当にそう言ってきたの？」僕は確認する。

「そうよ。こんなこと嘘ついたって、しょうがないじゃない。ま、いいわよ。次、次。あるわよ、もっといい話が。年々くる話が少なくなってはいってるけどね。それだって、ゼロじゃあないんだし。希望をもちましょうよ。さ、食べて、食べて」

なぜだ——。

やっぱり理由がわからない。顔か？　いや。僕の写真を見たうえで、見合いの席に来たんだから、それもないよな。

いったい、どういうことなんだ。

頭の中では、涼子との未来の生活がすでに始まっている。デートや、結婚式や、ハネムーン。二人の新居の寝室までも。

これをすべて捨て去れと？　無理だよ、そんなの。

一気に食欲は失《う》せたが、母が食べろとしつこいので、機械的に箸を伸ばして口に運んだ。

早々に自室に引き揚げ、壁の一点を睨む。

白い壁に涼子の笑顔が浮かんでは消える。

心は乱れるばかりで、頭を激しく左右に振ってから立ち上がった。

コンビニに行くと母に告げて、家を出た。

自宅から駅方向に、五十メートルほど行ったマンションの一階に、コンビニが入っている。

天国のように輝くコンビニに入ると、アルコール類が並ぶ棚に真っ直ぐ向かう。

缶チュウハイを選んだものの、手にした途端、これは違うと感じた。

見合いを断られた男が、缶チュウハイを飲んでしまっては、敵の思う壺《つぼ》だという気がした。敵が誰かはわからないが、今これを飲んではいけないと、強く思った。

缶チュウハイを棚に戻した僕は、店内を回遊し、アイスのケースの前で足を止める。ガリガリ君を買って、コンビニを出た。

コンビニの前にある、三段のステップの最上段に腰掛け、ガリガリ君を食べる。味も冷たささえもよくわからなかったが、ひたすら口を動かし続けた。

「なにしてんだ、こんなとこで」

声をかけられ、振り返ると、父がコンビニの自動ドアの前に立っていた。

「なにって……アイスを食べてる」と、僕は答える。

父は「そうか」とだけ言うと、コンビニの中に消えた。

しばらくして、父が戻って来た。

僕の隣に座ると、レジ袋からホームランバーを取り出して食べ始めた。

「たまにはいいな、こういうのを食うのも」と父が言うので、僕は頷く。

それから父と二人で前の通りを眺めながら、アイスを食べ続けた。

ガリガリ君が半分ほどになったところで、父が突然口を開いた。

「今回の見合いは残念だったが、またそのうち、いい話も来るさ」

ごくっとアイスの塊《かたまり》を飲み込んだ。

「母さんから聞いたの？」僕は尋ねた。

「昼間、私が家にいる時に電話がきたからな。ま、これぱっかりは縁があるか、ないかだからな」

「縁がなかったのかな。そうは思わなかったんだけどな、昨日は。おとなしい子だから、口数は多くはなかったけど、真剣に僕の話を聞いてるって感じだったし。三、四時間会っただけなんだしさ。もう何回か会ってから、決めたっていいよね？」

「そうだなぁ」と、父はのんびりと答え、前の通りを歩くカップルを目で追った。

僕はガリガリ君に再び取りかかり、やがて食べ終えた。

父が喋り出す。「お母さんとの馴《な》れ初《そ》めって、知ってるか？」

「いや。聞いたことない」

「そうか。上司が持ってきた見合いだったんだ。上司の奥さんが、仲人が趣味みたいな人でね。今じゃ、そういう私生活に干渉《かんしょう》するような上司は、嫌われるんだろうが、昔はそういう人はたくさんいたんだよ。私は初めての見合いでね。お母さんは確か、三回目か四回目だって言ってた。上司の自宅が見合いの場所だった。なにを話したんだったかもう覚えてないが、どうせたいした話じゃない。二人っきりで部屋に残されたのは一時間ぐらいだったんじゃないかな。翌日会社に出ると、すぐに上司に呼ばれて、どうするって聞かれてな。嫌いではないですって、私は答えたんだ。これは、本心だったよ。お母さんは、一目惚れするような美人じゃなかったしさ。今の、お母さんには内緒だぞ。私の感想を聞いた上司は、よし、決まりだって言った。先に進めるぞって上司が言ったから、こんなんでいいんでしょうかって私は尋ねたよ。上司はそんなもんだって言って、笑ったよ。自分もそんなもんだったって言ってな。お母さんも、そんな程度じゃなかったろうか。私の魅力に瞬時にやられたなんて、あり得ないからな。それから、二人だけで初めて会って、二度、三度と会った。上司にまた呼ばれて、どうだって聞かれたから、嫌いではないですって、また答えた。順調だって上司は言った。それから、上司に言われるまま段階を踏んでいって、結婚式を挙げた。それから四十年。まぁ、円満な家庭だ。大恋愛して結婚しても、続かない夫婦はたくさんいるっていうのにだ。恐らく、縁があったってことなんじゃないかな、お母さんと私には。縁があれば、また慎吾に見合い話は来るだろうし、縁があれば、結婚もするかもしれない。縁があればな。そんなもんだ」

父は話を止めると、アイスを口に入れた。

慰《なぐさ》められてんのか、僕は。参ったな。

涼子とは縁がなかったんだろうか。涼子と縁がある男は、誰なんだろう。急に嫉妬心が湧《わ》きあがってくる。

僕はひりひりするような心持ちで、前の通りを睨んだ。

7

オフィスビルの屋上から海を眺める。

夕焼けが始まるには少し早く、海はまだ明るかった。

大きくため息をついた。

「落ち込んでるみたいだね」

声がして、振り返ると、恋愛の神様が立っていた。

僕は顔を戻して、再び海を見た。

神様が言った。「元気がないように見えるのは、失恋したからかい？　それとも物品管理部へ異動することになったからかい?」

むっとして否定した。「失恋じゃありませんよ。見合いがダメだったって、それだけです。縁がなかったってだけで。異動は、別になんとも思ってませんよ」

「神様に見栄《みえ》をはらなくたっていいだろうに」

神様は僕を追い越してフェンスに近づいた。しばらくの間フェンス越しに海を眺めていたかと思うと、くるりと身体を回してきた。

神様が口を開く。「涼子さんがどうして断ってきたか知りたいなら、連絡を取って聞いてみたらどうだい?」

「そんなこと……恋愛の神様がそう言うってことは、もしかしてなんとかなるんですか?」

「ならない」

がっかりして、僕は再びため息をついた。

「ならないけど」神様が肩を竦めた。「気が済むかもよ」

なんだよ、それ。

気は済んでるよ、とっくにね。涼子に断られてから四日になるんだ。ただ、ちょっと
——元気がでないってだけだ。

「人間はさ」親指で神様は自分の背後を指差す。「海、眺めるの、好きだよね。どうしてかね？　海を眺めるとどうなるの？」

「どうなるって……どうもならないですけど。ちょっと気持ちが下向きの時、ビルの壁なんか見たくないじゃないですか。そんな時眺めるには、海が手頃なんですよ」

「なるほど」腕を組んだ。「広い景色を目に入れたいということだね。人間は興味深い」

今日の昼前、突然部長に呼ばれて、物品管理部へ異動してもらうと言われた。驚愕《きょうがく》したもののわかりましたと僕が言うと、部長は「だから言ったろう」と強い口調になった。コンテナ・プランナーの仕事に役立つ資格を取っておけと、部長からは何度も言われていた。危険物取扱者や火薬類取扱保安責任者といった資格を。だが僕は、そういうのいいですからと断り続けてきた。今の仕事をどうしても続けたいわけじゃなかったし、出世したくもないし。部長は資格さえもってれば、異動は阻止できたんだぞと僕に言った。本当にそうだったんだろうか。そうだったとしても、別に構わない。新しい仕事を覚えるのは面倒だが、いつかは慣れる。

神様が話し出す。「部長さんは、資格をもってればって言ってたねぇ。あなたがもし恋愛検定に合格したら、今の部署に戻してくれるんだろうか？」

「さぁ。いいんですよ、別に。仕事が変わるのは。今度の仕事の方が楽かもしれないし。

元々仕事にやりがいとか、求めたりしないもんで」

「やりがいを求めなくてもいいけどさ、つまんない仕事や、面倒な仕事に当たっちゃったら、大変だよ。私みたいにね。できうる限り手を抜いたってだよ、毎日毎日長い時間関わり合わなきゃいけないってのは、避けられないんだから。酒の量が増えちゃうよ。それでも憂《う》さは晴れないけどね」

あぁ……。

面倒な仕事に当たったら、そりゃあ滅入るな。耐えられるぐらいだったら、いいんだが。

「仕事は私の担当外だからいいとして」神様が腕を解《ほど》いた。「受け身の対処法を、伝授してあげようか?」

「受け身の対処法って、なんですか?」

「失恋から早く立ち直るための、思考メソッド」

「だから失恋じゃ……」と言いかけて、やめた。

確かに神様に見栄をはってもしょうがない。だが失恋という言葉には、どうも抵抗感がある。

「プライドは大切だよ」僕の心を見透かしたかのように神様が言う。「プライドは自分らしさと繋《つな》がっているしね。なんとか相手に気に入られようと、プライドを簡単に捨ててしまう人がいるね。この前も、自称恋多き女って人を担当したんだけどさ。彼女はあくまでも自称でね。本当のところは、ちゃんと恋愛なんてしてきてなかった。いざ、恋が始まったら、慣れてないもんだから、好かれようとするあまり、プライドを捨ててしまってね。相手にすべて合わせるようになってしまった」

「どうなったんですか、その人」

「四級は不合格」

「その人、受け身の対処法を学んだんですか？」

「いや」

「どうしてですか？」

「私が教えなかったから」神様が答えた。

「えっ？」

「誰彼となく、教えてるわけじゃないよ。神様は全員いい人だなんて、誤解、もってる？人間にいろんなのがいるように、神様だってそうだから。あなたはさ、なんとなく私に似ているようだからね。だから、特別にアドバイスしてあげようかと、気まぐれを起こしたんだ」

「はぁ」

「聞きたい？」

「……はい。お願いします」

「徹底的に相手をこき下ろせ」神様が強い口調で言った。

「……それで？」

「それだけ」

「はい？　神様のアドバイスが、それですかぁ？」

「なんで、そんな不満顔なのかね。これに勝るものなし。神様が言うんだから、これが真実。旅に出ろだの、自分の良さを再確認しろだの、新しい恋を探せだの、そんなアドバイス、期待してたのかい？　よしてくれよ。そんなの、まじない程度のもんだよ。効きやしない。ほら、やってごらんよ。こき下ろすの。声に出すのがいいよ」

そんなこと言われたって、涼子をこき下ろす材料がない。それぐらい完璧だった。容姿も、おとなしい性格も、年も。

却《かえ》って生々《なまなま》しく涼子を思い出《じ》してしまって、胸の奥が疼《うず》く。

神様が焦れたような声で言う。「しょうがないなぁ。代わりに私が言ってあげよう。口数が少ない女は、自分以外に興味がないから喋らないんだ。彼女もその手の女だった。自分にしか興味がないんだから、人なんか愛さないぞ。夫にだって、子どもにだって、愛情をもたない女だ。そんな女と暮らしてみなさい。毎日地獄だよ。それに、専業主婦志望ってことは、自分は働かなくてもいいだけの収入を夫に求めてるってことだ。夫の収入を当て込んでる妻は、大変だよ。出世を強要してくるからね。なかなか出世しなければ、小遣いはほんのちょっとしか貰えない。自分は贅沢三昧《ぜいたくざんまい》で、夫の小遣いは雀の涙ほどだ。料理が趣味？　毎日、舌を噛《か》みそうな名前の料理を出されてみなさいよ。耐えられないから。口に合わなくても、残せないしね。そういうのに限って健康志向だから、料理は薄味になるんだ、これが。インスタントラーメンなんか、食べさせてもらえないね。こんな女との生活、辛いぞ。今は可愛いかもしれないが、どんな女だって年を取る。必ずオバサンになるんだ。出世しろと脅す、小遣いをちょっとしかくれない、薄味料理しか作らないオバサンだ」

不思議だった。

すうーっと気持ちが落ち着いていく。

神様の話が、涼子の未来の姿を見通したものなのか、それともまったくのでっちあげなのか、そんなことはどうでもいい。ずっと胸に溜まっていた不満が、小さくなっていっている現実が大事だった。

こうやってこき下ろすって、結構いいな。

神様が聞いてきた。「どうだい？　少しすっきりしたろ」

「そう、ですね。なんか、ちょっと気持ちが落ち着きました」作業着の胸のあたりを撫でる。

「だろう。この受け身の対処法は覚えておくといい。役に立つよ。読書が趣味なんて嘘をつく人は嫌いだとか、仕事をバリバリやる人が好きだとか、そんなこと、言わせておけばいいんだ。こっちだって、言いたいことはたくさんある――」

言葉を遮《さえぎ》って尋ねた。「それ、彼女の理由ですか？　彼女が断ってきた理由が、それなんですか？」

「あっちの理由なんて、どうでもいいんだよ。大事なのは、とことんこき下ろすってこと。こき下ろすだけ、こき下ろせばいいのよ。それでさ――」

それが理由？

僕は唖然《あぜん》として、動き続ける神様の唇を眺めた。

全然ダメだったんだ。涼子は、僕とはまったく違うタイプの男を求めていた――。本なんて読まないの、バレてたんだな。

だったら、しょうがないや。僕は別人にはなれない。なりたくないし。

僕はすっかり達観して、作業着のポケットに手を入れた。

8

いつものドアから乗り込み、いつもの席に座った。

太股の上にバッグをのせる。

ホームで電車待ちの列の先頭に立てば、こうやって座れる。これが可能なのは、午前七時というラッシュ前の時間帯のせいでもあった。

始業が午前八時の物品管理部に異動になってから、出勤時間が一時間早くなった。通勤ファッションも大きく変わった。シャツにジーンズといった、カジュアルな服装になった。ほとんどの時間を倉庫で過ごすので、ジーンズが一番だった。それに、年度末の今日は年に一度の棚卸《たなおろ》しなので、いつも以上に汚れ仕事が多いと思われた。

あっ。今日は三月三十一日か――。恋愛検定期間の最終日だ。

結局この半年、なにもなかった。

見合いを一回して、断られて、終わりだった。神様がターゲットだと言った千里とも、なにもなかった。

突然、大きく身体が右に傾《かし》ぐ。

急ブレーキをかけて、電車は止まってしまった。

人身事故かな。迷惑なんだよな、人身事故って。ホームは人で溢れるし、遅延証明書を貰うために、改札で行列に並ばなければならない。

ん？　なんかおかしい。

僕の前に立つ男を見上げると、フリーズしていた。

「おはよう」

神様の声がしたので、顔を左に捻った。

神様が隣席の男を椅子《いす》のようにして、そこに腰掛けていた。よく見ると、神様は男から少し離れて浮いている。

「おはよう」もう一度神様は明るく言った。

「おはようございます」

「やっと思い出してくれたみたいだね。今日が最終日だってこと。で、どうするの？」

「はい？　どうするって、僕に聞いてるんですか？　どうかした方がいいんですか？」

笑った。「別にいいんだよ。したくなけりゃ、しなくって。あなた次第。ただ最終日ですよって、告知しなくちゃいけないって規則があるから、言ったまでだ」

「安田さんが今日、連絡してくるとか、ばったり出くわすとか、そういう展開用意されてないんですよね？」

「なによ、それ」神様が言う。「そんなもん、神様が用意するもんじゃないよ。そういう筋書きにしたいなら、自分で動かなきゃ」

どんな筋書きにしたいんだろう。

いや、筋書きはいらない。

千里はタイプじゃない。恋愛の神様が、僕のターゲットが千里だというからには、もしかしたら相性はいいのかもしれないが、それより大切なことがあった。僕だけをひたすら愛してくれて、おしとやかで従順な若くて美しい人。この点は譲れない。千里がこれらをもっていないのだから、僕はなにもしない。

どこにいるんだろう。僕のシンデレラは。

僕は言う。「母が、結婚相談所に入ったらって言ってるんですけど、入った方がいいんですかね？」

「さぁねぇ。私の担当は、恋愛検定の査定だからね。あなたの将来が見通せるわけじゃないから、なんとも言えないね」

「将来を見通すのは、なんの神様なんですか？」

「あなたの将来の全般について把握している神様ってこと？　そういうのはいない。完全に分業になってるから。自分の担当のことしかわからない」

「そうなんですか。それじゃ、僕のシンデレラがいつ現れるかは、わからないんですね？」

「あなたのシンデレラ？」目を丸くする。「どっちかっていうと、あなた自身がシンデレラなんじゃないの？　いつか理想的な素晴らしい人が、僕を見つけてくれますようにって願ってるんでしょ？　ま、いいけどさ、どっちでも。いずれにしてもわからないね、私には」

　わからないのか――。

　シンデレラと出会えるかわからないのに、結婚相談所に金を払うのも、勿体ない気がするんだよなぁ。それに、タイプじゃない女性とたくさん知り合ってもしょうがないし。パーティに出席するのも面倒そうだ。わざわざそういう所へ行かないで、出会えたら最高なんだが。

　神様が言った。「それじゃ、もう行くけど。今日が検定期間の最終日だって、ちゃんとあなたに告知したからね」

「はい。あの……」

「なに？」

「明日からは、もう神様とは会えないんですか？」

「そうだね。私は次の受検者のところに行くからね」

「なんか、ちょっと淋しいですよ。あの受け身のメソッドは、助かりました」

「そりゃあ良かったよ。恋愛なんか、考え方一つだからね。また次の時にでも、やってみるといいよ」神様が提案してきた。

「いやぁ」苦笑する。「次の機会は、ない方がいいんですけどね」

「あ、そっか」大きな声を上げてから、すぐに笑った。「そりゃ、やらなくて済むんだったら、その方がいいよな。そりゃそうだ」何度か頷いた後、尋ねてきた。「新しい仕事はどう？」

「最初は覚えなきゃいけないことがあって、それなりに大変でしたけど、慣れました。慣れれば、それほどしんどい仕事じゃありませんでしたから、まぁ、良かったです。神様は？　異動ってあるんですか？」

「あるね。春と秋に。でも、私はなかなか異動できなくてね。もう長いこと、ずっと恋愛の神様をしてるよ。受験の神様とか、商売繁盛の神様なんか、一度やってみたいと思ってるんだけど、なかなか」

「神様でさえなかなか思い通りにならないなんて、大変ですね。そういう時はやっぱり、あの受け身のメソッドをするんですか?」

「ここだけの話だよ」と神様は小声で言ってから、辺りをきょろきょろと窺う。「ほかの神様をこき下ろすんだよ。すっきりするね。嘘でもなんでもでっちあげて、とにかく貶《おとし》める。そうすりゃ、こっちの気は楽になる。勿論《もちろん》、実際に顔を合わせた時は、そんな腹の中はちらとも見せないで、紳士の態度を取るよ。裏表あるんだよ、神様だって。人間に裏表あったっていいよ。全然いいよ」

この神様、ちょっと変わってる。

神様のくせにこき下ろせとか、裏表あったっていいとか言っちゃうんだから。

でも……ちょっと元気になれたかもな。

それには、感謝だ。

握手をしようと僕が手を出すと、神様はじっとその手を見つめ、それから遣《や》る瀬無さそうな顔をした。

神様が言う。「握手かい? 残念だが握手はできないんだよ。人間は私の身体に触れることはできないんだ」

あれれ。

僕は手を引っ込めた。

そうなんだ……触れないのか、神様には。

ちょっと……切ないな。

変な話なんだが——神様のくせに、神様っぽくなくて、つい忘れそうになるが、神様は神様で、僕らとは違うんだよな。

改めて神様との距離を感じた。

「ま、元気でやんなさいよ」神様が笑った。

「はい。神様も」

「それじゃ」

神様の姿が消えた。

突然、身体を左方向にもっていかれそうになる。

上半身を右に戻そうと動いた時、電車の走行音が聞こえてきた。

車内を見回すと、乗客たちは息を吹き返していた。

僕の日常が再開された。

第三章　友達止まりの女　二級

1

ヤバいよ。昨年対比、こんなに落としてんの、うちのお店だけじゃん。

店長会議が始まって五分で、私は嫌な汗をかき出す。

デベロッパーである、駅ビル運営会社が主催する店長会議は、毎月一日に開かれる。全テナント二百二店の三月の売上が記された書類を見て、私は心の中で「ヤバい」と繰り返した。

私は去年から入浴剤やタオルなどの、バスタイム関連グッズを扱うショップの店長をしている。店長になってから一度も昨年の数字を超えたことがなくって、店長会議ではいつも肩身が狭いのだけど、先月の数字は最低の記録更新で、さらに居辛《いづら》い度百パーセントだ。

先月の中旬にマズいと思って、ほかのいくつかのお店に売上を聞いてみた。その時は、「うちも酷《ひど》いもんだよぉ」なんて言ってたから、駅ビル全体が悪いのかもって考えてた。でもこの数字を見る限り、際立って悪いのはうちぐらいで、酷いと言っていたお店は、ちゃんと昨年の数字を超えてる。

後半で盛り返したってこと？　どうかな。

高校の頃の試験勉強と一緒だ。皆試験の前には、寝ちゃったとか、テレビを見ちゃったとか言う。だけど、成績が発表される時になると、そういうのが全部嘘だったってわかっちゃう。ちゃんと勉強してなきゃ、取れない点数なんだもん。

嘘をつかれるのは好きじゃない。凄《すご》く淋しくなるから。

あれっ？

どうしたんだろう。鈴木《すずき》部長の声が突然切れた。

顔を上げた途端、背後から声がした。

「香川紗代《かがわさよ》さん？」

振り返ると、スーツ姿の男が立っていた。

「はい」

片手を上げる。「恋愛の神様」

えっ？　なに言ってんの、このオッサン。

ん？　嘘……本当に？

私は早口で尋ねた。「本当に恋愛の神様ですか？」

「そう。周りを見てごらん」

周りを見回した。会議室にいる全員がフリーズしてる。

来たんだ――。私に。

私は立ち上がった。「本物の恋愛の神様なんですね？　私に来てくれたんですね？　嬉《うれ》しいっ。私、頑張ります。友達のお姉ちゃんの彼が、恋愛検定の四級をもってて、いつか私にも来てくれたらいいなぁって、ずっと思ってたんです。ありがとうございます」

「まぁまぁ、落ち着いて。そんなに喜ばれたの久しぶりだよ。まずはトライアルね」

「はい」

「ここにいる人たちの間の恋愛模様を、推理してみて」

パイプ椅子《いす》に座り直した私は、ゆっくり会議室を見回す。

ここにいる人たちの恋愛模様か……。

私は鈴木部長を指差す。「あの鈴木部長は、たぶんあそこに座ってる池上《いけがみ》さんと、不倫中だと思うんですよね。一ヵ月前から、そういう関係になったんじゃないかと読んでるんですけど、当たってますか？」

「どうしてそう思うの？」

「元々仲良かったんですよ、二人。飲み会なんかでも、必ず隣に座ってたし。それが、先月から急によそよそしくなって。それっておかしいですよね。この前、池上さんが急に休みの日を変更したんですって。その日、鈴木部長も休みだったんです。怪しいの星、三つですよぉ」

「ほかには？」

「あそこの竹中《たけなか》君と、あそこの果林《かりん》ちゃんは、付き合ってるのは確実で星四つなんですけど、不倫でもないのに、二人とも付き合ってるのを認めないいんです」

「なぜ認めないいんだろうか？」

「さぁ……わかりません」私は首を左右に振った。「あそこにいる美樹《みき》ちゃんが、あっちに座ってる黒川《くろかわ》さんと付き合ってるのを秘密にしている理由なら、わかるんですけど。あそこに座ってる松永《まつなが》さんとも付き合ってるからです。二股です。美樹ちゃん、黒川さんにも松永さんにも、付き合ってるのは内緒ねって言ってるんじゃないかと思います。仕事がしにくくなるからとでも言って。黒川さんも松永さんも、お互いの存在には気付いてないんじゃないかな。だから忘年会とか新年会とか、そういうのに三人とも参加しちゃったりするんですよぉ。こっちの方がドッキドキです」

神様は「二級ね」と言って、黒い物を胸ポケットから取り出した。

スマホを操作するみたいに、黒い物に人差し指でタッチしてから、それをポケットに仕舞った。

「それって、もしかしてアイフォーンですか?」私は尋ねる。

「似てるけど、ちょっと違う」

「そうなんですか」手を上げた。「質問でーす。ターゲットは誰ですか?」

「そういうの、教えられないことになってるんだ」

「絶対に?」

「絶対に。上司が代わってね」渋い表情をした。「今度の上司の考えじゃ、査定が平等に厳密に行われることが、一番なんだってさ。だからなにも教えられないんだよ」

「そっかぁ」私は確認する。「でも、あれですよね。誰かはわからないけど、ターゲットはいるってことですよね、二級に挑戦するってことなんですから。あの人のことだといいんだけどなぁ。私、彼氏いない歴、一年なんですよぉ。元彼、浮気ばっかりする人だったんですよ。最初は騒がない方がいいかと思って、見て見ぬふり、大人のふりってしてたんです。でも彼の家に行ったら、浮気相手とばったりで。もうそうなったら、知らないふり、大人のふりってできないですよぉ。彼、すぐに謝ってくれたんです。もうしないって。だから許したんですよね。一人ってダメなんですよ、私。世界から落ちこぼれたみたいに思っちゃって。それって良くないよって、友達からは言われるんですけど、しょうがないじゃないですか。一人じゃ生きていけないんですからぁ。その元彼には四回浮気されて、四回許したんです。トータル二百万貸して、十万返してもらって、終わっちゃいました。理由ですか？　元彼の五人目の浮気相手が、お金持ちだったんです。浮気じゃなくて本気だからって言われて、終わりです。落ち込みましたよぉ。ずっと泣いてましたもん。目なんて腫《は》れまくっちゃって、お店の子たちからは、そんな顔でお店に立たないでくださいって言われたぐらいだったんです。あれっ？　私、喋《しゃべ》り過ぎてますか？」

「いや。面白いからいいけど」

「なんか間が空くと、怖くなっちゃうんですよねぇ。喋らなきゃって、使命感？　強迫観念？　よくわからないんですけど、とにかくアドレナリンが、ぐわわって出てきちゃうんです。ファイトー、いっぱーつって」

神様は小さく笑った。

それから、アイフォーンに似てるけどちょっと違う黒い物をまた取り出して、検定の説明をしてくれた。

だいたい噂《うわさ》で聞いていたのと同じだった。

よーし、頑張るぞー。

彼をゲットして、二級もゲットして、妻の座もゲットしちゃいたい。

三十歳までには結婚したいと思ってた。本当は二十五歳までにだったんだけど、二十七歳になっちゃったから、公約を修正。素敵なダーリンと結婚して、早く子どもが欲しいんだよね。

運が向いてきた感じがするなー。

行っちゃうよー、このまま。

私はパンパンと両手で顔を叩《たた》いて、気合を入れた。

私は宣言する。「死ぬ気で頑張ります」

少し戸惑《とまど》ったような顔をしてから、神様は「そうね。頑張って」と言った。

午前十一時に鈴木部長がお開きを宣言したので、私は一番に会議室を飛び出した。

松下未知人《まつしたみちと》は副店長なので、店長会議の時には店番をしているはずだった。ってことは、チャンスってこと。

社員用のエレベーターで六階に降り、真っ直ぐ未知人がいるショップに向かう。

気が付いたら、競歩かってぐらい早足になってる。本当は全速力で走りたい気持ちだけど、なにそれって未知人から思われたくないから、ぐっと堪《こら》えての早足。

ショーウインドーの前で早足、ストーップ。

ショーウインドー越しに店内を覗《のぞ》くと、いた。未知人が。

一人でワイシャツを弄《いじ》ってる。

大きく深呼吸をしてから、中に入った。

「おはよー」と声をかけると、すぐに「おはよー」と未知人が返事をしてくれる。

それだけで感激しちゃう私って、問題ありかな。いやいやそんなことはないと、自分に言い聞かせる。

「可愛いTシャツだねぇ」未知人が言った。

おっと。未知人から先に、褒《ほ》められてしまった。今日の未知人のファッションを褒めようと思ってたってのに。

私は自分の胸元にプリントされた、大きな赤いハートを見下ろした。

ハートの形が大好きで、集めている。傘やバッグ、スカーフ、ほかにも色々。ハート付きのものを身につけていると、愛に恵まれるような気がするんだもん。

私はにっこりして「ありがとう」と言った。「そういう未知人君も、いつものように決まってるよ」

未知人は髪を掻《か》きあげてから「ありがとう」と、決めポーズをした。

そういうところも、好き。

やっぱりノリが良くないと。

未知人は、メンズシャツの専門ショップの副店長。先月ほかの街のショップから、異動でやってきた。このショップの店長とは結構仲がいいので、未知人の歓迎会に誘われて、うちのお店の子たちと一緒に参加した。未知人をひと目みて、キタッと思った。ちょっと情けない感じの顔が、私のストライクゾーンのど真ん中だった。喋ってみたら、声もタイプだったし、ノリもフィットした。

歓迎会の後、このフロアが主催した飲み会で、また未知人と一緒になった。最初は席が遠かったんだけど、未知人の隣の人がトイレに立った隙に、忍者のように移動した。未知人の隣の席をゲットしてからは、二人でずーっと喋った。すごく盛り上がっていい感じだったのに、メルアド交換をする前に、私だけゲームに参加させられてしまった。これ、痛恨のエラー。くだらないゲームで優勝しちゃった私が、変な帽子をかぶらされて、歌を歌わされてから、やっと未知人の隣席に戻ったら、彼は爆睡していた。

未知人のメルアドを知らない私は、まだ二人っきりで飲んだことがない。どうやって誘おうかなって考えている時に、恋愛の神様が登場したから、勇気三百倍。即、このショップに来ちゃった。

でも……。

いざこうやって二人っきりになると、胸がドキドキするばっかりで、いい言葉は浮かんでこない。

乙女だわ、私。

「店長会議どうだったの？」

未知人が先にきっかけを作ってくれた。

こういうところも、好き。

「どうって」私はちょっと俯《うつむ》いて、元気ないのって演技をする。「うちのお店、先月の売上、すっごく悪かったから。会議の間中ちっちゃくなってたよ。一生懸命やってるつもりなんだけどねぇ」

「悪い時もあれば、いい時もあるって」

「うん。そうだね」

にやついてしまいそうになるのを、なんとか堪える。

慰《なぐさ》めてくれるなんて、優しいんだから。

神様、今、だよね？　勇気を出すのは、今でしょ？

神様の返事は聞こえてこなかったけど、私は確信していた。だから勇気をもって話しかけた。

「慰めて欲しいなぁ、未知人君に。ね、今日、仕事何時まで？　良かったら、飲みに行かない？　二人で」

「今日？　いいよ。八時終わりだけど、いい？」

「いい、いい。じゃ、メルアド教えてくれない？」携帯電話を開いた。「待ち合わせの場所と時間、あとでメールするから」

未知人はいったんストックルームに引っ込み、すぐに携帯電話を手に戻って来た。

メルアドを交換して、私はショップを出た。

メチャメチャ嬉しー。

スタッフ専用口に向かって歩く。

なんだかふわふわしていて、ちゃんと靴の底がフロアに着いているのかなって思っちゃう。

扉を開けるのと同時に、携帯のメールを打ち始める。

手摺《てすり》に左手を置いて、階段を下りる。メールを打つスピードが一気にダウンしちゃって、イラッとしちゃう。未知人をデートに誘っちゃったこと、友達に早く報告したいのに。

じれったくなって、踊り場で足を止めた。そこでいつもの速打ちで文字を入力し、即送信。

携帯を閉じて、ぴょんぴょんと階段を下りる。

そうだ。お店決めなくちゃ。どこがいいかな。気取ったお店じゃなくて、ちょっとお洒落な居酒屋あたりがベストだよね。手頃な値段で――いや、格安な値段のお店じゃないと。昨日お店の子たちを飲みに連れて行って、ご馳走してしまった。勿論《もちろん》カードだけど。店長手当って、笑っちゃうほどほんのちょっとなんだよねぇ。でもお店の子たちと一緒に飲んで、はい、割り勘ね、なんて言えない。だからただの販売員の時の方が、毎月の暮しは楽だった。それに一月と二月にあった、この駅ビルのセールで買い物をし過ぎちゃったしで、ずっとお金のピンチが続いてる。

自分のお店に戻ると、ストックルームの扉を開けた。

隅にある小さなデスクにつき、パソコン画面を覗く。

エリアマネージャーからメールが来ていて、一気に気持ちが沈んだ。

どうせいつものように、お叱《しか》りのメールだろうなと思うと、クリックする気にならない。

どうしたら読まずに済ませられるかと思っていると、携帯電話が震えた。

こっちのメールはすぐに開く。

ちーこからのメールには、今夜必ず決めろと、鬼コーチキャラで書いてあった。

だよねぇ。

今夜決められなきゃ、もう次はない。

飲み会の時のことを思い出してみる。

二度ともいい感じだった。

絶対?

どうかな。

急に気が気でなくなってくる。

誰とでも、あんな風に親しげに話をするタイプだったら?

んー、そうかもしんない。

いやいや、違うよ。二人っきりで飲みに行くのをＯＫしたってことは、ちゃんと私の気持ちはわかってて、受け取ってる。

っていうか、受け取ってて。お願い。

立ち上がって、壁にかけてある鏡に顔を映した。

昨日のお酒のせいか、ちょっとむくんでいる。

こんな顔で決められるかな、私。

いや、決めるしかない。

むくんだ顔を両手で叩き、気合を注入した。


中ジョッキをぶつけて、乾杯《かんぱい》をした。

駅ビルから十分ほどの距離にある、裏通りの居酒屋は、一皿三百円以下のメニューが豊富なのがウリだった。ビルの地下二階にある店内は広く、混んでいる。

私と未知人は角の席に座り、ビールを呷《あお》ると、ぷはーっとほとんど同時に息を吐き出した。

思わず、顔を見合わせて笑う。

やだっ。飲むタイミングが合っただけで、幸せなんですけど。恋って不思議。

このお店を選んだのは、安さもあるけど、なんといっても、営業時間が朝八時までだって点が大きい。終電を逃したら、朝までいて、ここからお店に出勤ってこともできる。それに駅ビルで働いている人たちに、このお店が知られていないっていうのがいい。去年学生時代の友達と、たまたまこのお店に入って、値段と営業時間が気に入った。でも、あえてスタッフや駅ビルの人たちには教えなかった。普通だったらぺらぺら喋って、飲み会に利用しようとするところなんだけど……まるで今日という日が、あらかじめわかっていたみたい。

これって運命？　いやぁん。幸せ過ぎるぅ。

出し巻き玉子が届いて、私はさっそくお箸《はし》を握る。「未知人君は、食べ物の好き嫌いはあるの？」

「ないね」

「偉い。私はねぇ、ピーナッツだけダメなんだぁ」

「そうなんだ。アレルギーとか？」

「ううん。単に嫌いなの。鼻血、出そうじゃない？」

「ええ？　食べ過ぎなけりゃ、鼻血は出ないでしょう」

「出る」私は断言する。「出るような気がする。鼻血って間抜けじゃん。鼻の穴からたらーんだよ。どんなにいい女でも、いい男でも、鼻血はダメでしょ」

「鼻血に厳しいねぇ」

「厳しいよ、私は」

私が出し巻き玉子を食べ、ビールを飲む間に、未知人がシャツの袖を肘《ひじ》の上まで捲《まく》った。

いやぁん。予想より腕が太いー。しかも血管が浮いてるー。男の腕の血管に弱いんだよねぇ、私。ドキドキしちゃう。

未知人が言った。「紗代ちゃんはいつも明るくて、元気でいいね」

敬礼のポーズで「元気でーす」と答えてから、「元気な女子は嫌い？」と尋ねた。

未知人が首を左右に振る。「嫌いじゃないよ。気取ってたり、暗い子って、どう接したらいいかわからなくて、困っちゃうからさ。明るいのっていいよ。紗代ちゃんのいいところだよね」

「ありがとう」

顔がにんまりしてしまう。いい感じ。

右隣の席に、女の二人連れが座った。

二人が持っていた傘に目を止めた未知人が言った。「雨、降って来たみたいだね。参ったなぁ。洗濯物干してきちゃった」

「本当に？　今夜の降水確率、八十パーセントって言ってたよ」

「マジで？　それじゃ、気象庁に文句言えないいな」

「言えないよ。八十パーセントだもん」

「僕さ、昔、気象庁に文句の電話をしたことあるんだよね」

「えっ？　外れたって？」

「そう」未知人が頷《うなず》く。「中学三年の時。クラスに好きな女の子がいてさ。でも、なにも言えないでいたんだ。たまたま二学期の終業式の帰り道で、二人きりになれてね。もう卒業も近かったし、僕とは違う高校を志望しているのは知っていたから、これが最後のチャンスだと思ってね。勇気を出して、冬休みに映画を観に行かないかって誘ったんだ」

「そうしたら？」

「うんって。その時の、うんって頷き方、今でも思い出せるんだよね。ちょっとだけ強く頷いた女の子の姿。終業式の三日後に、映画を観に行く約束をしたんだけどね、女の子がさ、雪が降ったら行けないのって言ったんだ。どうしてって聞いたら、雪の日は危ないから、外に出ちゃダメって、お母さんが言って、家から出してもらえないのって答えたんだ。わかったって言ったよ、僕は。降らないさとも言ってね。その年は暖かくって、雪なんて降る気配はなかったんだ。それから、一日に何度も天気予報をチェックしてさ。前の日の夜に、最後の天気予報チェックをしたんだ。曇りだった。降水確率は〇パーセント。よしって思ったよ。これで、明日は大丈夫だって」ジョッキを傾けてビールを飲むと、手の甲で口元を拭《ぬぐ》った。「それから、どうなったと思う？」

「雪だったの？」

小さく吐息を漏《も》らした。「そう。朝起きて窓を開けたら、うちの庭は真っ白になってた。一センチは積もってたかな。すぐに彼女の家に電話をしたんだ。携帯とか持ってなかったから、家の電話にね。彼女が出たから、僕は雪が降ってるって言った。彼女はうんって答えた。彼女はそれからなにも言ってくれなくて、僕はどんどん哀しくなってね。しばらくしてから、やっぱり無理なのかなって聞いたんだ。そうしたら、側《そば》にいる誰かとなにか話しているような声が微《かす》かに聞こえてきて、僕はドキドキしながら返事を待った。ジリジリしてたから、長い時間のように感じたけど、実際はあっという間だったんだろうな。もしもしって彼女の声が聞こえてきた。もしもしのフレーズだけで、あぁ、ダメなんだなってわかっちゃうような、そんな声だった。彼女は言ったんだ。雪が降ってるから行けないって。じゃあ明日はって、なぜかその時は言えなくてね。わからない？　なんか、力尽《つ》きちゃったんだ。それまでの三日間がわくわくし過ぎて、緊張もしてたし。あと一日この気持ちを持続させられるか、自信がなかったってとこかな。それで、電話を切った。そしたら、猛烈に腹が立ってきてね。気象庁に。それで、電話番号を調べて、文句を言ったんだ。今思うと、電話の相手はいい人でさ。申し訳ありませんなんて、謝ってくれた。それなのに腹の虫がなかなか治まらなくて、結構長い時間、絡んだんだ。それからは、天気予報をまったく信じなくなった。気象庁にクレームの電話も、その時だけ」

難しいなぁ。私は心の中で呟《つぶや》いた。

こういう時、どういう表情をするのが正解なんだろう。なるほどって顔は違うだろうし、大変だったねぇの同情顔もおかしいし。

わからない時は、黙って頷いてお酒を飲むべしって、誰かが言っていた。

だから二回頷いてから、ジョッキを傾けた。

昔の恋の話が出るっていうのは、いい展開。どういう恋愛をしてきたか、どういう恋愛をしたいのかがわかる。いざとなったら、それじゃ私はどお？　なんてアピールできるし。今日でそこまでいけるといいんだけどな。

甘海老の頭揚げと、ほっけの開きが届いた。私はほっけのお皿にのってる大根おろしに、醬油《しょうゆ》をかけた。気の利く女ですってアピール、大事、大事。さらにほっけの骨を綺《き》麗《れい》に外して、お皿の隅に置いた。

「骨取ったから、食べて」と私が勧めると、「ありがとう」と言って未知人はすぐにお箸を伸ばした。

私は話し出す。「私もほろ苦い思い出がある。小学六年生の夏休みに、毎日行っていた塾に好きな男の子がいたのね」

「小学生で塾？　中学受験したの？」

「……そう」

「ごめん。話を中断させちゃって。それで？」

風船が萎《しぼ》むように、ひゅーっと楽しかった気持ちが消えていく。

中学受験した話は、この前したのに。私と同い年の未知人も中学受験組だったことがわかって、当時人気があった学校の話や、入試の日に電車が事故で動かなくなって、大変だったって話をして盛り上がった。私はこの前の飲み会で未知人とした会話は、全部覚えてるのに。未知人は違うみたい。それって、気持ちが落ちるよ。話した内容をすべて覚えておいてとは言わないけど、盛り上がった時のネタぐらい記憶してくれないと。そうじゃなきゃ、毎回同じ話をしなくちゃならない。私に興味ないってことなのかな……。

ちらっと未知人の腕の血管に目を向けた。

気持ちを立て直してから、私は話を再開する。「そこの塾は、前の日のテストの結果で、今日のクラス編成をするっていうスタイルだったの。好きな男の子はいつも成績が良くて、一番上のクラスに入ってたから、私一生懸命勉強したの。愛の力って凄いよねー。毎日少しずつ、上のクラスに入れるようになって、二週間ぐらいでやっと同じクラスになれたの。嬉しかったぁ。その子の斜め後ろの席をゲットしたの。いい位置でしょ。ずっとその子の背中を見ていたかったけど、テストの結果が悪ければ、明日はまた別のクラスになっちゃうから、先生の話は必死で聞いてね。それで、授業の最後にテスト。必死過ぎたのかな。名前を書くのを忘れて、出しちゃったの。翌日、私は一番下のクラスになってた。壁に貼られた成績表を見て、私ががっかりしてたら、その子が話しかけてきたの。お前、どうしたのって。名前を書くのを忘れたから、〇点だったって言ったら、バッカだなお前って。それで、大笑いしたの。ショックだった。成績のことじゃなくて、その子に大笑いされたことが。ここで話は終わらなくってさー。ここで終わってたら、まだ良かったんだよね。次の日よ。成績表を見たら、私はまた一番上のクラスに入れてたんだけど、その子の名前がなかったの。名前を探したら、一番下のクラスにあったの。通りがかった先生が、その子に、テストの名前を書き忘れてたぞって言ったの。その時、その子と目が合っちゃったんだよね。その子は、怒ったような顔で私を見てた。結局、夏期講習が終わるまで、その子と二度と話をすることはなかったんだ。ほろ苦い思い出でーす」最後はおどけてみせた。

「今でも思い出す？　その子のこと？」

「ううん。今未知人君の話を聞いて、すっごく久しぶりに思い出した」

「そっか」

未知人は片手でジョッキを摑《つか》み、ぐいぐいとビールを喉に流し込む。

その逞《たくま》しい腕に、またニヤニヤしてしまう。

ドンッと大きな音をさせて、未知人がジョッキをテーブルに置いた。「僕は未練たらたら男なのかも。中学三年の時の切ない気持ち、今でも時々思い出しちゃうんだ。随分《ずいぶん》昔の話なのにさ。実は、彼女と別れたの二ヵ月前なんだけど、気持ちの整理全然できてなくてさ。このことも何年も引き摺《ず》るのかなって思うと、うんざりなんだ。間違いない。僕は未練たらたら男なんだ」

あっ……。

ぎゅうっと胸が痛くなる。

誰かに心を絞られてるみたいで、息をするのもやっと。

唇が震えそうになって、慌てて噛《か》んで堪える。

一瞬でいろんなことがわかってしまった――。

未知人は私を恋愛対象と思ってない。

だから私の話を覚えてないし、元カノへの未練を平気で口にする。

いつものパターンだった。

昔の恋の話が出るのはいい。でも、それは完璧に終わってなくちゃ。まだ終わってない恋の話はダメだよ。

私は恋人になりたいのに、いつも女友達になってしまう。

どこで間違うんだろう、私は。

未知人が甘海老をお箸でつつきながら言う。「突然、彼女から好きな人がいるって告白されて、別れて欲しいって言われてさ。頭が真っ白になったよ。しばらく呆然《ぼうぜん》としてた。楽しかった思い出がばーって蘇《よみがえ》ってきてさ。なんでって。なんで僕じゃダメなのって、聞いたんだ。わからないって、彼女は言ったんだ。わからないってどういう意味かなって何度聞いても、わからないって言うばかりでさ。僕より何倍もいい男なのかって聞いたら、彼女泣き出したんだ。泣きたいのはこっちだよ」

違う。泣きたいのは、私。

好きな人から、元カノへの未練を聞かされてるんだから。

私は右手でジョッキの持ち手を摑んだ。水滴でびしょ濡れのジョッキをじっと見つめる。私の心の中もびしょ濡れ。ジョッキを摑んだまま、身体も目も動かすことができない私は、そのままでいた。

ふと我に返ると、未知人が喋っていた。

「――友達でいて欲しいって、そう彼女は言うんだよ。それ、嫌だって言ったんだけどさ、たまにメールが来るんだよ。付き合っていた頃みたいな、なんて言うか、親しげな感じのメールが。まだ僕への未練があるから、そうやってメールくれるの？　って聞いたんだよね。そうしたら、そうじゃないって」テーブルに肘をついて、不貞腐《ふてくさ》れたような顔をした。「友達にメールをしてるつもりだってさ」

私はやっとの思いでジョッキを持ち上げて、ビールを口に入れた。

苦しくなるまでビールを飲み続けてから、ジョッキをテーブルに戻した。

胸の痛みがどんどん大きくなっていく。

未知人が続けた。「そういう女心って、紗代ちゃんはわかる？　彼女と僕がもう一度やり直せる可能性って、あると思う？」

なんて答えよう。

言葉を探しているうちに、未知人と目が合った。

未知人の瞳には辛いと書いてあった。

「諦《あきら》めちゃダメだよ」

自分の声に、私はびっくりしてしまう。

衝撃を受けているのに、言葉がするりと私の口から出てくる。「諦めちゃったら、その時点で終わっちゃうよ。彼女、未知人君を嫌いになったんじゃないんだよ。だから連絡してくるんじゃないかな。確率はよくわからないけど、チャンスはあるよ。そういうの、よく聞くし」

「そうかな?」

「そうだよ。なに、弱気になってんのよ。頑張んなよ」

なに言ってんだろう、私。

復縁を頑張らせて、どうすんのよ。

自分が大嫌いになる。

嫌われたくなくて、求められてる役を必死で演じてしまう。

今日は、慰めて励ます女友達の役。

付き合わない? って言おうと思ってたのに。

大きな笑い声が聞こえてきて、私は隣席へ顔を向けた。

二人連れの女たちが、身体を揺らして大爆笑している。

なんか、あっちの方が楽しそう。

また一段と深く、哀しくなった。

「ありがとう」未知人が言った。「僕頑張るよ。紗代ちゃんの言う通り、諦めたらそこで終わりだもんな。よし。なんか、元気出てきた。ビールお代わりしよっかな。紗代ちゃんは?」

「ん？　じゃ、私も」

「すみませーん」大きな声を上げる。

未知人はさっきより元気になっていて、さらに私はへこんだ。

2

「はーい、お疲れ様でしたー。今日のレッスンはこれで終わりでーす」

ボクササイズのインストラクターの声がスタジオに響いた。

レッスンを受けていた二十人ほどが、一斉に拍手をした。

私はスタジオの隅に置いてあったバッグから、タオルを取り出して、顔の汗を拭《ふ》いた。

半年前から週に一回、仕事が終わった後で、ボクササイズを習っている。常に足を動かしていなければいけないので、見た目よりずっとハードなエクササイズ。一週間分のお酒と、一週間分のストレスを消すために通っている。

でも今日は、レッスンが終わった後のいつものすっきり感がない。

レッスンに集中できなかったからかな。一昨日《おととい》の夜のことを、私はまだ吹っ切れていない。

一昨日、未知人と二人っきりで飲みに行った。付き合おうよって言うつもりで挑んだ夜だったけど、結局は元カノへの未練を打ち明けられてしまい、気が付いたら励ましてた。私はなんでも相談できる女友達になっちゃった——。

いつもの最悪のパターンになってる。どーしたらいいのよ。

黒い壁に背中を預けて座り込んだ。

スタジオで飼われているミニチュアダックスフントが、トコトコ歩いてきた。

私が手を伸ばすと、犬は素直にやって来た。頭を撫《な》でてやる。柔らかい毛が気持ちいい。

打ちっぱなしの天井へ私は目を移した。

心の中で神様に話しかけてみる。「どうしたらいいんでしょうかね？　私に魅力がないから、いつもこうなってしまうんですか？　美人じゃないからですか？」

「そういうことじゃないよ」

左方向から声がして、顔を向けると、すぐ隣に神様が座っていた。私と同じように、脚を前に投げ出している。

神様が言った。「私に話しかける時、人間はどうして上の方へ顔を向けるのかね？　神様は上空に住んでいるという伝説でもあるの？」

「伝説っていうか……なんとなく、上っぽいから。地下にはいない感じだし。本当はどこにいるんですか？」

「どこにでも。いたいところにいるよ」

ふと手元の犬に目を向けると、フリーズしていた。

ふわふわだった毛が硬くなっている。

私は尋ねた。「恋愛検定の合格率って、どれくらいなんですか？　百パーセントに近かったりします？」

「いや、結構低いのよ。私が最近担当したケースも、四級、三級と連続不合格だったしね」

「そうなんですかぁ」

「今日は、随分元気ないじゃない」

「当たり前ですよ。神様なんだから、一昨日のこと知ってますよね？　未知人君から、元カノとのこと相談されちゃいましたよ。こっちは好きなのに。向こうは、女友達としてしか見てないんです。そういうの哀しいですよ。いっつもそうなんです、私。一昨日の時、今みたいに現れてくれれば良かったのに」

咳払《せきばら》いした。「酒のある席には出ていかないよう、上司から言われてってね」

私は膝《ひざ》を抱える。「手応え感じてたんですよね。未知人君も私のこと、好きだって。でも違ったんです」

ふと、先々月のバレンタインデーのことが思い出されて、大きく吐息をついた。

この時も私は討ち死にした。

自宅近くにできたバーのオーナーが格好良くて、週に何度も通った。見た目はクールなんだけど、話すとノリが良くて楽しい人だった。行けば喜んでくれて、話は弾んだ。私を見る目。会話の選び方。私を叱ってくれる言葉。どれを取っても、私を好きな証拠に思えた。だから、バレンタインデーにチョコレートをあげた。「ありがとう」って軽く流されてしまったから、「気持ちもちゃんと受け取って」って私は言った。そしたら、「紗代ちゃんを妹みたいに思ってる」って言い出した。それ、ヤなのに。妹みたいだって言われるの、大キライ。なのに、好きになった男はよくこう言って、私を断崖から突き落とす。それからオーナーは、私のいいところを挙げ出した。どうやって話を締めるつもりなのかわかっちゃった私は、耳の穴を塞《ふさ》ぎ、心の扉を閉じた。

明るく元気にしているのは、好かれたいからなのに。妹としてじゃなく、友達でもなく、女として愛されたいよ。

自分の膝の上に顎《あご》をのせて、私は呟く。「美人に生まれたかったなぁ」

「そういうことじゃないって」

私が返事をしないでいると、神様が「あなたより見た目が落ちる人だって、恋愛はできてるでしょ」と言った。

「今の慰め方、神様っぽくないと思う」と私が言うと、「おや、そう？」と神様は意外そうな顔をした。

私は質問した。「フェロモンが足りないんですかね、私は？　だから女だって意識させられないのかな」

「まぁ、そう焦《あせ》ることはないでしょう。検定は始まったばかりじゃない。九月三十日まで半年もあるよ」

「えっ？　ってことは、まだ未知人君とどうにかなる可能性があるってことですか？　それとも新たな出会いがあるんですか？」

「だから、ヒントは出せないのよ。この前ヒントを出し過ぎちゃってさ、譴責《けんせき》処分を受けたんだよね。もう次はないって脅《おど》されてるんだ」

「……神様を脅すって、凄いですね」

「今じゃ神様も組織の一員だからね。人間の欲望が深くて、細かくなったからだよ。昔は神様は一人で良かったんだ。それが、あれが欲しいだの、これをお願いしますだの、いろんなこと言うもんだから、一人じゃ手が回らなくなってさ。人数を増やして、分業化することになったってわけ。分業するようになれば、どうしたって組織が出来上がっちゃうんだよね」

「……はぁ」私は曖昧《あいまい》に頷く。

「とにかく、すぐに結論を出そうとしない方がいいよ。じっくり構えてさ。今の、一般論だからね。恋愛のヒントじゃないから」

神様は天井に向かって、「ヒントじゃないから」ともう一度繰り返した。

誰に宣言してるんだろう。

変なの。なんか、笑える。

神様が誰に話しかけたんだかわからないけど、自分だって顔を上に向けてるんじゃん。

神様が言った。「その笑顔だよ。笑顔が嫌いな人間はいないよ。神様もだけど」

「じっくり構えてって神様は言いますけど、一人でいるのにもう耐えられないんですよぉ。彼氏いない歴一年になるし、楽しいことがあった時、それを伝える相手がいないのって、滅茶苦茶淋しいじゃないですか。楽しさ半減ですよ」

「あなた、女の友達たくさんいるじゃない。その友達に伝えればいいじゃない。仕事中だって、食事中だって、なにかっていうとメールしてるんだから」

背筋を伸ばしてしっかりと神様に向く。「女友達と彼は別腹ですから。違うものですから。どっちかじゃなくて、どっちも必要なものです」

肩を竦《すく》める。「そうかい？」

「そうですよ。女友達がいるんだからいいじゃないなんて、恋愛の神様の言葉とは思えませんよ。女友達との間で得られるものと、彼との間で得られるものは全然違いますから。あの……もしかすると、神様って恋愛はしないんですか？」

「神様だからね。恋愛するのは、人間と数種類の動物だけだから」

「そうすると、恋愛に興味がなかったりするんですか？」

神様が吹き出した。「恋愛に興味？　ないよぉ。こっちは仕事でやってるだけだから。人間が恋愛で大騒ぎするのを、いつも不思議に思ってる。人間が愛されようと必死になるのはなぜかね？　愛されないとどうなると思ってるんだろうか」

「愛されないと……淋しいし、哀しいし、胸が痛いし、生きているのが辛くなる」

「気のせいだろう」

「気のせいなんかじゃありませんよぉ」大声になった。「本当にこの世の終わりかってぐらい、どん底の気分ですもん。愛されるって、自分を認めてもらえるってことなんです。認めてもらいたいじゃないですか。そういうもんですって」

「そんなもんかねぇ」

神様は白けた様子で、自分の顎を掻いた。

なんかこの恋愛の神様、ハズレ？

愛されたいよ、フツー。そうじゃなきゃ、生きてる意味ないもん。

私は背中を丸めて、再び膝を抱きよせた。

3

「あなたと彼の相性は、非常にいいですね」

私は受話器を持っていない方の手で、ガッツポーズをする。

電話の向こうから、人気占い師、マダムすみれの声が流れてくる。「彼はあなたの優しさを当たり前のように受け止めてしまっている点が気になりますね。でも、ちゃんとあなたの素晴らしさは理解しているようですよ。今、彼の運気が下がり気味なので、追いかけない方がいいでしょうね。ゆっくり時間をかけて、あなたの魅力を深く理解してもらうのがいいでしょう」

恋愛の神様も同じようなこと言ってた——。

じっくり構えてとかって。

あの神様の言うことは、今一つ信用できないけど、マダムすみれが言うんだったら、信じてもいい気がする。なんたって、電話タロット占いで人気ナンバーワンのカリスマだもの。未知人と二人で居酒屋へ行った日の帰りに、占いセンターに電話した。すぐに占って欲しかったけど、予約してくれと言われてしまった。最短でとお願いして、やっと取れたのは、九日後の午前十一時だった。仕事よりマダムすみれのアドバイスの方が大事だったので、こうして勤務中にストックルームで、受話器を耳にあてている。

鑑定時間の十分が終わって、受話器を置いた時、ストックルームの扉が開いた。

副店長の和《かず》ちゃんが、バタバタと大きな足音をさせて走って来た。「紗代さん、大変です。佐野《さの》マネージャーが来ました」

「うわっ。マジで?」

和ちゃんは頷き、私の腕を引っ張り上げた。

和ちゃんのあとからお店に出てみると、商品棚の前に、佐野マネージャーの姿を発見した。いつものように、黒のジャケットに黒いタイトスカート姿だった。

来ちゃったかぁ。

売上のことだよねぇ。五日前に、三月の売上を分析し、今後の販売戦略をレポートにして出せって言われて、提出した。そんなレポートを書けるぐらいだったら、売上は落ちてないと思ったけど、そうは言えないので、積極的に声掛けをして、接客に力を入れていきますって書いた。それは、その前の月のレポートとほとんど同じ内容になった。

私は佐野マネージャーに近づき、「お早うございます」と挨拶をする。

振り返った佐野マネージャーは、「掃除」と鋭く言った。

苛立《いらだ》ったような声で、「掃除してないでしょ」と続けて、ガラス棚の上を人差し指で撫でた。その人差し指と親指を擦《こす》り合わせて、「一日、二日の埃《ほこり》じゃないね、これは」と指摘してきた。

うっ。バレたか。

商品棚にはたくさんの商品があるから、毎日それをいったん下ろして、拭いて、また並べるのって、ちょっとメンドーで。

佐野マネージャーが固形石鹸《せっけん》の箱を摑む。「ほら、これだって。箱にもこんなに埃が溜まってる。これじゃ、商品が古く感じられちゃうのよ。掃除は毎日しなさいって言ってるでしょ」

「はい。すみません」

「それからさ」歩き出し、お店の左隅で立ち止まった。「これ、やっぱり失敗だったでしよ」

佐野マネージャーの前に並んでいるのは、私がどうしてもやりたいと言って発注した、ラブリーなベビーグッズだった。

メーカーの展示会で一目惚れした私は、佐野マネージャーから疑問の声を上げられても諦めず、強引に説得した。モコモコしたタオル地のオールインワンなどのベビーウエアには、淡いピンクやスカイブルーのカラーバリエーションがある。どれも頬《ほお》ずりしたくなるようなキュートさだけど、特に、ウサギの顔と耳がついたルームシューズがお気に入り。

赤ちゃんのバスタイムを充実させてあげたいと思うママはいるはずだし、プレゼントにもぴったりだからと、なぜか展示会で私は熱く語ってしまい、発注を許された。

ところが、全然売れない。

こんなに可愛いのに。

ため息まじりに佐野マネージャーが言う。「うちはさ、二十代、三十代の、比較的生活に余裕のある女性がターゲットでしょ。入浴剤だって、タオルだって、スーパーで売ってるのより、随分高い品ばかりなんだから。子育てしてるママはさ、残念ながらこの店に立ち寄らないのよね」腰に手をあてた。「香川さんだけのせいじゃないけどね。私も反省してるのよ。こうなることわかってたのに、つい、香川さんの熱意に負けてしまったから。

香川さんが店長になったばかりで、凄く頑張ろうとしてたから、オッケーを出しちゃったのよね、私。プレゼントとしてなら、アリかなと思ったし」

私は声を失って、佐野マネージャーを見つめた。

店長になったばかりで、頑張ろうとしてたって……私が？　そんな風に佐野マネージャーは思ってたんだぁ。実際は全然違うけど。店長が辞めるって聞いた時、副店長だった私は、ほかのお店から店長がやってきますようにって祈ってた。会議だの、レポートだの、売上だのと言われたら、仕事を辞めたくなるだろうなって読んでたから。

佐野マネージャーはルームシューズを手に持った。「可愛いよね。でもさ、どっちもってダメなのよ。あっちの商品棚では、都会で働く大人の女性を意識して、モノトーンのパッケージのものが並んでる。なのに、ここには、パステルカラーのスイートなベビーグッズを置いている。これじゃどっちも死んじゃうのよ。どちらかに絞るべきなのよ。わかる？　私の言ってること。全然わかってないって顔ね。なんて言ったらいいんだろう。香川さん向きに言い換えるとしたら――お客さんが素敵な男性だとしましょう。その男性を落とすなら、私を彼女としてどうですかって、接近するべきでしょ。それを、彼女としてどうですかって言いながらも、念のため、こっちには友達って関係もありますけど、そっちから始めますかって聞いちゃってる感じなのよ、この店は。それじゃ、上手《うま》くいくわけないでしょ。恋愛も商売も、勝負は一つに絞るべきなの。うちみたいに、小さなスペースを間借りして商売している場合はね。どっちか気に入った方で、なんて勝負はね、最初っから負けてるの」

なるほど……。

私の敗因はそこかぁ。

もやもやしていた気持ちが一気にすっきりしていく。

やがて、感動が胸を揺らした。

どっちもじゃダメなんだ。勝負は一つに絞るべき――。

なんて素晴らしいアドバイス。

気が付いたら、私は佐野マネージャーの手を、両手でしっかり握っていた。

佐野マネージャーの目を見て私は言った。「ありがとうございます。ダメだった理由が、大変よくわかりました。今のアドバイスを胸に、これからは一つに絞って頑張ります」

佐野マネージャーは驚いた顔で頷いた。

早速私はストックルームへ行き、段ボールを手に商品棚の前に戻った。大好きだったたベビーグッズを、段ボールに納めていく。

あんなに愛していたベビーグッズだったけど、哀しくはならなかった。どっちかっていうと興奮していた。

やっぱり佐野マネージャーは凄い。売上、売上って言ってばかりの、煩《うるさ》い本部の人としか思ってなかったけど、恋愛の奥の奥まで知ってるって気がしてきた。恋の相談をするなら、恋愛の神様より佐野マネージャーだ。そう言えば、佐野マネージャーは、年下のイケメンと結婚してるって聞いたことがある。成功者の言葉って重いよね。

棚のベビーグッズをすべて外すと、段ボールはいっぱいになった。段ボールをちょっと押してみる。動く気配なし。

ストックルームまで運ぶのを手伝ってもらうため、私は大声で和ちゃんの名前を呼んだ。

4

虹色に染められたアフロのかつらをかぶった私は、マイクを通して、静かにするよう頼んだ。

レストランは徐々に静かになっていき、八十人ほどが壇上の私に注目してくる。

私は元気良く今日の主役の名前を呼び、マイクを渡した。

マイクを受け取った千石都《せんごくみやこ》が、照れたような顔で額に手をあてた。

「えーと」と言った都の声が、ちょっと震えている。

その声を聞いた途端、私の心も震えてしまい、涙が零《こぼ》れそうになる。天井を睨《にら》んで、涙を引っ込める努力をした。

駅ビル運営会社の社員の都は、私たちテナントを色々とサポートしてくれた。皆都にはとても感謝してる。だから都の送別会を私が企画したら、大勢の参加希望者が出た。

来月都は結婚する予定で、結婚後は彼の転勤先の神戸《こうべ》に行く。それで、駅ビル運営会社は四月二十日で退職する。

私は都と仲良しだった。二つ年上の都とは、よく恋の話をした。

都の前の彼は酷い男で、彼女に三百万円以上を貢がせていた。

都に「別れるべし」って忠告すると、いつも彼女は「アドバイス、リターン」と言ってきた。当時の私の彼を、都は酷い男だと思っていたから、あんたもねっていつも切り返してきたのだ。お互いに彼への愚痴をたくさん言い合ったけど、いつも最後は「好きなんだから、しょうがないか」ってなった。

辛い時期を知っていた分、都に新しい彼が出来た時は、自分のことのように嬉しかった。都が幸せになれれば、私にもそういう未来が待っているように思えて、精一杯応援した。

だから送別会の今日は、別れるのが淋しいっていう気持ちと、都が幸せを摑んだのが嬉しいって気持ちが混じり合ってる。

都が挨拶の最後に「皆ありがとー」と涙声で言うと、一斉に拍手が起こり、「お幸せにー」と声がかかった。

なるなる。絶対に幸せになる、と自分のことのように私は頷いた。

都が中央の席につき、宴会が始まった。

私は左隅に行き、壁沿いに置かれた長椅子の隙間に座る。

近くの人たちに、会費を集めると声をかけた。お金を貰い、リストにチェックをして、お釣りを渡す。合間にはしっかりビールを飲んで、料理に口を付けた。

近くの人たちの集金が終わると、席を移動して、同じように会計仕事をした。

なんか、さっきから左斜め四十五度方向の一角に、スポットライトが当たっている気がしてしょうがない。そこだけ輝いているから、どうしても目がいってしまいそうになる。でも強い気持ちで、そのコーナーには目を向けないでいた。いつまでそうしていられるか自信はないけど。

そこには、未知人がいた。二人っきりで飲みに行ってから、二週間が経っていた。マダムすみれの言葉を信じて、私から連絡するのをなんとか我慢してる。未知人からも連絡はない。今日の出席も、ショップの店長が代表して私に連絡してきただけ。接触がゼロなのに、私の魅力を深く理解するのって不可能じゃない？　なんか、聞き間違ったのかな。明日、マダムすみれに予約の電話をしてみようっと。

いよいよだ――。

次は未知人のいるテーブル席で、集金をしなくちゃいけない。

私は酔いが足りないと気が付いて、目の前にあった白ワインのボトルを掴んだ。グラスに手酌《てじゃく》で立て続けに三杯飲むと、いい感じに酔っぱらってきた。

よしっ。

私は決心をして、席を立った。

運がいいのか悪いのか、未知人の隣が空いていた。

するりと座りたかったのに、ちょっと身体がふらついてしまう。

テーブルに手をつこうとしたら、そこには小皿があった。急いで手を引いたけど、遅かった。小皿にのっていた割り箸の端に、手が当たってしまった。割り箸は体操選手のようにくるりと大きく一回転して、床に落ちた。

私は恥ずかしさで気が狂いそうになる。

私はいっつもそう。決めなきゃって時に、失敗する。ドジなのって演技したい時じゃなくって、ちゃんとしてるって思われたい時にドジを踏む。自分が本当に嫌になった。

どかりと座った私は「ごめんなさい」と言って、顔を覆った。

「いいよ。箸をまた貰えばいいんだから」

未知人の声が聞こえてきて、私は指の隙間から彼を窺《うかが》う。

もろ、タイプ。

やっぱりなんとかしたい。

どうしよう、ドキドキしてきた。

「会費だよね？　いくらだっけ」と未知人が言って、財布を広げた。

私が顔から手を放し金額を言うと、未知人がお札を出してきた。

お釣りを渡し、リストにチェックを入れる。

未知人が言った。「この前、楽しかったよ」

おーっと。

私は未知人へ目を向けた。

未知人は穏やかな顔をしていた。

一気に私は幸せに包まれる。

「私も」と元気良く答えた。

ここを動きたくない。ずっと未知人の隣にいたい。会費を集めるの、誰かに代わってもらおっかな。

同じテーブルにいた二人が、トイレなのか、携帯なのか、席を立ってどこかに消えた。

未知人が「なんか飲む？」と聞いてくれたので、「うん」とちょっと甘えた声で答える。

ウイスキーの水割りを未知人が作ってくれる。

私のために。

細く長い未知人の指が動くのを、私はうっとりと眺める。

「はい」未知人が私の前にグラスを置く。

「ありがとう」

「また、飲みに誘ってよ」

「うん。誘っちゃう。たーくさん誘っちゃうよー。覚悟してよー」私はおどけながら左肘で、未知人の右腕を突くようにした。

未知人は笑って言う。「元カノの話、また聞いてよ」

あっ……。

そういうこと？　友達として、元カノへの未練を聞いて欲しいって？　頑張れってまた励まして欲しいって？

そんなの……ヤだよ。とてつもなく哀しくなる。

どうして、この前ちゃんと、自分の気持ちを言わなかったんだろう。自分の気持ちに蓋《ふた》をして励ましたりなんかするから、こんなことになる。

佐野マネージャーの言った通りだ。勝負は一つに絞るべきだった。今からでも間に合うかな。どうだろう。

私は水割りをぐいっと呷り、テーブルに戻した。

行け、私。

強くなれ。そうじゃなきゃ、幸せになれないぞ。

大きく息を吐き出した。

グラスを睨みながら私は言った。「そういうのだったら、ヤだ。未知人君と……もっと親しくなりたいって思ってるのに、元カノがまだ好きだって話、聞くの辛いもん。この前の時は、自分の気持ちを一生懸命隠して励ましたけど、心はビリビリ震えてた。好きな人から、ほかの女性が好きだって話、聞きたくない。だから、元カノの話がしたいなら、私を誘わないで。ほかの話をするんなら、私を誘って。それだったら、私は嬉しいから、絶対に行くから」

死にそうなほど恥ずかしい。

私はまた顔を覆った。

言っちゃったよ、私。

都みたいに幸せになりたかったんだもん。

ちらっと指の隙間から未知人を窺った。

とっても衝撃を受けたって顔をしている。

やっぱり私の気持ちに、全然気付いてなかったんだ――。

未知人は言葉を探すかのように、瞳をあっちこっち動かしている。

無理。

今、「ごめん」なんて言葉を聞かされたら、絶対泣く。声を上げて、子どものように泣く。

私は顔を手で覆ったまま立ち上がった。

テーブルを離れてから、手を下ろした。

背中に未知人の視線が突き刺さってくるように感じる。

私はトイレに向かって走った。

5

胸がむかむかする。

だるくてなにもする気になれない。

これは二日酔いのせい？　それとも、昨夜、未知人にいきなり告白しちゃった自分が嫌になってるせい？

昨夜未知人に告《コク》ってから、三次会が終わるまで、一度も彼に近づかなかった。未知人がいる方角に、目を向けることさえできなかった。弱虫の私は、ひたすら目の前のグラスに入ってるものを飲んだ。どれだけ飲んだのか覚えていない。

正午になって遅番の子たちが来たので、私はストックルームに引っ込み、デスクの前で栄養ドリンクのキャップを捻った。

「辛いらしいね、二日酔いって」

ドキリとして顔を左に捻《ひね》ると、恋愛の神様が立っていた。

「辛いですねぇ」私は小さな声で答えて、栄養ドリンクを一気飲みした。

デスクの上に小さなカードを置く。「おめでとう。二級、合格」

「えっ？　本当に？　まだ未知人君から、なんの連絡もないんですよ。それに検定期間、始まったばかりで、まだ大分残ってるし。それでも合格ってことは、未知人君と私、付き合えるってことですか？」

「それはわからないね。よく誤解されるんだけど、恋愛検定は、あくまでも恋愛力を評価するものだから。ターゲットと恋人同士になれるかどうかってことは、査定外なんだよね。それと、合格については、検定期間中いつだって出せることになってるんだ」

「付き合えるかどうかは、わからないのかぁ」

「そんなにがっかりした顔しないでよ。説明しとくけど、免許更新は三年に一度だから。神様から委託されている民間企業が開くセミナーを、規定時間受講した後、マークシート方式のテストで九十点以上を取らないと失効しちゃうから、気を付けて。テストに合格した後で、危険な恋愛の避け方についてのビデオを見たら、手数料を払えば更新できる。聞いてる？」

「はぁ……」私は頷いた。

「二級の合格者って、そうはいないんだよ。ちゃんとあなた、自分の気持ちを伝えられたじゃない。とてもあなたらしく。鈍感《どんかん》な人に対して、いいタイミングできちんと表現できてたし。恋愛の神様になっていろんな人間を担当してきたけど、難しいようだよ、自分の気持ちを相手に伝えるって。それができたんだから、もっと自信をもってよ」

「なんの自信ですか？　恋愛力があるってことにですか？　まぁ、二級は嬉しいですけど……嬉しいはずなんですけど——。今は、未知人君が私をどう思ってるかが大事って感じで、ほかのことに頭が回らなくって」デスクに頬杖をつく。「ねぇ、神様。本当はこれからの展開、読めてたりしませんか？　マダムすみれが予測できるのに、恋愛の神様が予知できないって、おかしくないですか？」

「インチキ占い師と一緒にしないでよ。予知なんて誰にもできやしないよ。人間はとんでもない思考をして、とんでもない行動を取るからね。神様の理解を超えてるんだよ、人間は。たとえば、ほら、不幸になるとわかってるのに、別れなかったりするでしょ？　無理だよ、そんなのを理解するの。神様だって万能じゃないから」

やっぱりこの神様、おかしい。

自分で、万能じゃないからなんて言っちゃって。

ん？　バイブ音が聞こえた気がして、デスクに置いていた携帯を引っ摑んだ。

違った……。

空耳か。

訳がわからないといった顔をしている神様と目が合い、私は苦笑いした。「聞こえた気がしたんです。バイブ音が」携帯をデスクに戻す。「昨夜、私からあんな風に告白したじゃないですか。もし未知人君が、私と付き合う気があるなら、今日なんらかの連絡があるように思うんですよ。でももし友達としてしか思えないなら、私に二度と連絡はしてこないように思うんです。どっちつかずで引っ張り回すような、意地悪な性格じゃなさそうだし。だから、今日なんですよ。結論が出るのは。そう思うと、三本柱が立ってるかとか、充電は大丈夫かとか、そんなことが気になって、何百回ディスプレイを見たかわからないってぐらいで。そしたら空耳までするようになっちゃって……。あれですよね。神様が出てきてるってことは、ほかはフリーズしてるんだから、携帯が鳴るわけないんですよね。そういうの忘れちゃうぐらい、動揺してるんです、私。はあっ。こんなことなら、友達って関係でもいいから元カノの話を聞くよって、言っておけばよかったなぁ。そうしたら、こんなに辛い思いをしなくて済んだのに」

「本気で言ってんの？」

「えっ？」

「もし昨夜、あなたがきちんと気持ちを打ち明けなかったら、別の種類の辛さが続いたってことなんじゃないの？」

えっと……そう、かな。

そう、です。

そうなんだけど……。ちょっとだけ、後悔しちゃってるんだよね。

あんなこと言わなければ、二人で飲みに行くことができた。そうすればいつか、未知人の気持ちに区切りが付いた時、私を振り向いてくれたかもしれない。それまで待つべきだったんじゃないかって。

神様が言うように、今とは別の痛みを抱えることになるんだろうけど。そっちの痛みの方が、耐えられそうな気がしちゃう。

壁に貼ってある、売上表に目がいった。

佐野マネージャーのアドバイス通り、ベビーグッズをお店に置かなくなってから売上は少しずつ上がっている。

一つに絞って勝負したから、なのかな。

それでもたまに、ベビーグッズはもうやってないんですかってお客さんから聞かれると、気持ちがぐらぐらしちゃうんだけど。

お店も恋愛も、強い信念が必要ってこと?

「人間っておかしな生き物だね」

神様の言葉に、私は顔を上げた。

神様は腕を組んで、棚に積んである、バスオイルの在庫を眺めていた。

「おかしいですか？」私は尋ねた。

「おかしいねぇ。人間の一生はとても短いんだから、もっと簡単に生きればいいのにと思うよ。難しくしたがってるようにしか見えないんだ。神様からすると」

「簡単に……生きる……。そうですよねぇ。神様の言う通り。あの時ああ言わなければならんて、考えたってしょうがないんですもんね。神様の言ってることは正しいです。ただ……」

「ただ？」

「私の場合、頭と心の回線が上手く繫《つな》がっていないみたいで、頭でこうしろっと指令を出しても、心がその指令に従ってくれないんですよ」

「おやおや。それは大変だ」

「そうなんです」私は大きく頷いた。「大変なんです。神様？　なんで笑ってるんです？　ちょっとぉ。笑うところじゃないですって」

神様が腕を解《ほど》いて、私に向かって手を振ってきた。

取り乱して私は言う。「えっ。神様、行っちゃうの？　こんな中途半端なまんまで？　また出てきてくれます？」

ふっと、神様の姿が消えた。

愕然《がくぜん》として、神様が立っていた場所を眺める。

しばらくして、我に返り、神様が置いていったカードを手に取った。

運転免許証のように私の顔写真が貼られている。ちょっとぉ。この写真、気に入らないんだけど。

その時、鈍《にぶ》い音が聞こえてきた。

ん？　バイブ音？　また空耳？

と思って携帯に目を落とすと、イルミネーションが光っていた。

空耳じゃない。

急いで携帯を開くと、未知人からメールが届いていることがわかった。

あー、神様。

違うわ。あの恋愛の神様は、あてにならないんだったわ。
一、二、三。
三つ数えてから、メールを開いた。

『飲みに行かない？　元カノの話はしないって約束するよ』

わわわっ。これって……成功ってことだよね？

やったぁー。

私は天井に向かって、「神様ありがとー」と叫んだ。

第四章　慎重すぎる男　準一級

1

うるっさいな。

僕は隣のビリヤード台へ、険《けわ》しい目を向けた。

女二人が甲高《かんだか》い声を上げて、ハイタッチをして喜んでいた。

三十分ほど前に隣の台でビリヤードを始めたのは、二組のカップルだった。ここはビリヤードが上手《うま》くなりたい人たちが、黙々と練習する店だったので、隣のカップルたちは浮きまくっていた。四人はほかの客たちからの冷たい視線にはお構いなく、キャーキャー騒ぎながらナインボールを始めた。

男が女に教えるという、ありがちなシチュエーションでスタートしたが、男はどちらも下手だった。基本のフォームができていないので、球を撞《つ》く時にブレてしまい、球筋が安定していなかった。一方二人の女は、手球とブリッジの距離も、ラインの見方も、グリップ位置も完璧に近かった。どう考えても、二人の女の方が、男たちよりビリヤードは上手かった。しかしそれではマズイと思っているのか、女たちは下手に見せようと腐心《ふしん》しているようだった。

僕はジャンプキューを手に取り、タップにチョークを塗りながら、自分の練習に気持ちを戻す。

右腕を高く上げ、ジャンプフォームの姿勢を取った。

手球に集中し、一気に撞いた。

手球は7の球を飛び越え、狙っていた3に当たった。3はするすると転がり、インに成功する。

顔を上げると、隣の台の女が、僕に向かってにやっと笑いかけてきた。

「大野《おおの》尚《ひさし》さん？」

声のした方に顔を向けると、ビリヤード台の横にスーツ姿の男が立っていた。

「はい。そうですが」と僕が答えると、「恋愛の神様」と言って、男は自分の鼻を指差した。

僕はしげしげと男を眺めてから言った。「あなたが……恋愛の神様ですか。こんにちは」

「こんにちは」

「あなたが恋愛の神様だとするなら、僕に受検の権利が与えられたということでしょうか？」

「その通り」

神様は恋愛検定の説明をしてから、隣の台でビリヤードをしている男女間において、推論できることを述べなさいと言った。

僕はさっき覚えた違和感について、言ってみることにする。

「この男女は二組のカップルのようですが、もしかしたら違うのかもしれないと、感じた瞬間がありました。女性二人は結託していて、男性二人から金を巻き上げようとしているのかもしれません。黒いワンピースの女性が、赤いスカートの女性に、金を貸してくれないかって言ってる声が聞こえました。貸してあげたいけど自分も金がないと言って、二人で困った、困ったと何度も言い合っていました。自分の番になっても、女性たちがビリヤードをしないので、男性陣がどうしたのかと尋ねました。結局、一人の男が百万円を、黒いワンピースの女性に貸すことで落ち着いたようです。本当に借金の申し込みをするなら、ベストなシチュエーションとは思えませんけど、男から金を巻き上げるのが目的なら、絶好のシチュエーションだったんじゃないかと。ビリヤードが下手なふりをしているのも、男のプライドを傷つけないためとも考えられますが、演技の一環とも考えられます。二人の女性は、男連れなのに、ほかの台でビリヤードをやっている男たちによそ見しがちなのも、僕の推論を裏づけているように思います」

神様は口笛を吹いた。

それから胸ポケットから黒い物を取り出すと、「準一級に挑戦ね。期間は十月一日の今日から半年間」と言った。

「わかりました」と僕は答える。

僕に恋愛検定の受検資格が与えられるとは、考えてもみなかった。ま、せっかくの機会だし、資格は取っておくに越したことはない。ただ――恋愛対象にまったく心当たりがない点が、不安といえば不安だった。

神様に尋ねる。「僕は恋愛対象者に心当たりがないのですが、これから出会うということなんでしょうか？」

「ヒントは出せないことになっててね。これから出会う人なのかもしれないし、すでに出会っているのに、気付いていないという可能性もあるよ」

「なるほど。もうそこから検定なんですね」

「そうそう。あなたは理解が早くて助かるよ」

「恐れ入ります」

「それじゃ、頑張って」手を振った。

と、一瞬で神様の姿が消えた。

途端に球同士がぶつかる音が聞こえてきた。

そっか。フリーズしていた間、音も途切れていたのか。

僕は椅子《いす》に腰かけ、練習場を眺める。十人ほどがビリヤードをしているが、女の姿は隣の台の二人だけだ。僕は今まで、こういう極端に女が少ない環境の中にいた。中学と高校が男子校で、進学した大学は理系学部だった。そこでは、女はごく少数しかいなかった。大学を卒業後は繊維メーカーに就職し、開発部で働き出して七年になる。この職場にも女はいない。また、友人たちも僕とほとんど同じ環境にいるため、合コンの話さえ滅多にこない。こんなに出会いのない僕が、準一級に挑戦することになるとはな。準一級といえば上級だ。確かマイスターが一番上で、その下が一級。その下が準一級のはずだ。ハードルは高いな。傾向と対策を学べる参考書を買うべきかな。いや、恋愛に公式のようなものはないはずだから、他人のケースを読まされるだけだろう。知識を増やすだけで、僕のケースに参考になるかは不明だ。買うかどうか、もう少し検討してからにしよう。

腕時計に目を落とした。午後二時半を回っていた。

使用時間の長さによって料金が決まる制度のここでは、まずはビリヤードの練習に集中するのが賢明だろう。

僕は立ち上がり、キューを取り換えて台に近づいた。

チョークに手を伸ばした時、なにかさっきまでと違う空気を感じた。

首を伸ばして、部屋を見回す。

うわっ。

マジで？

沼野《ぬまの》さんだ。

あの、沼野さんが、僕のすぐ近くを歩いてる――。

僕の胸は飛び跳ねた。

沼野さんはこの店のオーナーと何事か話をすると、すぐに空いていた台に近づいた。掌《てのひら》でラシャを撫《な》でるようにしてから、上着を脱いで、それを椅子の背に掛けた。

そんななにげない仕草さえ、格好いい。

ほかの客たちも練習の手を止め、沼野さんの一挙一動に注目していた。

伝説のハスラー、沼野さんが、この練習場にたまに姿を現すという噂《うわさ》を聞いたことはあった。沼野さんは高校生の頃、ここで毎日練習して強くなったと、なにかで読んだことがある。沼野さんが大会に出場すれば、必ず優勝した。でも優勝すると、しばらく姿を消してしまう。コンスタントに大会に出場はしない。それで、北海道のビリヤード場で見かけたとか、高知に現れたなどと、目撃情報ばかりがネットに溢《あふ》れた。どうやって生計を立てているのか、なぜたまにしか大会に出ないのか、誰にもわからなかった。

沼野さんは僕の憧れの人だった。

気の向くまま旅をして、ビリヤードで結果を残して、どこかへ消えていく。男なら誰もが一度は夢見る、ヒーローの生き方を沼野さんはしている。

こんな格好いい生き方があるだろうか。

沼野さんの生き方は、僕の生き方とは大きくかけ離れている。それなのに——いやだからこそ、沼野さんに強く魅かれてしまう。

今日はなんて日なんだろう。

恋愛の神様が現れたのも驚天動地の出来事なのに、さらに沼野さんをこんなに近くで見られるとは。

少しでも沼野さんに近付きたくて、僕は台を回り込んだ。

2

午後七時半を少し過ぎてしまった。

待ち合わせの喫茶店には、すでに三人が集まっていた。

僕は遅刻を詫び、伊藤朋弘《いとうともひろ》の隣に座る。

向かいに座っていた二人の女性が、前田友梨《まえだゆり》と八木奈智美《やぎなちみ》と名乗った。二人は、十一月に結婚式を挙げる新婦側の友人で、新郎側の友人である僕と伊藤と共に、二次会の幹事をする。

今日は初顔合わせだった。

友梨と奈智美はすでに食事を済ませているというので、伊藤と僕だけサンドイッチを注文した。

友梨が僕に尋ねてきた。「お仕事忙しかったんですか?」

「いえ。職場が田舎にあるもんで、都会に出るまで時間がかかるんです」

伊藤が僕の肩に手を置く。「こいつは田舎暮らしなんですよ。ここまで二時間ぐらいか?　メーカー勤務のやつって、そういうの多いよな。こいつの場合、勤務先から歩いて十分のところに独り暮らししてるから、通勤ラッシュを知らないんですよ。マジでお前が羨《うらや》ましいよ。通勤ラッシュは心を砂漠化させるから」

僕は力強く頷《うなず》く。「通勤ラッシュに遭わなくて済んでるのは、本当に良かったと思ってるよ」

不動産会社で働く友梨は、十時出社なので通勤ラッシュには遭わずに済むと言い、奈智美もシフト制のため、混雑の時間帯とはズレていると話した。

伊藤が「なんだよ。俺だけか」と拗《す》ねたように言った。

「そう言えば」と、奈智美が口を開いた。「杏《あん》ちゃんが池脇《いけわき》さんと知り合ったのって、通勤途中の時だったんですよね」

「そうなの？」と伊藤が大きな声を上げた。

奈智美が頷く。「ええ。杏ちゃんが具合が悪くなってベンチで休んでる時、大丈夫ですかって声を掛けられたのがきっかけだったって、聞きました。それで、来月結婚ですもんねぇ。凄いですよ。そうそう。池脇さんって、恋愛検定の一級もってるんですって。だからですかね。普通じゃ結婚までっていうか、付き合うまでいきませんもんね」

友梨が「凄《すご》いねー。一級もってるなんてぇ」と感心したような口調で言った。

そうなんだ。

知らなかったよ。池脇が恋愛検定の一級をもっていたことも、彼女と知り合うきっかけも。

池脇にコミュニケーション力や、セルフプレゼンテーション力があると感じたことはないが、一級を取ったというなら力があるんだろう。

それからどんなゲームをしたら盛り上がるだろうかといった話題になり、それぞれが出席した結婚式の二次会で経験した、ゲームの内容を披露した。

伊藤がどうしてもポッキーゲームを入れたいと言い張った時には、友梨と奈智美は互いに顔を見合わせて、肩を竦《すく》めていた。

次の打ち合わせまでに、二次会の進行やゲーム、賞品などのアイデアを各自で考えておくことで話はまとまった。

伊藤がトイレに席を立つと、友梨が話しかけてきた。

「それで足りますか？」

空《から》の皿を見てから、僕は答える。「家に帰って、ラーメンでも食べますから」

友梨が少し申し訳なさそうな顔をした。「もっとがっつり食べられるようなお店にすれば良かったですね。気が利かなくてごめんなさい」

「いえいえ」

僕はびっくりして、顔の前で手を左右に振った。

なんでこんなことで謝るんだろう。ちょっと変わってる子なのか？　僕の勤務状況なんて知らなかったんだから、謝る必要なんてないのに。

伊藤がトイレから戻ってきて、お開きになった。

駅前で、僕と友梨が同じ電車に乗ることがわかった。

ほかの二人と別れ、僕と友梨はホームに続く階段を上る。

階段を上り切り、線路を挟んだ向こう側のホームへ目を向けると、伊藤がいた。

伊藤が僕たちに気付き、片手を上げた。

僕が手を上げ返す前に、電車が滑《すべ》り込んで来て、伊藤の姿を隠した。

車内は結構混んでいて、乗ったであろう伊藤の姿は見つけられない。

電車が走り去ると、隣の友梨が言った。「元気な方ですね、伊藤さんは」

「そうだね」

「大野さんは物静かですよね」

「そお？　まぁ、伊藤に比べればね」

ブチッと音がして、アナウンスが始まった。どこかで信号機の故障があったため、大幅にダイヤが乱れているという。それでも電車は動いてはいるようで、しばらく待てばやがては乗れると駅員が続けた。

僕は腕時計に目を落とした。

「急ぐんですか？」と友梨が聞いてきた。

「ん？　いえ。別に」

「腕時計を見たから、急いで帰らなくちゃいけないのかなって思って。大野さんの帰りを待っている人が、いるんじゃないかと思ったんですけど、違いましたか？」

「いえ。誰も。独り暮らしですし。ペットも飼っていませんから。腕時計を見るのは癖《くせ》なんです。わりとスケジュールの変更が気になる性質なんです」

目を輝かせた。「じゃあもしデートに彼女が遅れてきたら、どうします？　すっごく怒ったりするんですか？」

「いやぁ。怒ったりはしませんよ。次の予定を変更すればいいだけですから。腕時計を見るのは、なんて言うか――進捗《しんちょく》状況を把握したいってだけなんです」

理解したのか、しなかったのか、友梨はなにも言わずに髪をかき上げた。

やや間があってから、友梨が上半身を後ろに捻《ひね》った。「もし杏ちゃんのように、あのベンチに具合が悪そうな女性がいたら、大野さんも声をかけますか？」

「えっ？　どうかな」

友梨の視線の先に目を向けると、酔っ払いのオッサンがだらしなく座っていた。

友梨が言う。「杏ちゃん、付き合ってた人がいたんですよ。長く付き合ってたから、結婚の話も出てたって。でも、通勤途中で具合が悪くなった日、たまたま通りかかった池脇さんに声を掛けられて、結婚ですからねぇ。凄くないですか？　なにかがちょっとずれてたら、杏ちゃんと池脇さんは一生出会わなかったんですよ。運命って凄いなぁって思ってましたけど、池脇さんが恋愛検定の一級をもってるってさっき聞いて、運命はどっちだったんだろうって考えちゃいました。本当は杏ちゃんの相手は、前の彼だったかもしれませんよね。それを池脇さんが、恋愛力で変えてしまったのかもしれませんよね。恋愛検定の一級って、それぐらいの恋愛力があるってことですもん」

一級はそうなのか？

まぁ、確かに、具合が悪そうな人に声をかけるまではできるとしても、それから付き合い始めるまでにもっていくには、なんらかの作戦がないと成功しないだろう。一級の実力というのは、なるほど凄い。僕が受検中なのは準一級だ。一級ではないにせよ、それに準じる級ということだろう。かなりの高い技量が求められていると考えるべきだな。心しておこう。

再びブチッと音がして、アナウンスが始まった。

遅れていた電車が、隣の駅を発車したので、もう少し待つようにと駅員が説明した。

僕は何気なく腕時計に目をやり、はっとして顔を上げる。

友梨が静かに笑っていた。そして、「癖なんですね」と言った。

僕は苦笑いを浮かべて小さく頷いた。

電車がやってくる右へ顔を向け、線路の先を見る。

電車の姿はまだ見えない。

ふと伝説のハスラー、沼野さんを思った。

沼野さんなら、腕時計を一日に何度も見たりしないんじゃないだろうか。電車の遅れを気にもしないだろう。この前沼野さんを間近に見て、憧れはさらに強くなった。同時に、自分とはまったく違う種類の人間なのだということもよくわかった。

僕は沼野さんに憧れながら、定年まで今の会社にいたいと願い、数分の電車の遅れを気にする生活を続けていくのだろう。

普通の人間はそんなもんだとわかっているのに、ほんの少しの寂寥感《せきりょうかん》を持て余してしまう。

線路の先に電車が見えた。

その瞬間、なぜかほっとした。

3

社員食堂は半分ほどが空席だった。

僕は天丼の食券を買い、カウンターに置く。

長かった会議からやっと解放された時には、午後一時を回っていた。食堂に行くための階段を下りている時から、絶対に天丼と決めていた。それぐらい腹が減っていた。

出てきたトレーには、天丼のほかにみそ汁、新香とミニサラダがのっている。

窓よりの席につき、食べ始めた。

甘辛のこってりしたツユが、イカの衣にしっかり滲《し》みていて最高。

ネックストラップから下がっている携帯電話が邪魔になって、外した。

テーブルに置いた時、メールがきていたことに気が付いた。

指でタッチして、メールの中身を読んでみる。

友梨からで、花屋でりんどうを見かけて、秋だと実感したと書いてあった。

僕は首を捻り、メール画面を閉じて、ナスの天ぷらに食いついた。

結婚式の二次会の幹事として初めて会った日から、一週間。この間に、友梨からは十回以上メールが届いている。最初は面白いゲームを思い付いたとか、賞品にどうだろうかと画像を添付してきたりといった、二次会に関する内容だった。だが最近のメールには、こんな風にどうでもいい内容のものが混じるようになっていた。

食事に気持ちを戻して箸《はし》を動かす。

「返信は?」と声がしたので、顔を上げた。

正面に神様が座っていた。

いつの間に。

と思った直後、変なところにご飯が入ってしまい、むせてしまう。

呼吸を落ち着かせようと、緑茶を喉に流し込んだ。

だが、なかなか落ち着いてくれない。

深呼吸を繰り返し、やっとのことで息が整ってくれた。

大きく息を吐き出してから、僕は言う。「失礼しました。突然で驚いてしまったもんですから。こんにちは」

「はい、こんにちは」

「僕になにか？」

僕の携帯電話を指差した。「返信はしないのかと思ってさ」

「友梨さんからのメールにですか？　いやぁ。返事のしようがないですし。そうですね、秋ですねって打っても意味ないですし」

神様は胸ポケットから黒い物を取り出し、それを見ながら「あなたなら準一級だと思ったんだけど、トライする級を下げる？」と言った。

「はい？　それはどういう……」と尋ね返すと、神様は僕の携帯にじっと視線を注いだ。

神様を真似て、僕も携帯を見つめる。

やがて僕は口を開く。「友梨さんに返信をした方がいいと、神様は思ってるんですか?」

「私はなにも言ってないよ。ヒントは出せないことになってるんだからね。たださー、あなたならわかるんじゃない? わかるでしょー。用事もないのにメールが来るってことの意味がさぁ。ビリヤード場で隣にいた男女の関係を、あれだけ深く推理できた人なんだから」

「神様は、友梨さんが僕に好意を抱いていると考えているってことでしょうか?」

神様がにっこり微笑《ほほえ》んだ。

僕は言った。「それは僕も考えてはみましたよ。ただの幹事同士というには、メールの回数が多いですし、内容も二次会とはかけ離れたものが増えてますし。ただ、そういう人っていますから。思ったことはすぐにメールに打って、とにかく誰かに送るって人。僕にだけ送っているかどうかは、現状ではわからないですしね。友梨さんが僕を嫌ってはいなさそうだとは思いますが、僕に好意をもっているか、もっているとしたら、どの程度かってことは、このメールだけじゃわかりませんよ」

何度も小さく頷く。「なるほどね。あなたはそういうタイプだったか。いやね、いるのよ。あなたみたいに、理論では高い級のレベルなんだけど、なかなか実践に入ろうとしなくて、いつまでも理論を捏《こ》ねくり回すって人が」

なかなか実践に入ろうとしないって？

慎重に行動するのはいいことだろうに。

大学生の時、担当教授から褒《ほ》められたことがある。君の推論なら、安心して聞くことができると。成果を急ぐあまり、見たくないデータに目を瞑《つむ》ってしまう学生が多かった。彼らと違って、僕は予想から外れてしまったデータを大事に扱った。すべての結果には理由がある。理由を説明できないからといって、それをすべて誤差の中に含めてしまえば、正しい結論には辿《たど》り着けない。

友梨について言えば、一つの答えを導けるほどの情報を、僕はもっていなかった。したがって、友梨が僕に好意をもっているか、いないかの答えは、現段階では導けない。

これが結論だ。

神様が黒い物をポケットに仕舞い、「面倒臭いね、あなたの考え方は」と言った。

「面倒臭いですか？」

「そうだよ。あなたの気持ちはどうなのよって話だよ。好きなの？　嫌いなの？　それとも、ちょっといいかなぁぐらいなの？」

僕の気持ちは――どうだろう。

悪い気はしていない。ただ……百パーセントの確証を得たかった。好きか嫌いかは、それから考える。

神様が口を開いた。「あなたズルいよ。相手の気持ちが百パーセントわかってからじゃないと、行動しないってことでしょ？　相手には告白させるけど、自分はしないんだよね。自分だけ傷つきたくないって魂胆《こんたん》だよね、それ。人間は好きだとか、付き合ってくれとかって告白するの、大変なことのようじゃない。それを、自分はやらないけど、相手がやったら考えるってのは、どうなのよ。ズルいでしょ」

僕は絶句して神様を見つめる。

神様が続ける。「ま、本当はさ、あなたがターゲットとどうなろうと、私はどーでもいいんだけどね。なんだかしらないけど、恋愛に興味がないって人が増えちゃって、神様を必要とする人が減ってるらしいんだ。このままだと組織の存続が危ういわけよ。それで、結果を出すことが求められてるんだよね。合格者を多く出して、恋愛の成功率を上げることで、恋愛の素晴らしさを再認識してもらうって計画。こっちも大変だよ。ヒントは出すな、酒の席には出るな、だけど結果は出せってんだから」吐息をついた。

僕は……ズルいのか？

反論しようと口を開きかけたが、言葉は出てこない。

ズルいのかもしれない。いや、ズルいんだろう。

一パーセントでも拒否される確率が残っていれば、アクションを起こさないというのは、神様が指摘するように、傷つきたくないからだ。だが、誰だってそうじゃないか？失敗はしたくない。

いや、失敗を恐れないヤツはいるな。

大学時代、研究室に一人の男がいた。ヤツは無茶な推論を積み重ね、無謀な実験を繰り返していた。僕の論文の成績はAだったが、そいつはCだった。途中までは。卒業間近になって、そいつの実験に、思わぬ結果が連続して出るようになった。そいつはアメリカの大学から誘いを受けて、海を渡った。数年後には研究仲間とベンチャー企業を起こし、今では年収が億の単位らしい。あいつなら、十パーセントでも成功の確率があれば、すぐに行動を起こしているだろう。

だが、僕はあいつじゃない。すっげえとは思うが、あいつの生き方を模倣したいとは思わない。

暗い声のまま神様が話す。「恋愛の神様なんかやりたくないから、組織がなくなったって構わないと思ってたんだけどさ。もし組織がなくなったら、ほかの担当に異動ってことにはならないらしいんだよ。あぶれちゃって、しばらくは担当なしってことになるようなんだ。担当なしってのは辛《つら》いよ。神様がなにをして暇を潰《つぶ》せばいいんだよ。時間は無限にあるっていうのにさ。冗談じゃないよ。まったく」

神様は不満そうな顔で、「ふぅー」と声に出して息を吐いた。

4

カラオケの店へ向かって歩いていると、伊藤が僕の肩に手をかけてきた。

小声で伊藤が言う。「大野さぁ、きっちり割り勘にしなくてもいいんじゃね？」

「えっ？　今の店の勘定のこと言ってるの？」

「そうだよ。男二人と女二人で食事してさぁ、きっちり四で割ることないだろうよ」

「そうかな？　合コンじゃないんだよ。結婚式の二次会の幹事が打ち合わせのために集まって、それで食事をしたんだから、割り勘でいいんじゃないか？　幹事の仕事に男女差なんてないんだから、男が奢《おご》ったら、なんか変だろう」

「千円でもいいんだよ、違いはさ。ちょっと男が多く払ってくれたってことが大事なのよ、女性の方たちは。頼むから、次のカラオケは男が多めに払うことにしてくれよ」

「わかったよ」

「それからさ」さらに伊藤の声が小さくなった。「俺、友梨ちゃん狙うから」

「えっ?」

「一応言っとくからな」

「お前、彼女いたよな?」

「そういう細かいこと言うなよ」

「細かいことじゃあないだろう」

「いいじゃんか」伊藤が小狡《こずる》そうな顔で笑った。「あっちは、あっちだよ。そんで、こっちは、こっちだよ」

伊藤は僕から離れると、前を歩く奈智美と友梨に近づいた。

伊藤は彼女たちの間に身体を滑り込ませ、すぐに二人の話に加わった。

僕は三人の後ろを歩く。

三人の会話は聞こえてこない。

時折、二人の女たちの笑い声が聞こえてくるだけだった。

帰ろうかな。

結婚式の二次会の打ち合わせは終わっている。明日早いんでと言えば、許されるだろう。そもそもカラオケは好きじゃない。狭い部屋に入れられて、大音量で下手な歌を聞かされるだけだ。伊藤が当然のように、親睦《しんぼく》を深めるためにはカラオケだと言い、女性陣が頷いてしまったので、こうなってしまった。

三人の足が止まったので、僕もストップする。

伊藤が振り返り、ビルの入り口を指差し、「五階だ」と言った。

帰るわと言おうとした時、友梨が僕の目の前に立った。そして、両手で僕の右腕を摑《つか》み、「帰っちゃダメですよ」と言った。

図星過ぎて言葉が出ない。

そうしているうちにも、友梨は、僕の腕を強く引っ張り始めた。

仕方がなくて僕は足を進めた。

エレベーターに乗った時には観念した。一時間したら、明日早いからと言って先に帰ろう。そう決めた。

受付で部屋の番号を聞いてから、僕だけトイレに行った。

トイレを済ませて、さっき聞いた番号の部屋の扉を開ける。半円状に置かれたソファの左端に伊藤が座っていて、その右には友梨が、さらにその右には奈智美がいた。三人はソファの左側サイドに偏って座っていて、不自然だった。

右サイドのぽっかり空いた場所に、僕は座った。

恐らく伊藤が友梨の隣に座りたくて、後から強引に左端に座ったってところだろう。三人は歌本に目を落としていて、曲選びに忙しそうだったので、僕は皆の飲み物のリクエストを聞き、部屋の電話機で注文をした。

伊藤が「一緒に歌おうよ」と友梨を誘う声を聞きながら、僕は天井から下がっている、小さなミラーボールを見上げた。

「友梨ちゃんはどんな曲が好き?」から始まった伊藤のアプローチは、どんどんあからさまになっていく。

必死だな、伊藤は。

僕は白けた気分で、伊藤の声を右から左へ聞き流す。

やがてオーダーした飲み物とつまみが届いた。

僕がサワーに口をつけた時、一曲目が始まった。奈智美がマイクを握り、手拍子を求めてきた。

僕らは手拍子をして奈智美を盛り上げる。

曲の途中で、突然友梨が立ち上がった。トイレかと思っていると、大画面の前を素早く横切り、なぜか僕の隣に移動してきた。

友梨が座った途端、彼女の太股が僕の太股に触れた。

すぐに僕は右にズレて友梨から離れたが、彼女は座り直して、また近づいてきてしまう。

友梨の左側はたくさん空いてるんだが。

僕はもう一度右にズレて、友梨と距離を取った。

友梨が歌本を広げて、僕の膝《ひざ》の上に置く。「一緒に歌いません?」

「いや、歌下手なんですよね」と答えると、「本当に?」と言って、僕の瞳を覗《のぞ》き込んできた。

顔が近過ぎるし。

僕は顔を後ろに引きながら、何度も頷いた。

友梨が言った。「じゃあ、私に歌って欲しい歌はありますか? 私、大野さんのために歌います」

「歌って欲しい歌……」

僕は仕方なくページを捲《めく》る。

僕は音楽には全然興味がない。だから歌本にびっしり並ぶ曲名を見ても、知っているものは皆無だった。

奈智美の曲が終わり、僕たちは一斉に拍手をした。

伊藤が大きな声で言う。「友梨ちゃーん。一緒に歌おうよぉ」

友梨が激しく首を左右に振った。

そして、「やだ。歌うなら、大野さんと歌うのー。ねー」と言って、僕の肩にしなだれかかってきた。

びっくりして僕は固まってしまう。

奈智美にそっと目を向けると、グラスを片手に歌本のページを捲っていた。今の聞いてなかったんだろうか。この近さで？　ちょっと不自然過ぎないか？

伊藤に目を移すと、唇を歪《ゆが》めて不機嫌さをはっきりと顔に出していた。

さっきの店での友梨は、なにかというと大野さんはどう思いますかと、僕のことを知りたがっていた。そしてこのカラオケ店では、ボディタッチを仕掛けてくる。好きですとか、付き合ってくださいとは言われてないので、百パーセントとは言えないが、これだけ条件が揃えば、一つの結論が導き出され、それを受け入れるべき時だろう。

友梨は僕に好意をもっている。

となると、次の段階へ進むことになる。

僕が友梨を好きか、嫌いか――。

どうかな。よくわからない。嫌いではないんだが……。

友梨が話しかけてくる。「私に歌って欲しい曲、決まりました?」

「あぁ……えっと、じゃあこれ」

僕はテキトーに歌本の中の一ヵ所を指差した。

「わかりました」と言うと、友梨はリモコンを操作してから、立ち上がった。「大野さんのために歌います」

大画面に『天城越え』とタイトルが出た。

友梨が歌い出す。「隠しきれない　移り香が」掌を僕に向けてきた。「いつしかあなたにしみついた」

呆気に取られる僕に向かって、友梨は歌い続ける。

「誰かに盗《と》られるくらいなら　あなたを　殺していいですか」

ちょっと……怖い。

僕は犬が怖かった。

犬は大好きと訴え、さらに気持ちを受け取って、可愛がってと、しっぽを振り続ける。

こうした犬の行動を、僕は可愛いとは思えなかった。むしろ薄気味悪く感じてしまう。

感情をむき出して近づいてこられたら、僕はどうしたらいいかわからなくなる。

僕への好意がどれだけのものかを知りたいというのと、猛アピールはやめて欲しいという二つの希望をもつのは、矛盾しているだろうか？

歌っていた友梨が、突然膝を曲げた。

その膝をゆっくり伸ばすのと同時に、右手を大きく上げていく。

その手は僕を指して、止まった。

「あなたと　越えたい」と歌い、僕をじっと見つめて、「天城越え〜」と続けた。

背中がぞくっとした。

5

遠くにいても、友梨の姿は強烈に目に入ってくる。

僕が変に意識しているせいなのか、それとも、友梨が着ているグリーンのワンピースの強い色のせいなのか、どちらのせいかはわからない。

友梨を含めた新婦の友人たちは、僕ら新郎の友人たちが座る隣の円卓にいた。

披露宴に出席している女性たちは、皆華やかな格好をしていたが、その中でも特に、友梨のグリーンのワンピースは目立っていた。

司会者が次のスピーチは新婦の友人代表だと話し、友梨の名前を出した。

友梨はすっくと立つと、迷いのない足取りで前方へ向かう。

スタンドマイクの前に立つと、白い紙を広げて話し始めた。「前田友梨と申します。杏さんとは、大学時代に知り合いました。杏さんはとっても、とっても優しい人です。私は三重県出身で、大学進学で東京に出てきました。初めての独り暮らしで、とっても心細い毎日でした。早く友達を作って、早く東京に馴染《なじ》まなきゃって思っていました。だからクラスの人たちに近づいて、必死で皆の話に合わせました。受け入れてもらいたかったんです。でも、元々、私は人との距離の取り方が上手じゃありませんでした。それで、私の空回りが嫌われて、気が付いた時には孤立していました。なにをするにも独りでした。授業中も、教室を移動する時も、昼食もです。学食で独りで食事しているところを見られたくなくて、トイレの個室の中でカロリーメイトを食べたこともありました。ある日、独りで喫茶店にいました。そのお店は大学の近くにあったんですが、裏道にあったし、ちょっと値段が高かったので、そこで学生の姿を見ることはありませんでした。それで、独りでよく行ってました。ある日そのお店でコーヒーを飲みながら、私泣いてしまったんです。涙が零《こぼ》れるのをそのままにして、静かに泣いてました。そしたら、杏さんが声をかけてくれたんです。どうしたのって。その時、私——」

言葉を詰まらせた友梨は、胸に手をあてた。

しばらく間を置いてから、再び喋《しゃべ》り出した。「私は杏さんに、東京にも、大学にも溶け込めないで悩んでいることを話しました。杏さんは、あなたはあなたのままでいいと思うよって言ってくれました。その言葉に、私は救われました。それから杏さんは、私の大切な人になりました。杏さんはありのままの私を受け入れてくれますが、私の良くないところには、ちゃんと、そういうの良くないよって言ってもくれます。だから杏さんは、私にとって、とってもとっても大切な人です。だから、杏さんを幸せにしてくれないと、私は怒ります。池脇さん、杏さんを、必ず、絶対に幸せにしてください。こんなに優しくて素晴らしい人はいないんですから」

スピーチの最後に、友梨は半泣き状態で、「杏さん、おめでとう」と言った。来場者たちから拍手が起きて、友梨はお辞儀をした。

友梨が席に戻るのを僕は目で追う。

なんか……可愛いな。

人との関わり方が上手じゃない子だから、僕が引いちゃうほど接近してきたのか——彼女なりに一生懸命だったのかもな。

不気味だと思っていた一つひとつのエピソードが、微笑ましいものに変わっていく。

席に座った友梨が、ハンカチを目にあてた。

今日は髪をアップにしているせいか、顔の印象も今までとちょっと違って見える。

僕の隣の隣に座る、伊藤へ視線を向けると、手酌《てじやく》でグラスにビールを注いでいた。

今の友梨のスピーチを、伊藤はどう聞いたんだろう。

聞いてみたい気もしたが、僕は尋ねなかった。

披露宴が終わり、全員で記念撮影をするため庭に出た。

庭の中央にはチャペルがあり、その前の石段に並ぶよう、式場のスタッフから促《うなが》された。

石段に向かって歩き出すと、前の人が突然足を止めたので、危うくぶつかりそうになってしまう。

前の人を迂回《うかい》した時、気が付いた。

この人はフリーズしている。

追い抜いて、振り返る。

そこにいた全員が固まっていた。

「今日は佳《よ》き日だね」と、背後から声がかかった。

振り返ると、案の定神様がいた。

「こんにちは」と僕が言うと、「はい、こんにちは」と神様が答える。

「披露宴ってのは、いいね」神様が話し出す。「いろんな酒が飲めるんだから。お陰でこっちは、出るに出られなくって困ってたんだけどさ。あれだね。人間はセレモニーが好きだね。主催するのがって意味だけど。セレモニーを主催するのは好きだけど、参加するのは嫌いなんだよね。どうしてかね。ゲストの時は着飾って参加はするけど、終わるとぐったりしてるよね。楽しかったと思って帰るゲストは、百人いたとしたら、一人か二人ぐらいだよ。それでも参加するよね。なんでだい？」

「……付き合い、ですかね」

「付き合いかぁ。それは大変な風習だねぇ」

　僕は苦笑いする。

　神様が、「立ったまんまもなんだから座ろうか」と言って、石段を指差した。

　芝の上を歩き、石段に神様と並んで腰かけた。

　僕はフリーズしている人たちを眺めた。友梨のグリーンのワンピースは、ここでもひと際目を引く。

「それで」神様が口を開いた。「これからどうするつもり？」

「これから……恋愛検定のことですよね？　今日の二次会、三次会では、幹事なので、色々忙しいと思いますから、なにも。恐らく伊藤が、日にちを改めて、幹事だけで打ち上げをやろうと言い出すんじゃないでしょうか。カラオケで、友梨さんははっきりと伊藤にノーを突きつけてましたけど、伊藤はそれに気付かないふりをし続けるつもりだと思います。女のノーには、イエスの意味もあると考えるタイプなんですよ、伊藤は。友梨さんの僕への気持ちは、ほぼ確実に理解しましたので、もし……僕にその気があるなら、ですけど……僕が友梨さんに連絡をして、二人だけで打ち上げをしませんかと言えば——そのまま上手くいくんじゃないでしょうか」

「今の、あなたの話？　どうして自分の話を、まるで他人事のように話すの？」

言葉を失《な》くして僕は神様を見つめた。

「あなたはさ」神様が言う。「理論では、マイスターを狙えるぐらいの力はあるんだよ。問題は、それを実行できるか。可愛いなと思ったんでしょ、あなた」

「……まぁ」

「そういう、自分の気持ちを大切にしないとね。恋愛なんて、勘違いの量が多いほどうまくいくんだからさ」

勘違いの量が多いほど——。

僕は友梨へ目を向けた。

片足を上げた状態でフリーズしている。

友梨のネックレスには陽《ひ》があたり、キラキラと輝いていた。

6

友梨が目を大きくした。「お弁当を作ってきてくださったんですか?」

「そうです。たいしたもんじゃないですけど。夜は基本的に自炊してるんですよ、僕」

ん?

感心してくれてもいいところなのに、友梨が困ったような表情を浮かべているのは、なんでだ?

午前七時に起きて、僕は二人分の弁当を作ってきた。

友梨との初デートにはサイクリングを選んだ。「サイクリングやりますか」と僕が電話で尋ねると、「私も大好きー」と友梨は高いテンションで答えた。手作り弁当をバックパックに入れ、約束の時間に友梨の家の近くにあるという、コンビニに向かった。約束の時間より早く着いた僕は、コンビニの駐車場で友梨を待った。友梨はそのコンビニから数メートルほどのマンションに住んでいるとの話だった。

やがて現れた友梨の姿に、僕は面食らった。セーターとジーンズ姿の友梨が押していたのは、普通の自転車だった。どうやら、僕がいうサイクリングと、友梨が理解しているサイクリングとは、まったくの別物だったらしい。僕のハーフパンツ姿と、愛車のクロスバイクを見た友梨は、「本格的なんですね」と呟《つぶや》いた。ヘルメットはもちろん、サングラスもグローブも友梨は持っていなかった。

コンビニの駐車場からサイクリングコースに移動したのは、今から九十分前のことだった。今日選んだのは約十五キロのコースで、二人で並走するのにむいている、平坦で道幅の広いサイクリングロードだった。昼時になったので、公園に寄ることにした。この広い公園には屋根のついた休憩所がたくさんあり、その中の一つに荷物を置いた。そこでは七、八人ほどが食事や休憩をとっていた。

僕の手作り弁当を見て、困ったような表情を見せていた友梨が、突然立ち上がり、飲み物を買ってくると宣言した。

なにがいいかと言われたので、冷たい緑茶を頼んだ。

僕は弁当容器を覗き、もっと鶏のから揚げを詰めてくればよかったと後悔する。

友梨が戻って来たので、僕は自分の分の百三十円を木製のテーブルに置いた。

友梨は「そんな、いいですよ」と早口で言い、「お弁当まで作ってもらったんだし、これぐらい払わせてください」と続けた。

「いいですよ。払いますよ」僕は財布をバックパックに仕舞う。「さぁ、食べましょう。まずかったら、僕に気を使わずに残してください」

僕はお握りを詰めた容器を友梨の方に動かし、「どうぞ」と勧めた。

友梨は少し不満そうな顔でテーブルの小銭を拾い、自分の財布に仕舞った。それから小さな声で「いただきます」と言って、お握りを取り出した。

なんでだ？

もっと明るくいただきますとか、旨《うま》そうだとか言うんじゃないかと思ってたんだが。

今日はこちらが予想している反応とは違うものばかりが、友梨から返ってくる。

サイクリング中も、友梨はそれほど楽しそうではなかったんだよな。

なんだか今日は調子が狂ってばかりだ。

僕はキャップを捻り、緑茶のペットボトルに口をつけた。

冷たい刺激が喉を通り、胃に落ちる。

途端に全身が震えるような感覚を味わう。急激に体温が下がっていくのを感じて、タオルを首に巻いた。

「このから揚げ、凄く美味しいです」友梨が口を開いた。「外はサクサクで、中はジューシーですね」

僕の心は一気に緩《ゆる》んだ。

やっと予想範囲内の言葉が友梨から発せられて、僕は少し落ち着いた。

僕は言う。「二度揚げするんです」

「二度揚げ?」

「ええ。一度目は一分だけ揚げて、外に出すんです。そのまま五分放置して、それからもう一度油に入れて、揚げます」

「そうなんですかぁ。今度やってみます。そのレシピ、誰かに教わったんですか?」

「いえ。自分で。今日は揚げる時間を長くしてみようとか、条件を変えて実験を繰り返します。料理って、僕にとってはベストな方程式を見つけていく作業なんです」

「そういう風に考えるんですね、理系の人って」

「いや、僕だけの話です」

友梨はプチトマトを口に入れた。

次にブロッコリーを食べ、フライドポテトを摘《つま》む。

あれ?

この間はなんだ?

友梨は黙々と食事を続けるばかりで、話し出す気配はない。今までの友梨と明らかに違う。

　このままだと次に耳にする言葉は、「ご馳走様でした」になりそうだった。

「僕だけの話です」で、終わりにしたのがいけなかったのか？

　僕は元々話題を探すのが苦手だ。友梨が話のきっかけを作ってくれない限り、このままになってしまう。

　会話が再開されないまま、僕は二個目のお握りを食べ終えた。

　腕時計に目を落とすと、午後〇時十五分だった。

　突然、友梨の小さな声が聞こえてきた。

「あの、ここから一番近い駅はなんという駅でしょう」

「駅ですか？　そうですねぇ。S駅かなぁ」

「そうですか。あの、大変申し訳ないんですけど……しんどくて。先に行くのも、帰るのも、自転車では無理っぽい感じなので、S駅から電車で帰らせていただきます」

「えっ。本当ですか？」

「すみません」

「そんな、謝らないでくださいよ。スピードが速過ぎましたか？」

「いいえ、そんなことは」慌てたように友梨が言った。「私に合わせてゆっくり走ってくださって、ありがとうございます。日頃運動してないんです、私。それで身体がぎしぎしいってしまって。昨夜、帰りが遅かったっていうのもありますし。誘っていただいたのに、途中棄権になってしまって本当にすみません」

友梨は申し訳なさそうに、何度も僕に頭を下げる。

友梨は一人で電車に乗って帰り、自転車はS駅に乗り捨てると言ったので、僕は彼女の自転車だけなら、片手で引っ張って運べるだろうと提案した。友梨はさらに身体を小さくして頭を下げてきた。

捨ててしまうのは勿体《もったい》なくて、残っていた料理を僕は自分の胃袋に収めた。

空にした弁当容器をバックパックに仕舞い、友梨に声を掛ける。「恐らく電車の友梨さんの方が、先に家に着くでしょう。着いたら、メールを貰《もら》えませんか？　無事に家に戻ったかどうか確認したいので」

「わかりました」

「友梨さんの自転車は、教わった場所にちゃんととめて、鍵は郵便受けに入れておきますから」

「本当に、本当に、すみません」

「構いませんよ。体調の悪い時は誰しもありますから」

携帯電話の地図アプリでS駅までの道を確認してから、公園を出た。

自転車を押しながら並んで歩く。

僕はすっきりした気分で足を運ぶ。

いつもの友梨と違って見えたのは、具合が悪かったせいだった。僕とのデートが楽しくないせいかと考え、落ち着かない気分だったが、理由がはっきりすれば、もやもやした気分は吹き飛んだ。

ふと、隣の友梨へ目を向ける。

友梨の顔色が白くなっているような気がする。

僕は自転車をとめて、バックパックから折り畳みタイプのウインドブレーカーを取り出し、友梨に差し出した。

友梨が僕のウインドブレーカーを羽織ると、サイズがまったく合っていないので、いかにも借り物っぽい姿になった。

そのサイズが合ってない感じは――ちょっと可愛かった。

「もうすぐです」僕は励ますように声を掛ける。「駅が見えてきました。あと少し歩けますか？」

「はい」

頷く仕草もなんだかチャーミングで、僕は少し幸せな気持ちになった。

7

提携関係にある大学での打ち合わせを終えた僕は、駅前のファストフード店に入った。午後二時過ぎの店内には、学生のようなグループ客もいたが、大半はスーツ姿の男たちだった。

カウンター席に座り、野菜ジュースにストローを挿《さ》した。

ひと口飲んでから、携帯電話にメールが入っていないかチェックをする。

ふうっ。

思わず、ため息のようなものが出てしまう。

友梨からメールがこなくなって十日になる。

いったいどういうことなんだろう。

サイクリングをリタイアした友梨が、今自宅に戻ったとメールを送ってきたのが、最後だった。僕は友梨の自転車を、彼女が指定した駐輪場に戻し、鍵を郵便受けに入れた。僕は務めを果たしたことをメールで知らせて、お大事にと打った。それに対して返信はなかったが、体調不良のせいだと理解していた。

だが、それから十日。連絡がない。

これはまったく理解できない事態だった。

僕から連絡を取るべきなのか？

もうすっかり良くなりましたといった内容の連絡が、友梨からないのに、僕からアクションを起こすのって変じゃないか？

どうしたもんか――。

「お疲れ様です」

男の声がして、顔を左に向けた。

一つおいた席に座る男が、携帯を耳にあてていた。

男の前のトレーには、ハンバーガーを包んでいたと思われる紙が、丸まって転がっていた。

男は喋り出した。「すんません。電話させちゃいまして。実は、リバーの田中《たなか》さんの件なんですけど。なんか、怒らせてしまったみたいなんですよ。理由ですか？　それがわからなくって困ってるんです。電話しても、この一週間居留守なんですよ。コールバックはないですし、メールに返信も貰えませんし、代表番号に電話して、そこから回してもらってもみたんですが、ダメなんです。僕が嫌になったんなら、担当を替えるとか、いろいろ対処できるんですけど、それも接触ができないと、探ることもできないじゃないですか。いえ、本当に心当たりはないんですよ。それで先輩が東京にいた時、リバーさんの担当だったのを思い出して、なにかアドバイスを貰えたらと」

それは大変だな。

僕は男に同情した。

フライドポテトを摘みながら、田中が臍《へそ》を曲げた理由を考えてみるが、情報が少な過ぎて、推察はすぐに行き詰まってしまう。

人が人の気持ちを推し量るのは難しい。

あの積極的だった友梨が、ぱったりと連絡をしてこなくなったという事実から、なにを導き出せるのか。人との距離を取るのが下手だと自ら言っていた友梨なのだから、さらにその解を予想するのは難しくなる。

サイクリングに対する考え方が違ったとはいえ、僕は朝早く起きて弁当を作った。友梨のペースに合わせて走行する努力もした。体調が悪くなった友梨の自転車を自宅まで届け、ウインドブレーカーまで貸した。

やはりどう考えても、友梨から連絡を取ってくるのが筋だろう。ウインドブレーカーを返しますとかなんとか言って会おうとするのが、普通じゃないか？　隣の隣の男にはアドバイスを頼める先輩がいるようだが、残念ながら僕にはいない。奈智美に尋ねてみるという手があるにはあるが、それは渡ってはいけない橋だ。奈智美はすぐに友梨に連絡を取るだろう。その時、誤解や悪意が入る可能性がゼロではない。僕の真意や疑問が友梨に伝わるどころか、曲解された結果、思わぬ落とし穴に嵌《は》まらないとも限らない。

あれこれ考えながらハンバーガーを食べた。

いつものように半分ほど食べたところで、上下をひっくり返した。

歯並びのせいなのか、食べ方のせいなのか、ハンバーガーを食べていると、いつも下のパンの方が先に小さくなってしまい、ダラダラといろんなものが垂れてくる。それで途中でひっくり返して、食べるようにしている。

無事にハンバーガーを食べ終えた時、カウンターに置いていた携帯が震えた。

急いでディスプレイを覗く。

着信メールの送り主は、友梨ではなく池脇だった。

紙ナプキンで指先を拭《ぬぐ》い、携帯にタッチした。

『来週の土曜日、新居に遊びに来ないか？　杏の手料理でもてなすよ。幹事の四人を誘ってるんだ。伊藤が友梨ちゃん狙ってるって、知ってるか？　まだデートまで持ちこめてないらしいが、最近メールを頻繁《ひんぱん》にやり取りしているらしいよ。伊藤には彼女がいるってこと、女性陣には内緒だからな。土曜はぜひ来てくれよ。そんじゃ』

どういうことだこれは。急激に怒りが湧《わ》きあがってくる。

メールを頻繁にやり取りしている？　伊藤をあんなに毛嫌いしていたじゃないか。そんなヤツとメールをしていて、僕にはしてこないってのはどういうことだ？　人との距離の取り方が下手なんてレベルじゃないじゃないか。奇天烈《きてれつ》だ。

猛烈に吹きあがってくる、この気持ちはなんだろう。

口惜《くや》しいような、残念なような、この感情をどうしたらいいんだ。

百パーセントだと思ったんだ。友梨が僕を好きな確率は、百パーセントだと——いや、百パーセントとは言えないかもしれないが、これだけの条件が揃えば、一つの結論を出しても大丈夫だろうと踏んだのだ。だから次のステップに進んだ。僕が友梨を好きか嫌いかを検討中に、可愛いと思えた瞬間があった。だからデートに誘った。

僕の出した結論は間違っていたのか。それとも次のステップに移るのが、早過ぎたのか。

落ち着け。

これしきのことで血圧を上げてどうする。それほどの女じゃなかった。グリーンのワンピースなんて着ていたから、大勢の中で目立っただけだ。

いや、なんで自分を諦《あきら》めさせる方向にもっていってるんだ、僕は。

諦めたいのか？

そもそも執着するほどの女なのか？

それほどの女じゃなかった。そうだ。友梨が伊藤と付き合うことになっても、別に構わない。

いや。ちょっとヤだな、それは。せめて僕の知らない男だったら――。

いや、同じだな。

いったん好きってことになった自分の気持ちを、それじゃといって、急に元に戻せはしない。

それに僕が否定されたって感じも、納得いかないし。

僕のどこがいけなかったんだろうって考え始めてること自体が許せない。

なにより、動揺している自分が気に入らない。

いつも冷静でいられるのが、僕だった。それなのに、今の僕の胸の底には、ジリジリと焦《あせ》りのようなものが蠢《うごめ》いている。早くなんとかしなきゃと、急《せ》く気持ちに煽《あお》られている。

なにを急ぐべきなのか？

友梨の気持ちを確かめることか？

そうだな。

よし、少し頭が回ってきたぞ。まずは、友梨の気持ちを確かめる必要があるな。池脇や伊藤が事実を語っているとは限らない。今必要なのは、友梨の真実の言葉だ。

友梨の真実の言葉……それは僕に平和をもたらすのか？　それとも痛みか？

このままにするか？　そうすれば、僕は傷つかずに済む。

傷つきたくはないが——この不可解な状態のまま終わらせたら、すっきりしない気持ちをずっと抱えてしまうだろう。

きちんと解答まで辿り着かないと、気持ち悪い。それが不正解だったら、どこで間違ったのか把握したい。そうでなければ、また同じ課題に同じ答えを出してしまう。

よしっ。

僕は心を決めた。

文面を頭の中で練ってから、文字入力を始めた。

8

「来るかな？」

声がして、僕は振り返った。

ビリヤード台の横に、神様がいた。

僕は「どうですかねぇ」と答えた。

四日前に、ファストフード店から友梨にメールをした。体調はその後どうかと尋ねる文面にした。すると、その日のうちに返信がきて、もうすっかり良くなりましたと書いてあった。それで、もし都合がつくなら、日曜にビリヤードをしないかと誘ってみた。下手だからとか、迷惑かけることになるからとか、ネガティブなことばかり書いてきたので、僕が教えてあげられると思うから来て欲しいと、ビリヤード場の場所を知らせた。

来るだろうか――。

わからない。

メールには、午後一時から僕はビリヤードをやっているので、好きな時間に来てくれればいいと書いた。そうすれば、尻込みしている友梨も来易《やす》くなるのではと考えてのことだった。

　というのは建前で、カフェや駅前で待ち合わせをすれば、すっぽかされた時、僕が受けるダメージが大きいからという計算もあった。

「ひと勝負するかい？」と神様が言った。

「えっ？　神様、ビリヤードやるんですか？」

　やると神様が言うので、ナインボールをすることになった。

　フリーズしているビリヤード場は、とても静かだった。

　僕は先攻を神様に譲り、椅子に腰かけた。

　静寂の中、先攻の神様がボールを撞く。大きな衝撃音の後、ボールがポケットに落ちる音が続いた。

　先攻を譲ったのは、失敗だったな。

　神様のフォームを見る限り、腕は僕より上のようだ。

　神様が４を狙おうとキューを使って角度を測る。

　充分時間をかけてから、神様はシュートした。

　神様の手球はクッションにあたってから跳ね返り、４のボールに向かう。神様の計算通りに手球は転がっていく。

と思ったら、手球は4のボールには当たらず、その脇を通過していった。

神様は「畜生」とか、「くそっ」と言って、物凄く口惜しがった。

僕は立ち上がり、「惜《お》しかったですね」と声を掛ける。

僕がチョークを摑むと、神様が言った。

「あなたも惜しいんだよ。あとちょっとで準一級、合格するところまできてるんだよ」

「ということは、友梨さんとの付き合いがスタートするまで、あと少しってことですか？」

「恋愛検定はね、恋愛力をはかるもので、カップルになるかどうかは査定外。皆そこ、間違うね。私もさ、成績を上げたいから、あなたには合格して欲しいんだよ。でもヒントは出せなくてね」

「そう……ですか」

僕は手球を、4のボールを狙えるベストの位置に置き、腰を屈《かが》めた。

左手の三本の指をラシャにつけ、キューを握る右手を後ろに何度か引いて、テイクバックの感覚を確かめた。

集中力を高め、全身に神経を行き渡らせる。右手を後ろに引き、一端止める。手を前に突き出そうとした瞬間、「サイクリングの」と声がした。

びっくりした僕の右手は浮いてしまった。

キューは手球の上部を掠《かす》め、完全なミスショットになった。

ショットの途中で話し掛けてくるなんて、マナー違反も甚だしい。

僕が文句を言おうと振り返ると、神様がうまくいったとばかりにほくそ笑んでいた。

あまりに大人げなくて、言葉が出てこなかった。

神様が「それじゃ、私の番だね」と言いながら、タップにチョークを塗る。

「どうぞ」と僕は言って、椅子に戻った。

神様が話し出した。「サイクリングデートの失敗を、あなたはどう分析してるの?」

「えっ? あれは、失敗だったんですか?」

「失敗だよ。前に大をつけてもいいぐらいだよ。なに、その不思議そうな顔は。おかしいよ、それ。準一級の力があると判断した私が、間違ってたって話になっちゃうじゃないよ。他人のことだとよくわかるけど、自分のことになると、からっきしってタイプかい? いいかい? まず、手作り弁当だよ。弁当を持参するのはいいよ。問題はさ、事前に彼女に言っておかなかったことだよ。明日は僕の手料理を持って行くから、楽しみにしててとかなんとか言っておかなきゃ。そうすりゃ、わー、楽しみーとか言われて、全然オーケーな話なのにさ。そういうネタフリなしで、いきなり手作り弁当を広げられたら、女としての立場ないよ。男女平等だよ。女性が料理担当って決まってはいないよ。そうだけどもさ、女性は自分を気の利く女って見せたい生き物なんだからさぁ、そこのところを理解してあげなきゃ、ダメでしょう」

神様がショットを決めて、４のボールをポケットに落とした。

「あなたはさ」ビリヤード台を回り込みながら神様が続ける。「男女平等主義だね。それはいいんだよ。でもさ、昼食を男に用意させたんだから、せめて飲み物は私がって考えた女性にさ、自分の分だけ払うってのは、どうなのよ。そこは、ありがとうってご馳走になっておくもんでしょうよ。百三十円ぽっちだけどさ、それで、彼女の申し訳ないって気持ちが少しだけ軽くなるんだから。それに、あの格好はなしだよ」

「格好？」

「もしサイクリング用の服装で行くんだったら、それも、事前に彼女に言っておかなきゃ。彼女は軽く近くをチャリで走り回る程度に思ってたから、ジーンズだよ。それが、待ち合わせ場所に行ったら、流線型のヘルメットを被った男がいたんだ。途方に暮れちゃうよ、どんな子だってさ」

「あの……ということは、友梨さんが体調が悪くなったっていうのは嘘で、僕に呆《あき》れて？」

「あれは、本当に疲れたんじゃない？　ペダルを漕ぐのも大変って感じだったから。日頃あんなに長距離を走ったことなんて、ないんだろうよ」

「コースの説明は事前にちゃんと言ってありましたよ。その時なにも言ってなかったし、それに、サイクリング、私も大好きーって言ってたんですが」

「好きな人が好きなものを、私もーって言っちゃう気持ちを、人間は恋って呼んでるんじゃないの？」

好きな人が好きなものを、私もーって言ってしまうのが恋——。

なんとなく、わかるような、わからないような……。

神様がボールを落としていくのを眺めながら、僕は再び、あのジリジリとした焦りが胸に溢れていく感覚に戸惑っていた。

このままじゃダメだ。ここで友梨が来るのを、ただ待っているのは違う。

ビリヤード台の側面から、メカニカルブリッジを取り出す神様に、僕は声を掛ける。

「マナー違反だとは承知していますが、メールを打ってもいいでしょうか？」

「どうぞ」

「メールは送信できますか？」

「あなた以外はフリーズしているから、受信はできないけど、送信はできるよ」

僕は頭に浮かんだ言葉を打っていく。弁当のこと、服装のこと、それから連絡がまったくなかったので不安だったし、気を揉《も》んでいたこと、伊藤の話を池脇から聞いて胸が騒いだこと。

最後にこう書いた。

『自分の考えを優先させてしまって、すみませんでした。もっと友梨さんの気持ちを思いやるべきでした。反省しています。これからは、冗談じゃないって、その都度指摘してください。それから、ビリヤードに興味なかったら、無理しないでください。友梨さんの行きたい場所や、したいことを教えてください。恐らく僕も、そこに行きたくなりますから』

自分の文章を読み直してみる。

まぁまぁな気もするし、全然ダメな気もする。

やっぱりメールするの、やめるか？

いや、もう焦燥感にはうんざりだ。あれこれ考えて苛々《いらいら》するのも、たくさんだ。

僕は送信ボタンを押した。

途端に、違う文面の方が良かったんじゃないかとの思いが湧き上がってくる。

「よしっ」と声がして、顔を上げると、神様がガッツポーズをしていた。

台に目を移すと、手球だけがあり、ほかのボールはなくなっていた。
僕が拍手をすると、神様が鷹揚《おうよう》に頷いた。
「おめでとう」神様が言った。「準一級合格」
「えっ?」
「そのテーブルの上、見てごらん」
神様に言われて顔を右に向けると、カードが一枚置いてあった。
恋愛検定の準一級合格証には、僕の写真が貼ってあった。
今のメールで合格できたんだろうか。
ってことは、いいメールだったのか?
尋ねようと、顔を上げた。
あれっ? いない。神様の姿が消えている。
ざわざわと音がしていることに気が付いた。
いつの間にか、フリーズが解除されている。
合格証を財布に仕舞い、ジーンズのポケットに戻した。
僕は台の上にボールを並べ、一人でナインボールを始めた。
なかなか集中できなくて、ミスショットを連発してしまう。

なんとかすべてのボールをポケットに落とした時だった。

入り口にぽつんと佇《たたず》む、友梨を発見した。

僕は嬉《うれ》しくなって、手を振った。

友梨がちょっと照れたような笑みを浮かべる。

手なんて振ってる自分が急に恥ずかしくなって、僕はゆるゆると手を下ろした。その手を、ジーンズのポケットにあてた。

第五章　恋愛がメンドーな女　一級

1

居酒屋を出た私は、大きく伸びをしながらあくびをした。

頭を反《そ》らせ過ぎて、中折れハットが落ちそうになる。

咄嗟《とっさ》に手を伸ばして押さえた時、背後からうっちーの声が掛かった。

「瑠衣《るい》、二次会どうする？」

振り向きながら「行かない」と答えた。

あれっ？　皆どうしたの？　新しいゲームかなんか？

「森本《もりもと》瑠衣さん」

振り返ると、スーツ姿のオジサンが立っていた。

オジサンは片手を上げて、「恋愛の神様です」と言った。

「うっそ……」

思わず、後ずさった。

私に恋愛の神様が下りてくるなんて——。

すーっと滑《すべ》るように神様が近づいてきて、「酒、旨《うま》かったかい？」と言った。

「いいよね、酒は」と遠い目で言ったかと思うと、急に真面目《まじめ》な顔になって「今の合コンで推論できる人間関係を述べなさい」と続けた。

「えっ？　はぁ……」

ヤだなぁ。メンドーだから受検なんてしたくないけど、神様にそうは言えないよねぇ。しょうがないから、私は口を開いた。「ヤマト君はうっちーを狙ってる。うっちーに、血液型がB型の男と付き合ったことがある？　って聞いてたから。きっとヤマト君はB型なんだよね。わかりやすいよね、ヤマト君って。うっちーの過去の男情報を仕入れて、好みのタイプがどういうのか知りたかったんだろうけど、もうちょっと捻《ひね》りを利かせて欲しいよね。そのうっちーが落とそうとしてるのは、コバ君。コバ君が発言してもいないのにじーっと見て、コバ君が気付いたら、二秒後に目を逸《そ》らすって作戦、何度もしてたし。うっちーっていう人は、大好きな彼がいるんだけど、合コンには行くし、気に入った子がいれば、テイクアウトするって人なんだよね。今のでは落とし切れなかったから、二次会で完全攻略するつもりじゃないかな。荒井《あらい》さんはいっちゃんを狙ってた。いっちゃんが小皿によそってあげただけで、優しい～なんて大声上げてたし。でも、いっちゃんは、リアルな人と付き合った経験がない子なんだよね。いつも恋するのは、漫画の中の登場人物だから。荒井さんが二次元の住人じゃない限り、どうにもならない。マス君とのんちゃんは、

今日の合コンはハズレだって思ってたろうな。お酒と食事のスピードが速かったから
神様は胸ポケットから黒い物を取り出して、「一級に挑戦ね」と言った。

「一級? 本当に? エイプリルフールじゃなくて? 一級って、もしかして一番上のクラス?」

「一番上はマイスター。その下だね」

私は口を開けて、神様を見つめる。

冗談を言ってる感じじゃなかった。

高校と大学で、それぞれ彼はできたけど、気が付いたら自然消滅になっていた。その私が一級って……。

神様は恋愛検定の説明をべらべら喋《しゃべ》って、「それじゃ」と言って、突然消えた。

呆然《ぼうぜん》としていると、肩を叩《たた》かれた。

うっちーだった。

「二次会どうする?」と、うっちーがまた聞いてくる。

「えっ? あぁ、行かない。帰るよ」

「そうなの?」

「うん。じゃあね」

うっちーに手を振って、一人で駅に向かって歩き出した。

うっちーったら、残念そうな顔しちゃって。本心じゃ、あっそ、ぐらいにしか思ってないくせに。悪い子じゃないんだけど、たまにいい人っぽくしようとするから、ちょっとムカつく。

元々私は合コンって、好きじゃない。自己紹介したり、ゲームしたり、そういうのメンドー臭い。でも今日は、のんちゃんからどうしてもって言われてしまった。いわゆる人数合わせってやつ。先月のんちゃんとライブに行った。そこで私は、のんちゃんのブラウスにビールをぶちまけちゃって、ひたすら謝るってことがあった。これをチャラにするには、今日の合コンに出るしかなかったんだよね。

二時間合コンに耐えたんで、この件はチャラになったはず。二次会まで参加する必要なし。

狭い歩道を、人が横に広がって歩いてるから、すっごい邪魔《じゃま》。歩くスピード、遅過ぎるし。

車道に出て、前のグループを追い抜いてから、歩道に戻った。

これって、結構運動？　それ、助かるかも。

今週の金曜日に、会社の健康診断がある。毎年コレステロール値が高過ぎるとか、内臓脂肪が多過ぎるとか言われちゃうんだよね。まだ二十六歳なのに。

自宅から会社まで片道一時間弱。毎日殺人的な通勤ラッシュにもまれてる。こんなハードな運動を毎日してるのに、なんで脂肪が溜まるのか、謎だね。

赤信号で足を止めた。

お腹を擦りながら周りを見回すと、うじゃうじゃと人がたくさんいる。

皆退屈なのかな？　だから集まって、お酒を飲んで、食べるのかね。

うっちーは退屈で死んじゃいそーなんてよく言うけど、私は退屈って感じがよくわからない。

毎日会社に行って、なんとなく働いているうちに五時になって、家に戻って、夕食を摂《と》りながらテレビを見ているうちに、あぁ、もう寝なきゃって時間になる。たまにサボることもあるけど、基本的には毎日お風呂に入って、寝る。それで充分っていうか、ほかになにが必要よって思う。

うっちーは新しい店に行くのが大好きで、どこかから情報を仕入れてきては、誘ってきた。でも参加するのは、三回に一回程度にしてる。付き合いに全部参加はしたくないけど、たまには顔を出さないと、縁を切られちゃうからね。多分うっちーたちと縁が切れたら、私には友達って呼べる人がいなくなる。友達ってウザいけど、ゼロっていうのはヤバいような気がするから、三回に一回参加する。

信号が変わり、一斉に人が歩き出した。上手《うま》く人の波に乗らないと、弾き出されちゃう。

身体の大きな男の背後のポジションゲットに成功。後はすいすい。

横断歩道を渡り終えたぜと思ったら、突然、前の男がすいっと左に曲がってしまった。

急いで、別の背中の大きな男を探す。

いたいた。

男の後ろの位置をゲットして、駅を目指した。

2

名物だというプリンを食べていると、カメラのシャッター音がした。

顔を向けると、倉田啓司《くらたけいじ》がカメラを構えながら、「お母さんもプリンを食べてください。食べてるところ欲しいんで」と言った。

隣のお母さんは、「まぁ、そうなの」と呟《つぶや》いてからプリンをスプーンですくい、ゆっくり口に運ぶ。そしてスプーンを口にくわえると、その状態をキープしてカメラをじっと見つめた。

すっかりモデル気分なんだから。

私は呆《あき》れてしまい、あくびを一つする。

「これ、あくびなんてして」と、すぐにお母さんから注意されてしまった。

今年のゴールデンウイークは、いつものように、お母さんと一泊二日の温泉旅行に来た。二人の旅だと、全額お母さんが払ってくれるので、豪華なものになる。宿は絶対一流と呼ばれているところ。部屋が広くて、大きなお風呂があって、サービスも最高のところ。当然食事も豪勢になる。なにもかも最高なんだけど、一つ問題があるんだよね。お母さんは、旅先で動き回らなきゃ損だって考えるタイプ。ガイドブックを買って、名所旧跡を調べちゃう。どうせ石になんとかの跡と彫ってある程度だって言っても、お母さんにはそこに行くってことが大事みたい。

今日は造り酒屋の見学から始まった。私たち二名分は予約されていて、お母さんのように準備のいい二十人ぐらいが、酒造会社の受付に午前十一時に集合した。そこに、倉田がいた。フリーランスのライター兼カメラマンだとかで、取材に来たという話だった。酒造りの工程見学の四十分の間に、お母さんはすっかり倉田と仲良くなってしまい、気が付いたら三人で行動することになっていた。

フラワーパークのベンチでプリンを食べる私たちを、カメラに収めた倉田が言った。

「食べ終わったら、あそこの橋に来てくれませんか？　このフラワーパーク全体が見渡せる、絶景ポイントらしいですよ。絶景をバックにお二人の写真をぜひ撮らせてください。僕先に行ってますね」

倉田の背中を見ながら、お母さんが言う。「いい人ね、倉田さんって。あんたにお似合いなんじゃない？　年も三十一だっていうから、あんたより五つ上で、ちょうどいいし。これ、またあくびなんてして。さっきのお蕎麦屋さんでも、したでしょ。倉田さんが話してる時にあくびなんて、失礼よ」

「だって、話、つまんなかったんだもん。長いばっかりで、オチないしさ。造り酒屋の試飲も効いてるんだよ。眠くてしょうがないんだもん」

「我慢しなさい。どうしてもの時は、手で口を覆うの。あんたの奥歯なんて、倉田さんは見たくないはずよ」

「はいはい」

「二度返事なんてして」

プリンを食べ終わると、お母さんがトイレに行きたいというので、付き合った。トイレを済ませて私が手を洗っていると、お母さんが個室から出てきて、隣に立った。

お母さんが手を洗いながら言った。「顔は？　直さなくていいの？　化粧よ。雑誌に載るかもしれないのよ。いつもより濃いぐらいじゃなきゃ」

「どういじっても、私の顔はこんなもんだよ」

「そんなこと言って。ちゃんとすれば、美しいわよ。お母さんの子なんだから」

お母さんがハンカチで手を拭《ふ》き、バッグから化粧ポーチを取り出した。

これは長くかかるぞと思った私は、「外にいるね」と声を掛けてトイレを出る。

トイレの建物の前には丸い花壇があり、三十センチほどの高さのレンガ製の柵《さく》で覆われていた。その柵に座っている人たちがいたので、隙間を見つけて腰掛けた。

ゴールデンウイーク中の観光地は混んでいるなぁ。

ぼけーっと、前を行き過ぎる人たちを眺める。

この旅行から帰れば、いつものように、夏の旅行はどうするかと、お母さんから聞かれるんだろうなぁ。旅に行っても、行かなくても、どっちでもいいんだけど、お母さんが誘ってくるので、行くってことになる。

「はい、じゃあ撮りますよぉ」

どっかで聞いた声がしたので、顔を左に向けると、倉田がカップルにカメラを向けていた。

あのカップルも雑誌に載せるのかな。なんていったっけ……倉田から、記事を書く予定だという旅行雑誌の名前を聞いたんだけど——忘れちゃった。

倉田がカップルに、違うポーズを取るよう促《うなが》す声が聞こえてくる。

元々人懐《なつ》っこい性格なのか、フリーライター兼カメラマンという仕事柄なのか、倉田はよく人に話し掛けた。それで、すぐに仲良くなっちゃう。造り酒屋でも、蕎麦屋でも、移動中の電車内でも。

なんか、私とは違う生き物って感じがする。

そんなにずっとハイテンションで、疲れないのかね。

カップルの撮影を終えた倉田が、私に気付いて、近づいて来た。

私の隣に腰掛けると「お母さんは？」と聞いてきたので、「トイレに」と答える。

「そうですか」倉田がカメラを弄《いじ》りながら言った。「瑠衣さんはよくお母さんと旅行するそうですね。今まで行ったところで、一番思い出に残ってる場所はどこですか？」

首を捻る。「どこかなぁ。観光地って、どこも似てるでしょう。だから思い出がこんがらがってて。ここだって、前に行った、どこかの公園にそっくりだし。駅があって、温泉宿があって、なんとかの跡があって、飲食店があって、土産物《みやげもの》屋があって、オルゴール館があって、ガラス工芸館があって、着物を着て歩くと、サービスしてもらえるの。そういうの、どこも一緒」

大きな笑い声を上げた。「面白いなぁ。瑠衣さんのコメント。好きですよ、そういう辛口で世の中を見てる人」

私はノーコメントで、トイレの方角へ目を向けた。

倉田が静かな調子で続ける。「仲のいい親子を見てると、いいなぁって純粋に羨《うらや》ましくなるんです。僕は家庭っていうのを知らずにきましたので、家族に強い憧れをもってるんです。だから、お二人を微笑《ほほえ》ましく見てます」

「仲がいいのかなぁ。まぁ、悪くはないと思うけど」

「仲、いいですよぉ。一緒に暮らしてるんですよね？　色々家のことも手伝ってくれるって、娘自慢してましたよ、お母さん」

「それ、嘘」

「嘘？」

「家のことなんて、まったく。掃除、洗濯、食事、全部お母さんがやってくれてる。私が会社に持って行くお弁当も。なんで、そんな嘘を倉田さんについたのか、わからないけど。お母さんの話には嘘もあるし、誇張もたくさんあるから、気を付けた方がいいよ。話を面白くするためだったら、平気で事実を曲げちゃう人だから。お母さんと上手に付き合うコツはね、話を十分の一ぐらいのサイズに縮小してから、耳に入れること」

「十分の一ですか？」倉田が目を大きくした。「随分《ずいぶん》小さくするんですね」

「それぐらい小さくしないと、真実と離れ過ぎちゃうからね」大声を上げた。「お母さん、こっち」

トイレの建物の前できょろきょろしていたお母さんが、私たちに気付き、手を振ってきた。

倉田がお母さんに手を振り返したので、私はおいおいと心の中でツッコんでしまう。

お母さんに懐き過ぎじゃない？

家族に強い憧れがあるから？

家庭を知らずにきたって、どういうことだろう。

お母さんは私たちの前にやって来ると、「それじゃ、橋に向かいましょうか」と言った。

私が立ち上がると、お母さんが後ろに回り込んできた。

私のお尻を叩きながら、「汚れてるじゃないの。座る時に気を付けなさいよ」と小言を言う。

「いいよ、こんなの汚れても」と私は答えて歩き出し、お母さんの手から逃れた。

少し距離を稼いでから、振り返った。

お母さんは呆れた顔をしていた。

そのお母さんを、倉田が穏やかな表情で見つめている。

倉田って、やっぱりちょっと変。

新手の詐欺《さぎ》? なにか売りつけようとしてる?

倉田がお母さんを促して、歩き出した。

なんだか二人の方が本物の親子みたいだった。

3

お父さんのくたびれた靴の隣に、同じくらいのくたびれたスニーカーがあった。

誰が来てるんだろうと思いながら、リビングのドアを開けた。

えっ?

ダイニングテーブルには、お父さんと倉田の姿があった。

お母さんがキッチンから「お帰り」と言い、遅れてお父さんが「遅かったな」と続け、倉田が「お邪魔してます」と頭を下げた。

なにこれ。

お母さんがキッチンから出てきて、「手、洗ってきなさい」と言う。

手を洗い、私はダイニングテーブルのいつもの席についた。

私の向かいに座る倉田が、お父さんからビールを注がれる。

お母さんが「倉田さん、たくさん食べてね。張り切っていっぱい作ったんだから」と声を掛けると、倉田は「ありがとうございます」と答えた。

四人での食事が始まって、旅から戻って七日の間に、お母さんが倉田と何度も連絡を取り合っていたことを、私は知った。

お母さんは倉田を夕食に誘い、それが今夜だったってことみたい。っていうか、なんで私に内緒？

それに、いくら誘われたからって、来る？　フツー。

家族に憧れがあったとしたってさぁ。

倉田、絶対おかしいって。

お父さんが、隣の倉田に話し掛ける。「倉田さんは釣りはするの？」

「川釣りに何回か行ったことはあります」

お父さんがとても喜んで、今度一緒に行こうと言い出した。

お父さんの趣味は釣りで、子どもの頃は付き合ってあげたけど、中学に入ってからは行かなくなった。トイレが近くにないし、餌《えさ》も魚も触りたくないし、早起きしたくない。お父さんは男の子が欲しかったみたい。釣りが趣味の男なら、息子と一緒に釣りをするのが夢になるもんなんだって、お父さんの釣り仲間から聞いたことがあるし。残念ながら、森本家には娘の私しかいない。その釣り仲間のオジサンは、小学生だった私に、釣り好きの男と結婚しろと命令した。そうすりゃ親孝行になるとオジサンは言った。

もしかして——。

そういえば、私、恋愛検定の受検中だった。

ってことは……対象は倉田?

かもしれない。

ほかにそんな可能性がありそうな男の存在はないし。

お母さんがうきうきした様子で、倉田におかわりはするかと聞いている。

倉田の我が家への溶け込みっぷりって、どうよ。

なんか、感じのいい詐欺師かと疑ったこともあったけど、このままなるようになったりして……。

倉田を特別嫌いってわけじゃない。でも、好きっていうほどでもない。っていうか、よく知らないし。この前の旅行の時も、ほとんどの時間、お母さんと倉田が喋っていたので、私は側でぼんやりしていただけだった。それが、意外と居心地《いごこち》が良かったりしたんだけど。

あとは——倉田とお母さん次第かな。

倉田とお母さんが強引に話を進めたら、私は抵抗しないような気がする。周りを固められてしまって、私は受け入れるしかないって構図。

お父さんが言う。「倉田さんはギャンブルはどうですか？　やりますか？」

お父さんったら。

完全に調査になってるし。

倉田がトマトに伸ばしていた手を止める。「ギャンブルっていうのは、どういう？」

「ほら、パチンコとか、競馬とか、競輪とか、そういうの」

「あぁ、そういうのですか。パチンコは大学時代に、何回か行ったことがありますけど、あとはやったことがないですね」

「そうすると、休みの日なんかは？」

お父さんの問いに、倉田ではなくお母さんが答える。「映画を観るのよね？」

「はい」倉田が頷《うなず》いた。

倉田のことなら一番よく知っているのだと、自慢するかのようにお母さんが続けた。

「あとは本を読むのよね？　ライターさんですもの。本を読むのは大事ですもんね。外国の作家さんの本が多いのよね？　英語で読むんですってよ。凄《すご》いでしょ。海外にもよく取材で行かれるんですもんね？」

「年に一、二回ですけど」

お父さんの目が再び輝く。

お父さんの夢は世界一周の船旅に出ることで、会社を定年退職したら行くつもりだと、何十年も前から私たちに宣言していた。

今はゴールデンウイークやお盆の時期でも、三日以上の休暇は取れない仕事なのだとお父さんは言う。それがどういう仕事なのか、私にはよくわからない。仕事もだけど、どんな業種の会社か私は知らなかった。多分聞いたんだろうけど、忘れてしまった。私とお母さんが二人で旅に行く時には、お父さんはいつも羨ましそうな顔で、「行っておいで」と言った。

お父さんが、一番思い出に残っている場所はと尋ねると、倉田は地名を一つ挙げた。それは、初めて聞く名前だった。

島国だと説明した倉田は、思い出すかのように目を細めて語り出した。「自然の美しさは勿論《もちろん》なんですが、そこに住んでいる人たちが凄く素敵なんです。雑貨屋で買い物をして、外に出たら、海の向こうに太陽が沈むところだったんです。あまりに美しくって、店の前に座って眺めてました。そうしたら、子どもが一人やってきまして、なにか話し掛けてきたんです。残念ながら、現地の言葉はわからなかったもんですから、僕は太陽を指差して、見てるんだってボディランゲージで伝えました。そうしたら、その子はなるほどって顔をして、僕の隣に座って、一緒に太陽を眺め出したんです。しばらくして、子どもが一人、大人が一人と通りかかっては、なにしてるんだって聞いてくるんです。言葉はわからないので、多分なんですけど。太陽を眺めてると伝えると、そうかって感じで僕らの隣に並ぶんです。気が付いたら四、五十人ぐらいで、太陽を眺めていました。彼らにとっては日常のはずなのに、一緒になって夕陽の美しさに感動してるんです。やがて笛の音が聞こえてきました。眺めていた中の一人が、横笛を吹き始めたんです。あんなに美しい音楽を聴いたのは、初めてでした。夕陽がその姿を消した後も、僕らは余韻《よいん》を楽しみました。しばらくすると、一人、また一人と僕に手を振って去って行きました。会話なんてありませんでしたが、僕らは一つになってました。美しいものを眺める時間を共有したことで、感動を共有したんです。それまで旅先では、現地の人に話し掛けて、コミュニケーションを取れれば満足していましたが、この時、それだけじゃないって知りました。八年前の経験ですが、今でも鮮明にその時のことは覚えています」

お母さんが感激したように「素敵なお話ねぇ」と言った。

「そうだな」とお父さんも満足そうに頷いた。

そしてお父さんは、「そういう旅がしてみたいもんだ」としみじみとした口調で続けた。

確かに。

お母さんに連れられて観光名所を回るより、ぼんやりと美しい夕陽を眺めていられたら、幸せ満喫だろうな。

なんとなく……倉田と私は合うような気がしてきた。

この前の旅先では、やたらと人に話し掛けてたけど、あれは取材だったからかも。ネタを必死で探してたのかな。今、倉田が話したような旅だったら、一緒にいても楽そうでいい。

やっぱり恋愛検定の対象者って、倉田のことじゃない？

私は心の中で神様に話し掛けてみた。

でもお母さんは喋っているし、お父さんも倉田も食事をしていて、時間は止まらない。

神様のケチ。

ちょっと現れて、ヒントぐらいくれたっていいじゃん。

確か一級とマイスターは、恋愛検定期間は一年だって、神様は言ってたっけ。

一年後――倉田と結婚してたりして。

倉田との恋愛ってちょっと想像がつかないけど、こんな風に四人で食事をしてる光景は、はっきりと思い浮かべられる。ってことは、結婚ってことでしょ。

今の毎日に特別不満なんてないんだけど、時々一生結婚できないかもって、猛烈に恐ろしくなることもあった。

そんな恐怖に襲われることも、一年後にはなくなるのかも。

人生って、自然に上手く流れていくもんなのかもね。

私はハンバーグを口に運んだ。

4

リサイクルショップ内のショーケースに飾られているバーキンを眺める。

サイズ30で素材がトゴ、カラーがブルージーンで、シルバー金具に百二十五万円のプライスが付いている。水色って結構人気があるから、値下げ幅が小さいんだよねぇ。

このリサイクルショップには、月に一度覗《のぞ》きに来る。会社から自宅へ戻る途中の、乗り換え駅の改札から一分のところに八階建てのビルがあり、その全館にブランド物のリサイクル品が並んでいた。

私は高級ブランド品と、古着を合わせたりするコーディネートが好きだ。私のコーディネートは、うっちーからは、瑠衣ミックスって呼ばれてる。

給料は安いけど、基本的に全額自分の小遣いになるので、そこそこ貯金はあるし、買い物もそこそこ楽しめる。そうは言っても、高級ブランド品を定価ではなかなか買えない。だから最近はネットオークションにはまっていた。リサイクルショップで相場をチェックしておいて、夜、お母さんとネットオークションに参戦する。それでも私には手が出ない高額な物の場合は、お母さんを説得した。お母さんがその品を気に入ってくれれば、買ってくれる。それで、共用させてもらうことにする。そうすれば結局は、私の物になる。専業主婦のお母さんが、その品を手に外出する機会はそうはない。毎日会社に行く私の方が、何百倍も使う機会がある。やがてうやむやになって、私の物になった。

着信メールを知らせる音がして、バッグから携帯を取り出した。

倉田からだった。

取材旅行中だという九州に到着した三日前から、毎日、現地の写真が添付されたメールが届く。

倉田が我が家で夕飯を食べてから二週間。

その間に何回メールが来たろう。結構な数になる。

携帯をバッグに仕舞い、ヴィトンのバッグが並ぶコーナーに移動した。

ヴィトンはリサイクルショップで、一番品数が豊富。でも傷の状態や、モデルによって値段に幅が一番あるのもヴィトン。だから、一番勉強しなくちゃいけないブランド。

棚の左から順に見ていく。

相場より五千円も安いバッグを見つけて、思わず声を上げそうになる。

顔をショーケースにぐっと近付けた時、「ちょっと」と声がした。

振り返ると、神様がいた。

「ちょっといいかな」神様が腕を組んだ。「あなた、一級を受検中だってことわかってる?」

「えっ?　わかってるよ」

「やる気はあるの?」

やる気って言われても……。なんで神様、怒ってんの?

神様がふわっと浮かんで、ガラスケースの上に座るような格好をした。ガラスケースからはちょっと浮いている。

それって、ちょっと酷《ひど》いと思うな。いくらお尻を付けていないとはいっても、そのケースに並んでるのは、シャネルの財布なんだよ。まずいって。神様のくせに、罰当《ばちあ》たり。

神様がシャネルの上で足を組む。「メール放っとくのはどうしてよ」

「えっ？　メールって、今来たの？　倉田さんからの？　あぁ。今、ヴィトンの値段をチェックしてたから。もう一回メールが来たら、返信しようと思ってて」

神様は胸ポケットから黒い物を取り出すと、それを見ながら「受検する級を下げるかい？」と言った。

なんか、感じ悪いんだけど。

私が受検したくて、神様を呼び出したわけじゃないじゃん。勝手に現れて、一級に挑戦しろって言ってきたの、そっちだし。ヒントが欲しい時にはシカトしといて、やる気はあるのかってキレるなんて、酷くない？

受検、やめるって言おうと口を開きかけると、先に神様が声を出した。

「それが、そうもいかないんだわ」渋い表情で黒い物をポケットに仕舞った。「こっちには、こっちの事情があってね。あなたには一級を受検してもらわなきゃいけないようだ。最近じゃ、神様の世界もノルマが厳しくてさ。世も末だよ。神様がノルマに必死になる時代ってのはさ。あなたみたいな人、いるんだよ。他人を観察するのには長《た》けているけど、自分のことになるとさっぱりって人。ついこの間も、その手の人を担当したよ。結構、手、掛かるんだよね」

「メールに返信するのは——なにを書いたらいいか考えて、それから打ってって、結構大変だから、時間のある時じゃないとできないっていうか。倉田さんからメールが来る時って、なぜか私がなにかしてる時なんだよね。それで、あとでゆっくり打とうと思ってるうちに、また次のメールが来ちゃって」

不思議そうな顔をした。「倉田さんからメールを貰《もら》うの、迷惑なのかい?」

「迷惑じゃあないけど。別に送られるぐらいなら、どうってことないっていうか。ただ、返信がちょっと億劫《おっくう》かなぁ。だからかなぁ」

「あなたさぁ、付き合うを通り越して、結婚まで妄想してたよね。それもいいかと思ってたよね? それなのに、返信が億劫なのかい?」

「自然とこのまんま進んでいくんだったら、それはそれでいいかもなぁって思ったんだけど、その時は、こういう毎日の細かいことまで考えてなかったから」

神様が吐息をつく。「凄いのを担当しちゃったよ」

「凄いのって、私のこと?」

「そう」

嫌味言われてるし、私。

なんで、こんなに神様からダメ出しされなきゃいけないのか、わからないし。

神様が店内を見回してから口を開いた。「ブランド物を手に入れたがるね、人間は。どうしてかね?」

「どうしてって……デザインがいいし、素材も縫製《ほうせい》とかもやっぱりいいから」

「それだけ?」

「んーと、あっ、それと、ブランド物だと、定価を皆がわかってるからっていうのはある。わからない? ほら、黒いバッグを持ってたとして、ノーブランドだと、それがいくらの物かは、本人以外誰にもわからないけど、それがブランド物だったら、三十万のだって、皆にわかってもらえるからっていうのはあるかな」

「なるほど。そういうことか」真面目な顔で頷く。「見栄を張りたいのか。それで、一ヵ月の給料より高い物を、分割して買うんだな。人間ってのは可笑《おか》しな生き物だ。すると、あれかな? 結婚したいってのも、見栄の一種なのかな?」

「結婚?」

「そう、結婚。漠然《ばくぜん》と結婚できなかったらと不安になるのは、結婚できないと見栄を張れないからじゃないのかい?」

私は首を捻る。

なんか難しい話になってきて、脳がついていけない。頭痛もしてきたし。

私は正直に言った。「ちょっとよくわからないや」

「あなたは、そうやってすぐに逃げるね。ま、いいさ、あなたの人生だ。私としては、一級の合格者を出したいだけなんだ。ヒントを出してやりたいところなんだけどさ、最近倫理委員会なんてのができちゃってね。こっちはなにもしてやれないんだ」

「はぁ」

「なにもね。してやれないの」辺りをきょろきょろ窺《うかが》ってから続ける。「だから、メールを送ってきてる相手の気持ちを考えてごらんとかね、そういうこと言えないんだよ」

「……」

「返信をするのが億劫なら、私はそういう性格なんですよって説明しておいた方が、相手も安心するだろうとか、そういうことも言えないんだよ」

言ってるし。

なんか、この神様可笑しい。

神様ってもっと堂々としているのかと思ってたけど、なんか、自分の成績を気にするフツーのサラリーマンっぽい。

メールを送ってくる倉田の気持ちを考えるのか。私はそういう性格なんだと説明しておく——なるほどね。

そういうことしなかったから、元彼たちと自然消滅になったのかな。

私はバッグから携帯を取り出した。

ちらっと見上げると、神様がゆっくりと頷いた。

私は倉田に宛ててメールを打ち始めた。

5

ふうっ。

リビングの汚さにうんざりしちゃう。

コンビニで買ってきたお弁当を、ローテーブルに置いた。

ソファに腰掛け、テレビをつけて、携帯を広げる。

誰からもメールが来てなくて、ちょっとどんよりしてしまう。

お父さんが突然、早期退職することにしたと宣言したのは、七月に入ってすぐのことだった。会社が募集した、早期退職者枠に申し込んで、認められたという。さらにお父さんは、九月二十日からお母さんと二人で半年間の世界一周の船旅に行くと言い、私を奈落《ならく》の底に突き落とした。

私も会社を辞めて一緒に行くと訴えたけど、聞き入れてはもらえなかった。二度目のハネムーンだから二人だけで行きたいのよと、お母さんは私を宥《なだ》めた。

私は置いていかれた。

お父さんとお母さんが旅立ってから一週間。リビングはごみ屋敷化しつつある。家全体がくすんでいるし、変な臭いもしていた。

前は仕事が終わったら、ほとんど真っ直ぐ家に帰って来たけど、今じゃなんとかしてこの家にいる時間を少なくしようとしてしまう。

うっちーの家に泊まりに行ったり、同僚と朝まで飲んだりしたんだけど、元々友達なんて少ないから、すぐにネタが尽《つ》きてしまった。

あと半年もあるのに。どうしよう。

独りぼっちはヤだよ。

ネットオークションだって、隣にお母さんがいなければ全然つまらない。側でキャーキャー言ってくれる人がいるから面白いんだって、初めて気が付いた。

テレビも同じ。

お父さんがビールを飲む音や、お母さんが食器を洗う音と混じり合ってなくちゃ、テレビだってつまらなかった。周りに人の気配や音がなにもないのに、テレビからハイテンションの声が聞こえてくると、白けてしまって、つまらない番組がさらに最悪になる。

なんか習い事でもしよっかな。

別に習いたいことなんてないけど、時間は潰《つぶ》せそう。

ノートパソコンの電源を入れた。

自室に置いていたノートパソコンを、リビングに持ち込んである。もう自室には、服を選びに行く時ぐらいしか入らない。一人になって初めての夜、自室のベッドで寝ていて、急に淋《さび》しさに襲われて泣いてしまった。それで、枕とタオルケットを抱えてリビングに移動した。それからは、毎晩リビングのソファで寝ている。家に一人なのは同じなんだけど、ほかの場所より、お父さんとお母さんの匂いが強く残っているような気がして居ついてしまう。朝起きる度《たび》にちょっと腰が痛いけど、自分の部屋で泣きながら寝るより全然いい。

独り暮らししてる人って、どうしてんだろう。どうやって耐えてるのかな。

ネットで習い事の検索をしてみる。

おっと、ダメだわ。

スクールがたくさんあり過ぎて、情報の中で迷子になっちゃう。やりたいことを先に決めてから検索しないと、どこにも行きあたらない。

習い事探しは諦《あきら》めて、よく覗いていたネットオークションのサイトにアクセスした。

今夜十時スタートのオークションに出品される、ブランド物の画像が並んでいる。

目は画像を追うんだけど、なんだか気分がのらない。

お母さんからは結構な額の生活費を渡されていたので、それで買っちゃうって手もあるんだけど——なにも欲しい物がない。

ちょっと前までは欲しい物だらけだったのに、変なの。

着信メールの音がして、急いで携帯を覗く。

なんだ。

警察からの一斉配信メールだった。

二丁目でひったくり事件が起きたと書いてある。一人はヘルメット着用の、身長百七十から百八十センチの男で、もう一人は黒っぽい服装の、男の二人組とあった。

家の近くで起きた事件なんかの情報が、管轄の警察からメールで届く。何年も前にお母さんが私に勧めてきたので、登録した。

届いてもいっつもスルーだったけど……今日はなんかちょっと嬉しい。

登録した全員に大量に出されてるメールだって、わかってるのに。

私を心配してくれてる人が存在してるって思えちゃう。私、病んでるのかな。

そういえば、倉田からのメール、来なくなったなぁ。最後に届いたのいつだっけ。

神様が言っておいた方がいいってヒントをくれたから、面倒臭がりなので、なかなか返信しなくってすみません的なメールを書いた。「早っ」て言いたくなるぐらい、すぐに倉田から返信がきた。そのメールには、そうでしたか、嫌われてるんじゃないかと心配してましたとかなんとか書いてあった。それからしばらくは、近況報告のメールが来てたんだけど、私はたまにしか返信をしなかった。私の性格は伝えたんだし、返信がこなくても、倉田はなんとも思わないだろうと踏《ふ》んだんだけど……気が付いたら、倉田からのメールは途絶《とだ》えていた。

別に、来なければ、返信しなきゃーって思わなくて済むからいいって言えば、いいはず。でも……すっごい勿体《もったい》ないことしたんじゃないのって、胸の隅から誰かの声がするんだよねぇ。

だからって、倉田にメールを出す気にはならないんだけど。

あの可笑しな神様が最後に現れたのは、リサイクルショップだったっけ。

神様なのにノルマがあるってボヤいてた。

だったら、もっと私に張り付いて、あれこれ言ってくれればいいのに。

サボってんのかな。ダメじゃん。

お弁当をチンしてから、一人だけの夕食を始める。

美味しいのかマズいのか、よくわからないけど、とにかく口に運んだ。

ピンク色の漬物が生ぬるくて、気分が一センチ沈む。

ハイボールの缶を開けて喉に流し込み、口の中をさっぱりさせる。

メールを着信した音がして、携帯を覗いた。

今度はお母さんからだった。

『ちゃんとご飯を食べてますか？　お父さんとお母さんは、のんびり旅を楽しんでます。今日は船を降りて、アレキサンドリアの街のホテルに泊まります。船ではお友達がたくさんできました。瑠衣ちゃんに選んでもらった水着を着て、船の上のプールで毎日泳いでいます。なにか困ったことがあったら、みつ叔母さんに連絡するのよ。毎日ちゃんとお風呂に入りなさいね。枕カバーも毎日換えるのよ。それじゃ、またね。お母さんより』

添付されてる画像を開くと、プールサイドらしき場所で、お母さんを中心に同じ年格好のオバサンたち四人が笑っていた。

楽しそう……全員が大きな口を開けて笑ってる。

いいなぁ。

私も行きたかったなぁ、世界一周。

ふと、キャビネットの上に目をやった。

そこに並ぶカレンダーのうち、来年の方を手に取る。捲《めく》って、捲って、三月のページを開いた。

三月十九日に赤で大きく丸がしてある。そこに書かれた『帰国』の文字を眺める。

まだまだまだ、先。

カレンダーを元の場所に戻して、はっとした。

今週末、ショッピングに行こうってうっちーと約束してたのに、彼とデートだからってキャンセルされちゃったんだっけ。

どうしよう。誰かを捕まえないと、ずっとここで一人っきりになっちゃう。週末の二日間、誰とも話をしないで終わっちゃうかも。

あぁ、もうっ。

なんか、腹が立つ。

どうして私がこんな目に遭わされんの？　お父さんとお母さんのバカ。うっちーもバカ。

そうだ。

私はパソコンに、『一人』『淋しくない』『時間の過ごし方』と入力してみる。

十二万二千件がヒットした。

へぇ。

淋しい人ってたくさんいるみたい。

私だけじゃないと思えば、少しは気も晴れるけど……私ほどすべてを奪われたように感じてる人は、そうはいないんじゃないかな。

なんだか、さらにアクセスしてみる気にはならなくて、パソコンの電源を切った。

ハイボールの缶を傾け、味わうようにゆっくりと喉に落とした。

6

「なんか、瑠衣先輩、ちょっと変わりましたよね」

「ん？　私？」

「はい」

「どういったとこが？」

ちよみは首を捻った。「どういったとこがと言われると……ここことは言えないんですけど」

「なんだよ、それ」

会社の会議室は、正午から午後一時までは、女子社員たちのランチ場所になる。ブラインドの隙間から見えるのは、隣のオフィスビル。向こうは磨《す》りガラスになっているので、人影がぼんやり映っているだけ。

十八人の女子社員は、毎日ここに集まって、毎日同じ場所に座る。

最近変わったことがあるとすれば、私のお弁当がお母さんの手作りじゃなくて、弁当屋のものになったってことぐらい。お母さんのお弁当を食べなくなって、一ヵ月が経つ。

突然ちよみが大きな声を上げる。「あっ、私、そこって場所、一つ言えます。今日の係長の送別会、瑠衣先輩出るんですよね？　そういうの嫌がってたのに。最近は会社のイベントへの出席率、いいですよね。そこですよ、変わったように思う場所って」

「一人で家にいるよりはマシだからね。人恋しいのよ、私は」

「人恋しいんですか」

ちよみは私の言葉を繰り返してから、ブロッコリーを口に運んだ。

テーブルの上で私の携帯電話が震えて、私はすぐに摑《つか》んだ。

倉田からだった。

すっごい久しぶりだ。

ちょっとテンションが上がってしまう。

急いで中を読む。

しゅんと一気にテンションが萎《しぼ》んだ。

雑誌の企画で、二十代女性の意識調査をしているので、協力してくれないかと書いてある。

仕事の用事で連絡してきただけなのか——。今だったら、デートに誘われたら、絶対に即オーケー出すのに。だいたい、タイミング悪い男なんだよね、倉田って。映画を観に行かないかって倉田が誘ってきた時は、私が観たい映画はやっていなかった。落語の独演会のチケットがあると言ってきた時は、絶対参加の、会社の創立記念パーティと日が重なった。

タイミングの悪い男に、私は、『どういったことをするの?』と返信した。

「男からのメールですか?」ちよみが聞いてきた。

「ん?　なんでそう思うの?」

「なんでって、瑠衣先輩、メールを受け取った時、ぱっと顔が明るくなったのに、読んで、ちょっと不機嫌になったみたいだったから。そんな風に一喜一憂《いっきいちゆう》するのって、女友達からのメールではないんじゃないかって、推理したんです。こう見えて私、ミステリー小説好きなんですよ」

「だから?」

「だから、推理するの好きなんです。当たってました? 私の推理」

「まぁ、オスかメスかと言えば、オスだけど。っていうか、私、別に一喜一憂なんてしてないし」

マスカラたっぷりのまつ毛を、ちよみがばさばさと動かした。瞬《まばた》きを繰り返しただけで、ちよみはなにも言わずに、カニカマを食べる。

これ以上は言わないでおきますって、ちよみの態度、腹立つわ。

文句を言おうと口を開きかけた時、着信メールの音がした。

急いで携帯に手を伸ばし掛けて、ふと、ちよみを見ると、ばっさばっさとさっきよりゆっくりまつ毛を動かして、半笑いしていた。

なんか、口惜《くや》しい。

私は手を引っ込めて、箸《はし》でチンジャオロースを口に運んだ。

するとちよみが、人差し指で私の携帯をすっと押してきた。

その、無言で『メール読んだらどうですか』って態度にも、カチンとくるんだけど。

ムカつくから、ちよみの前で倉田からのメールを読みたくない。っていうか、倉田からのじゃないって可能性もあるけど。そうだ。誰からのメールかわからないから、私は見なくちゃいけないんだ。お母さんからのSOSメールかもしれないじゃん。

あー、でもやっぱ、ちよみの前で読むのはヤだな。

お弁当を食べ終わってから、トイレで一人で読もっかな。

それもわざとらしいったら、わざとらしいんだけど。

と、さらに、ちよみが携帯を押してきた。

もう絶対にちよみの前でメールは読まないと、私は決めた。断固として決めた。

ただ……この週末、私は時間を持て余して死にそうになった。誰とも約束を取り付けられなくて、地獄のようだった。

意識調査でも、アンケート記入でも、時間を潰せるなら、私には吉報。いい知らせの内容を早く知りたい。

あぁ、うじうじ考えてる自分が、最高にウザい。

携帯を摑んだ。

メールはやっぱり倉田からだった。

『二十代の女性（今のところ四人程度の予定）に、出版社の会議室に集まってもらって、そこで、恋愛や結婚や仕事、趣味、生きがい、夢といったテーマに沿って、座談会形式で色々語ってもらおうって企画なんだ。顔写真は掲載しないし、名前も仮名にするので、個人が特定される心配はないよ。リアルな女性の心情を語って欲しい。ぜひ、協力お願いします。十月二十八日の週のどこかでできたらと思ってます』

座談会——。

なんだ。

二人だけで会うのかと思ってたのに。

これじゃ、本当に仕事の用事じゃん。

なんでこんなにがっかりしてんだろう、私。

時間が潰せるのは、座談会だって、一対一だって一緒なのに。

携帯を閉じて、ポテトサラダを箸ですくって口に運んだ。

「ん～」ちよみが唸《うな》り声を上げた。

「なに？」

「難しーです。瑠衣先輩の表情と動作から、どんなメールだったか推理しようと思って、すっごい集中して見てたんですけど、全然わからなかったです」

「あっそ」

「ちょっとがっかりしました？　ですよね？　それはなんとなくわかったんですけどねー、その後急に瑠衣先輩のことがわからなくなっちゃって」

私がわからないんだから、ちよみになんかわかるわけないじゃん。

ちよみなんか嫌い。倉田も嫌い。

よくわからないけど、とにかく嫌いだ。

私は大量のご飯を箸で持ち上げ、口に放り込んだ。

ブラインドの隙間から隣のビルを眺めた。

磨りガラスに人影が映っている。

その影がこっちを窺っているような気がして、私はすぐに目を逸らした。

7

この女、気に入らない。

どっから出してんだってぐらい、声が高いんだけど。

私は出版社の会議室で、バームクーヘンにフォークを突き刺した。

倉田に協力してやることにして、午後六時半に、指定された出版社の裏口に到着した。

てっきり倉田が出迎えてくれるんだろうと思ってたら、すっごい痩《や》せてる男が一人立っていただけだった。その男から「座談会の出席者の方ですか?」って話し掛けられたので、頷くと、来館証を渡されて、「四階です」と言われた。

痩せてる男がとっても暗い顔つきだったので、急に私も気分が沈んでしまった。やっぱ帰ると言おうかなって迷ってる時、後ろから台車に大きな荷物を積んだ、運送会社の人がやってきてしまった。その人に押されるみたいになって、Uターンできなかった。

二時間暇潰しができるんだからいっかと気持ちを切り替えて、会議室のドアを開けたら、倉田と二人の女がソファに座っていた。私が加わり、しばらく待っていると、遥《はるか》って女が最後にやって来た。

この女がやたらと高い声の持ち主で、つまんなくて長い話を聞かされてるうちに、耳が痛くなった。

私はバームクーヘンを食べながら、遥にうんざりしていたけど、その隣でふんふん頷いている倉田にもがっかりだった。

遥の話を聞きながら、倉田は「なるほど」とか、「勉強になるなぁ」なんて相槌《あいづち》打っちゃってんだから、笑える。

遥の左に座ってるカナってのも、感じ悪い女だ。

ショートパンツでソファに座っちゃってて、私の脚を見てくださいってアピールをしてる女。

私の隣にいる綾《あや》って名の女は、やたらと遠慮ばっかりしてる子で、この際どうでもいいや。

はっきりしてるのは、遥とカナは絶対に、倉田を狙ってるってこと。

合コンでだって、こんなにあからさまにスキスキビームを出さないよ、フツー。

恋愛の質問になると、二人とも今はフリーなんですって強調しちゃって、痛々しいぐらいなんだけど。

倉田は、どこでこの女たちと知り合ったんだろう。倉田は自分からどんどん話し掛けるタイプだから、あっちこっちで知り合っちゃうのかな。こいつらの自宅にも、夕飯を食べに行ったのかな。

そもそも、倉田はこいつらをどう思ってるんだろう。

映画や落語の独演会に誘ったことは？

なんで行かなかったんだろう、私――。

名前を呼ばれて、はっとした。

倉田と目が合って、ドキンとしてしまう。

倉田が言う。「結婚についてはどうですか？　森本さんはどんな風に考えていますか？」

そんな大きなお題を出されても、即答なんてできないって。

私が言葉を探していると、遥が口を挟んできた。

「テーマが大き過ぎて、すぐには答えられないですよね」

こいつ、煩《うるさ》い。

でも、ちょっと助かったけど。

遥が女たちを順に見ていく。その目つきは探るようだった。

遥がたっぷりと間を空けてから口を開いた。「結婚を考えたことがない女性なんて、いませんよね。私の場合は、幼稚園に通っている頃には、その頃なりの結婚観があったし、小学生、中学生、高校生と、それぞれの結婚観がありましたね。今考えると、お伽噺《とぎばなし》みたいなもんでしたけど。今は二十七歳なので、凄く切実に考えてますよ。男性と知り合うと、まずシミュレーションしてみちゃうんです。この人と結婚したら、絶対に家事は手伝ってくれなさそうだなとか、毎晩帰りが遅いだろうなとか。結婚って、憧れでもあるんですけど、早くしないといいのを取り逃すんじゃないかって恐怖感もあって。いつか出会えるって、雑誌には書いてあるけど、いつかじゃ嫌なんですよね。今年にしてって思ってしまうんです。できれば今月って」

カナが大きく頷く。「それ、わかります。私二十八歳で、今年十回友達の結婚式に呼ばれたんですよ。友達の幸せを見せつけられるわ、ご祝儀を取られてビンボーだわで、最悪です。私も早く結婚したいって、強く、強く思ってしまいます」

遥とカナは、ほぼ同時に倉田を見た。二人とも自分のメッセージが届けとばかりに、倉田に熱い視線を注いでいる。

やだやだ。

必死になっちゃってる女って。男もだけど、女の方が悲惨。

もっと肩の力を抜きなよって、言ってあげたくなる。

倉田から質問をふられて、綾が小さな声で、来年の春、交際十年の彼と結婚する予定だと答えた。

途端に、遥とカナからため息が漏《も》れる。

なんのため息？

羨ましいわのため息？　よくわからない。

わかってることは一つ。

遥やカナのような、女にはなりたくないってこと。

私だってこのまま一生結婚できないかもと、猛烈な不安に襲われる時もある。でも、私が頑張ってなんとかするっていうのは、本当じゃないように思う。それが運命の人なら、私がなにもしなくても、自然とそうなっていくんじゃない？　努力したり、必死にならないと手に入らないって相手なら、それ、運命の人じゃないないんだよ。

倉田が言った。「森本さんはどうですか？　考えはまとまりましたか？」

私は頷いた。「結婚するために、自分のペースを変えたり、相手に尽くしたりってする子、多いけど、それは違うと思う。どっちかが努力したり、自分を偽ったりしないと、結婚まで辿《たど》り着けないっていうなら、それ、無理なんだよ、最初っから。一番いいのは、なにもしなくても、上手くいくっていうのじゃないかな」

遥が目を大きくして、「余裕のある発言ですね」と言った。

カナが半笑いで頷いた。

この二人、ムカつく。

焦《あせ》って間違った相手と結婚して、大変な目に遭ってしまえってんだ。

うっちーなんて、彼から三日連絡がないってだけで、この世の終わりかってぐらい大騒ぎする。そうかと思うと、素敵なデートをしたとか言って、デレデレしたりする。完全に彼に囚《とら》われちゃってる。

そういうの違うんじゃないって、うっちーに言ったことがあるけど、どう違うのって聞き返されちゃうと、ちゃんと言葉にはできなくって、なんとなくとしか答えられなかった。でも、今私はちゃんと言葉にできた。今度うっちーに言ってあげよう。それ、最初っから無理なんだよって。運命の人じゃないから、そんなことになるんだって。そうなんだよ。そう考えれば、倉田にスキスキビームを送る女に嫉妬《しっと》したり、誘われたのにどうして行かなかったのかと後悔したり、なんてのから卒業できる。

なんか、ちょっとだけ気持ちが軽くなる。

倉田が仕事についてはどうですかと言い出して、遥が自分の仕事の大変さを訴え始めた。

私はバームクーヘンの続きに取りかかる。

美味しいんだけど、口の中の水分を一気にもっていかれるような食感で、すぐにコーヒーカップを摑んだ。

コーヒーを飲み干し、倉田の背後に目を向けた。

コーヒーメーカーが棚に置かれていて、ガラス製のポットには、まだコーヒーがたっぷり入っている。

私は自分のカップを持って立ち上がり、ポットからコーヒーを注ぎ足した。

8

レンタルＤＶＤショップを出て、コンビニに入った。

ここは、コンビニ通りとも言われるほど、たくさんのコンビニがある。

昨日とは違うコンビニを選んだけど、並んでるお弁当は、たいして変わらないんだよね。わかってるんだけど、つい、昨日はどこだったたっけって記憶を辿っちゃう。覚えてない時は、財布の中のレシートを探す。昨日の日付のを見つけて、そことは違うコンビニにする。

いつものように雑誌コーナーに進んだ。

ざっと雑誌を眺める。

いっつも思うんだけど、どうしてまだ三月なのに四月号？

発売日と月号が合ってないのって、おかしくない？

月号の意味はわからなくても、雑誌は好き。いい暇潰しになるんだもん。

一冊を手に取り、ぱらぱらと捲る。

ずっと気になってる、バッグの特集ページがあった。

やっぱり、特集になるぐらい人気なんだ。途端に強烈に欲しくなって、胸の底がうずうずって痒《かゆ》くなった。

サイズや素材によって値段の幅があるけど、一番小さいのでも二十万する。私の給料じゃ絶対に買えない。ってことは、お母さんに買わせるしかないんだけど、まだ船の上だし。貰ってる生活費で買っちゃうって手もあるけど、予想よりお金が減っていくのが速いんだよね。

おっと。やだ、私ったら。すっかりお母さんがいないことに慣れちゃってるし。

お母さんはあと二週間で帰国する。

そうすれば、前の生活に戻れるんじゃん、私。

コンビニのお弁当なんて食べなくて済む。

なにもかもお母さんがやってくれる生活に戻れるんだ。あー、早く帰ってきてぇ。それまでに、どのモデルがいいかじっくり考えとくから。

私はバッグから携帯を取り出し、お母さんにメールを打った。

雑誌に戻って、バッグのサイズと素材をしっかり頭に入れてから、ページを繰った。

手が止まる。

恋愛特集の大きな文字の下には、どうしたら彼氏ができるのかと書かれていた。

ふと、倉田の顔が頭に浮かんだ。

出版社で座談会をしてから四ヵ月ちょっと。

その時の雑誌は、十二月には送られてきた。

約束通り、会議室に座る私たちは、肩から下しか写っていなかったし、仮名だった。

そのせいか、記事を読んでも、本当に私が参加した座談会のものなのか、実感が湧かなかった。

あれから遥とカナは、どうしたんだろう。

倉田に積極的に仕掛け続けたのかな。

倉田はどっちがタイプ？

どっちでもいいけど。

私には関係ないし。

遥とカナからのスキスキビームを、満更《まんざら》でもないって顔で受けてた倉田が、気に食わなかったし。

それに、つくづくタイミングの悪い男だった。孤独に負けそうで、人恋しい時に限って、誘ってこないんだから。

ただ……あの座談会で倉田と目が合った時——ドキンとしたのが、どうしてかなって思う。

あの時の自分の気持ちは未だに謎。

まぁ、いい。

もう終わったこと。

私がなにもしなくても上手くいくはず。それが運命の人なら。

倉田は運命の人じゃなかった。だから、音沙汰なしになった。それだけのこと。残念がる必要なんてない。だって、どうせ上手くいきっこなかったんだから。

顔を上げた。

窓ガラス越しに、通りの向かいにある眼鏡屋が見える。

眼鏡屋の窓ガラスに貼ってあるのは、桜の花びらの形をしたピンク色の紙。幼稚園みたいな装飾が、ダサ過ぎて笑える。

雑誌を元に戻して、お菓子売り場に移動した。

春の限定味ってのが、結構出るんだよね。一応試しておかなきゃって、気にさせられちゃう。たいてい苺《いちご》味なんだけど。

お菓子売り場が赤とピンクに染まる頃——健康診断の季節だわ。

去年より二キロ……いや、三キロは太っちゃったんだよねぇ。どの服もきつくって、なんか縮んだ?　って思って、クリーニング屋を替えようかと考えちゃった。
外食ってカロリー高いんだなって、実感。
野菜が足りないせいか、お肌荒れ荒れで、ふきでものまでできちゃうし。
先月我が家に遊びに来たうっちーが、空気の汚さがお肌に悪い影響を与えてるんだよー
って言った。
かもしんない。
掃除なんて、する気にならないのでしない。
掃除機がどこにあるか知らないし。
お菓子を一つ手に取ってから、お弁当売り場へ回った。
棚を上から下にゆっくり見ていく。
ヤバい。このコンビニのお弁当、制覇してるわ。
カップ麺《めん》の棚に移動した。
良かった。こっちは、まだ食べてないのがいくつかある。
ミートソーススパゲティに手を伸ばし掛けた時、メールの着信音がした。
携帯を開くと、お母さんからだった。
いつものように、元気いっぱいの画像が添付してあった。二度目のハネムーンだなんて

言ってたくせに、お母さんとお父さんのツーショットは送られてこない。お父さんが一人でいるところの画像か、お母さんが船上で友達になったというオバサンたちと大勢でピースしている画像か、どっちかだ。お母さんは目いっぱいエンジョイしているようだけど、お父さんもちゃんと楽しんでるのかな？

あと二週間。

二週間我慢すれば、お父さんとお母さんは帰国する。私は元の生活に戻れる。リビングのソファじゃなくて、自室のベッドで寝られる。コンビニ弁当ともさよならできる。そうすれば体重も元に戻って、服を直さなくても済む。

三月十九日、早く来て。

ん？　そういえば、恋愛検定の最終日って、今月末だったっけ。

倉田が対象者なのかなって思ったこともあったんだけど……。

お母さんだよ。

お母さんが船旅になんか行くからだ。

いつもの強引な調子とおせっかいっぷりで、お母さんが仕切ってくれれば、私は倉田と付き合ってたかも。それで、一級に合格してたかもしれない。

お母さんのせいだ。

それに勿論、倉田のせい。

あともう少し……あと一回倉田が誘ってくれてたら、私は動き出したような気がする。

あと一回倉田がメールをくれてたら、私は流れにぴょんと飛び込んだように思う。そうすれば、自然と進んでいけたんじゃないかな。

ブブッー。

なに？

私は辺りを見回した。

誰もいない。

おかしいな。

不正解の時に流れるような音が、はっきりと上の方から聞こえたんだけど。

あれっ？　もしかして神様？

もう一度周りを見回した。

誰もいない。

今の、なに？

確かに聞こえたのに。

今、あと一回、倉田がメールをくれてたらって考えてて——。

ブブッー。
まただ。
また、不正解の時に聞かされるような音がした。
やっぱり神様？　だとしたら、不正解ってこと？
って、私が？
うっそー。
私は立ち尽くした。

第六章　昔の恋を引き摺《ず》っている女　マイスター

1

氷って結構重いわね。

レジ袋が指に食い込む。

弟のマンションで開かれているホームパーティで、氷が足りなくなってしまった。コンビニまで買い足しに出て、戻ろうとしたら、信号が赤だった。

レジ袋を持ち上げて、腕で抱えるようにして、信号を待つ。

胸の辺りが冷たいけれど、しょうがないわ。

右から走って来た車が、横断歩道の上でぴたっと停まった。

急ブレーキをかける。なにがあったのかと、車の前方に目を向けた。

えっ？

反対車線を走る車が全部停まっている。

慌てて右方向の様子も探った。

車がすべて停まっている——。

呆然《ぼうぜん》としていると、背後から声が掛かった。

「沢田《さわだ》ゆかりさん？」

振り返ると、スーツ姿の男性がいた。

私が頷《うなず》くと、男性は自分の鼻を指差しながら「恋愛の神様」と名乗った。

あまりのことに、私は神様をただ見つめた。

神様が弟のマンションのある方向へ顔を向けた。「氷を買い足すぐらい、皆で酒飲んじゃって。いいねぇ、酒飲めて。もうしばらく酒を飲んでなくてさ、味を忘れちゃいそうだよ」

神様は吐息をつくと、ホームパーティの出席者たちの間で、推論できる人間関係について述べろと言った。

私はさっきまでのことを思い出し、口を開く。

「今夜は弟が、友達の明良《あきら》君のために開いたんだと思います。明良君に、茉莉香《まりか》ちゃんを紹介するのが目的だったんじゃないでしょうか。弟が明良君のいいところを、一生懸命茉莉香ちゃんに話してましたから。でも残念ながら、茉莉香ちゃんは、明良君ではなくて、弟のことが好きなようですね。弟が明良君をアピールする度に、傷ついたような表情を浮かべてました。そのことに、明良君気付いてますね。気付いていないのは弟だけ。弟と二人っきりになれる機会があったら、茉莉香ちゃんと明良君のことを話そうと思ってたんですけれど、なかなかそういうチャンスがなくて。弟は茉莉香ちゃんのことは、いい子だと思ってますが、恋愛感情は全然もっていないようです。だから、茉莉香ちゃんの気持ちに鈍感《どんかん》なんじゃないでしょうか。弟は聡子《さとこ》ちゃんと続いてるんだと私は思ってましたが、違うのかもしれません。はい？　そう思った根拠ですか？　冷蔵庫にコンパウンドマーガリンがありました。これは、パイやデニッシュを作る時に使う物です。バターより安くて、マーガリンよりコクがあります。弟が買ったとは思えません。以前聡子ちゃんと弟が、私のマンションに遊びに来た時の手土産《てみやげ》は、彼女の手作りケーキでした。恐らくコンパウンドマーガリンは、ケーキ作りが好きな聡子ちゃんが買った物でしょう。その賞味期限が、今年の二月一日になってました。買ったのはそれより随分《ずいぶん》前でしょうから、ここしばらく聡子ちゃんは、弟の部屋でケーキを作っていないということになります。それで、悪いと思ったんですけれど、洗面所の収納棚を覗《のぞ》いてみました。なかったんです。歯ブラシとか、洗顔フォームとか、普通だったら置いておきそうな、女性物のお泊まりグッズがなんにも。だから、私が知らない間に、聡子ちゃんと別れていたのかもしれないと推理しました」

口笛を吹いてから、胸ポケットから黒い物を取り出した。「マイスターに挑戦してもらおうかね」

私はびっくりして、「マイスターですか？」と聞き返した。

「そう。初めてだよ、マイスター挑戦者を担当するの。ま、精々頑張ってよ。マイスター合格者を出せたら、私の成績も一気に上がるからさ」

神様は恋愛検定のルールについて説明をしてくれた。

私は精一杯聞き洩《も》らさないように努めたけれど、神様の言葉はなかなか頭に入ってこない。

神様が「なにか質問はあるかい？」と言ったので、私は頷いた。

「あの……私、もう誰かを好きになることはないと思ってたんです。私が選ばれたということは――私が誰かを好きになるんでしょうか？」

「まぁ、そういうことだろうね」

「私が……誰かを……好きになる？」

首を傾《かし》げる。「誰かを好きになるのが、そんなに不思議かい？」

「……はい。本当に、私はもう誰も……と思っていたものですから」

神様が黒い物に人差し指をあてた。そしてその指を、操作するようにしばらくの間動かしていた。

突然神様が指を止めて、すっと顔を上げた。

私と目が合うと、神様はゆっくり瞬《まばた》きをする。

それから神様は黒い物を胸ポケットに仕舞い、「ま、頑張んなさいよ」と言った。そして、「それじゃ」と片手を上げると、ふっと消えた。

途端に車の走行音が聞こえてくる。

横断歩道に身体を戻した。

なにもなかったかのように車は流れていく。

急に胸に抱えていた氷が重く感じられて、抱え直した。

信号が青になり、歩き出す。

私が恋愛検定を受検することになるなんて……。

弟だったら良かったのに。

明良君でも、茉莉香ちゃんでも、喜んだでしょうに。

横断歩道を渡り切り、右に曲がった。

ふと足を止めて、ライトアップされたブティックのショーウインドーにうっすらと映る自分の姿を眺める。

もう三十四歳になってしまった。

窓ガラスに映り込む私は、背景と溶けあってはっきりしない。

それでもわかってしまう。もう若くないってこと。

猫背になっているのに気が付いて、背筋を伸ばしてから、再び歩き出す。

すぐに大きなポスターに目を奪われた。

ブティックの三軒隣にある書店の窓ガラスいっぱいに、ポスターが貼られていた。

そこには、恋愛検定マイスター保持者と大きく書かれた文字と、男の笑顔の写真があった。そして、『恋に臆病《おくびょう》なあなたへ』というタイトルの本が出版されたことを、高々と謳《うた》っている。

どうして神様は、マイスターを受検するよう言ったのかしら。

マイスター資格をもっている人は、日本で五十人にも満たないと、どこかで聞いた気がする。そんなに難しい資格、私が取れるわけないのに。一番下の四級だって無理だわ、きっと。

弟のマンションに辿《たど》り着いた。

一階にはインテリアショップが入っていて、ショーウインドー越しにベッドやソファが見える。

夜のインテリアショップほど、侘《わび》しい場所ってないわよね。

弟のところへの行き帰りに、このショーウインドーを眺めるようになってから、そう感じる。椅子《いす》やテーブルが、ひっそりと誰かを待っているように見えてしまう。どんな高級家具もぽつんとしてる。

それが、なんとも居心地《いごこち》が良さそうに思えて、いつもこっそり入りたくなる。私もこの中でぽつんと佇《たたず》み、誰かを待ってみようかしら。絶対に現れない人を——。

ふっと可笑《おか》しくなる。

ネクラなんだから、私は。

オートロックのセンサーに、弟から借りた鍵をかざした。

2

社長室のドアをそっと閉じて、私は歩き出した。

事務所を出て、フロア共有の給湯室に向かう。

私が勤めるデザイン事務所は、オフィスビルの二階の一室を借りていた。フロアには十の会社が入っていて、どこも規模は小さい。給湯室にある、会社名が書かれた洗い籠《かご》を見る限り、一番マグカップが多いのが、五人のスタッフがいるうちの事務所だった。

給湯室には誰もいなくて、真っ暗だった。

灯りを点《つ》けて、社長と来客に出した残りのコーヒーを、自分のマグカップに注いだ。

コーヒーを啜《すす》りながら、小さな窓から外を眺める。

向かいのパチンコ屋の電飾看板が、チカチカしている。

駅前から続く商店街の中に、このオフィスビルはあった。社長の自宅から徒歩で五分のここに事務所を設けてから十年になる。私は設立当初から事務員として働いていた。

先週突然現れたあの神様に、私は心の中で尋ねる。

神様、検定の対象者は新垣義久《あらがきよしひさ》さんですよね？

返事は聞こえてこなかった。

新垣は、温和な社長とは正反対のオレ様系の人。大学時代の友人だと言っていた。どこかのお店でばったり会ったといって、一ヵ月ほど前から、何度か事務所に遊びに来ていた。コーヒーを出しに行く度に、短い会話をする。それだけだけれど、新垣が私を気に入っている様子なのは、視線や表情でわかる。それに、困ったことに、ほんのちょっとだけ私も新垣に魅《ひ》かれていた。

「なんで困るのさ」と、声が聞こえてきた。

顔を右に向けると、いつの間にか神様が立っていた。

そして窓から外を眺めて、「あれ、パチンコ屋だね？」と神様が尋ねてきたので、私は

「そうです」と答える。

電飾看板は点滅《てんめつ》をやめ、灯りが点きっぱなしになっている。

「最初は面白さがわからなかったんだけどさ」神様が言う。「パチンコ台との勝負なんだと思ってからは、俄然《がぜん》楽しくなったんだよ。あなた、パチンコは?」

「しません」

残念そうな顔をして、「そうかい」と言った。

私は尋ねた。「神様、質問があるんですけれど、いいですか?」

「ヒントは禁止されてるんで、答えられるかどうかはわからないけど、一応言ってみて」

「はい。人は死ぬと、どうなるんでしょうか?」

じっと私の目を見てから、口を開いた。「部署が違うから、よくわからないや」

思いもよらない返答に、聞き返す。「わからないんですか? 本当ですか? 神様なのに……」

「神様っていってもさ、たくさんいるから。細分化してんだよ、今は。だから自分の担当のことしかわからないの。悪いね。気の利いたことの一つも言ってやれなくって」

私はがっかりして俯《うつむ》いた。

神様が知らないなんて——本当かしら。

知ってるのに、教えてくれないってことはある？　もしそうなら、どうしてだろう。ずっとずっと知りたかったのに。紘《ひろし》が交通事故で死んでから、私はいつもいつも考えていた。紘はどうなったんだろうって。魂となって、私の側にいるように思える日があったり、別の世界で幸せに暮らしているように思う日もあったりした。時には、魂は存在しなくて、肉体と一緒に消えてしまったのかもしれないと考えることも。

神様が現れた時——この答えを私に教えるために、紘が神様を使いに寄越《よこ》したんじゃないかと深読みしたんだけれど——。違ったみたい。

神様が話し出した。「死んだ後のことより、今のことだよ。今が大事だろ？　恋愛検定のマイスターなんて、誰もが狙える資格じゃないんだよ。理論ができても、大事なのは実行力だからね。相当気張《きば》ってくれないと、合格はできないよ。なんだい、その顔は。新垣さんの気持ちに、あなたちゃんと気付いてるんだろ？　あなたも満更《まんざら》じゃない。となったら、あとはどういう網を仕掛けるかだろう。困ることはないさ」

「そうでしょうか？」

「そうだよ」

私はなんとなく、手元のマグカップの中のコーヒーを見下ろす。

神様が言った。「魅力的な男がいたら、魅かれる。さらに深くその人物を知っていくようになれば、好きになる。自然の流れだろうよ。自分の正直な気持ちを押さえこんで、もう誰も好きにならないなんて決めつけたって、意味ないことだ」

神様の言葉が胸に沁《し》みていく。

意味ないこと——そうかもしれない。でも……。

「難しいことは考えずにさ」神様が続ける。「シンプルに生きていくことだよ。勿論《もちろん》恋愛を成功させるには、深い洞察力とテクニックは必要だけどね。そのための検定だから。あなたはマイスターを狙えるだけのものはもってるよ」

顔を上げると、神様と目が合った。

優しい瞳をしているのね、神様って。

ちょっと意外。

神様って感情を表さないのかと思ってたけれど、この神様の表情はくるくるとよく変わる。

神様が口を開いた。「つくづく思うんだけどさ、人っていろいろだねぇ。頭で恋愛する人がいるかと思うと、面倒がっているうちに、タイミングを失ってしまう人がいたりね。わざと大変な方へ、大変な方へと進んでいるような気がするよ。さっきから気になってんだけどさ、あれはなにかな？」

神様が指差す先に、目を向ける。「酒屋さんですね。はい？　幟《のぼり》に書いてあることですか？　ノンアルコールビールが大量入荷って書いてありますね。どういう意味かですか？　アルコール分がゼロのビールが人気だそうですから、うちは在庫がたくさんありますよ、買ってくださいって意味じゃないでしょうか？」

「ア、ア、アルコールがゼロのビールがあるのかい？　いつから？　知らなかったよ。その手があったか。ん？　ちょっと待ってよ。アルコールがゼロってことは、酔わないのかい？」

「そうですね。ゼロですから」

「ちょっとぉ」憤懣《ふんまん》やるかたないといった顔になった。「酔えないビールって、なんだよそれ。酒の良さを完全無視してるじゃないか。酔ってなんぼだろうよ、酒なんてさぁ」

憤慨《ふんがい》する神様が可笑しくて、私はちょっと笑ってしまう。「酔いたいんですか？」

「酔いたいよぉ。一時逃避したいことだってあるんだよ、神様でもさ」

「なにから逃避したいんですか？」

「現実からだよ。恋愛の神様をやってる現状から、逃げたくなるんだよ。そんな時、神様に逃げ場なんてないんだよ。酒ぐらいしかさ。でも上司が堅物《かたぶつ》でさ、禁酒させられてんだ。やんなっちゃうよ。この春にその上司が、商売の神様に異動するんじゃないかって噂《うわさ》があってさ。期待しちゃったよ。そしたら、異動はなかったんだ。期待した分、がっかり具合も大きくってね」

「神様の世界も大変なんですね」

「そうだよ。人間だけじゃないよ、大変なのは。ノルマがあるんだからね」

私は驚いて尋ねた。「ノルマをクリアできなかったら、どうなるんですか?」

「上司と一対一で面談だよ。なにがいけなかったと思いますか、なんて聞かれるんだから。いけなかったのは、人間だよ。理論はできても、実行できない人間が多いんだよ。だからそう言うとさ、あなたがちゃんと導けなかったんじゃありませんかとくるんだよ。だからヒントを出すんだよ。っと今度は、ヒントを出し過ぎてるってくるんだ。苛《いじ》めだよ」

なんだかこの神様、愚痴っぽくて面白い。

「その笑顔だよ」神様が話し出す。「そうやって、いつも笑っているようにしてごらん。今の幸せに気付けるようになるよ」

「今の幸せ……」

「そうだよ。今朝、目玉焼きが上手にできたって喜んだろ。それだって、幸せだ。植木の小さな蕾《つぼみ》を発見して、嬉《うれ》しかったんだろ。それも、幸せ。会社に待ちに待った入金があって、ほっとしたろ。それもまた、幸せだ。今日あなたはたくさんの幸せを感じたんだよ。過去ばっかり見てないで、今の幸せに目を向けてごらんよ」

今日私はたくさんの幸せを感じた……？

小さな喜びや安堵《あんど》を、幸せと呼び換えるならそうかもしれないけれど。幸せって、そんなものなの？

そんなものだと、神様は教えてくれようとしてるの？

神様がぶつぶつと呟《つぶや》き始めたので、なんと言ってるのか聞こうと、少し近づいて耳をそばだてた。

「ノンアルコールのビールとはなぁ。酔えない酒を作るなんてのは、どういう魂胆《こんたん》なのかなぁ」

一気に全身から力が抜けていく。

幸せについての続きの話かと思ったら、ノンアルコールビールのことだったなんて。

よっぽど衝撃的だったみたいね、アルコール分ゼロのビールが。

不満そうな表情で酒屋の幟を眺める神様が、なんだか可愛く思えた。

3

どうしてこんなことになったんだろう。

私は首を捻《ひね》りながらビールを飲む。

隣では、新垣がやはりビールを飲んでいる。

「んだよぉ」

ピンチの只中にいるらしい贔屓《ひいき》のチームに対して、新垣が不満の声を上げた。

ドーム球場には生まれて初めて来た。

社長に頼まれて、書類を新垣の会社に届けに行った。通販会社を経営しているという新垣から仕事を依頼されたと言い、その関係書類だと社長は説明したけれど、それは、嘘だったと思う。書類を渡したらそのまま直帰することになっていた私に、新垣は、今夜のプロ野球戦のチケットが二枚あると言った。野球を観たことはと聞かれ、ないと答えると、それじゃ観なきゃいけないと新垣は断言した。社長と新垣が事前に打ち合わせをしていたとしか思えない。断る間もなくタクシーに乗せられ、気が付いた時には、新垣と並んで、バックネット裏に座らされていた。

試合が始まる前は、お弁当を食べながら、野球部だったという、新垣の中学高校時代の話を聞いた。

試合が始まると、新垣は時に監督に、時にキャッチャーに、時にバッターになって、声援をしたり、感情移入をしたりで忙しい様子だった。

新垣が口を尖《とが》らせる。「今のがボールなら、ピッチャーが投げたの、全部ボールになるじゃないか。どこに目つけてんだ、あの審判は。次のピッチャーなんかに、任せんなよ。お前が最後まで投げろ。よしっ。いい球だ。低めにいけよ。よしっ。よーく守ったな」

私に顔を向けた新垣は、ニッと笑って、「よく守ったろ?」と言った。

まるで自分のことのように自慢する新垣が可笑しくて、つい笑ってしまう。「そうですね。よく守りましたね」

「うん」

しっかり頷き大満足といった表情の新垣は、まるで子どものようだった。

私より三つ年上の新垣は、その髭《ひげ》のせいか実年齢より上に見える。その新垣が、少年のようにキラキラした瞳で試合を観戦しているから、私はそのギャップに馴染《なじ》めないでいる。

揃いのコスチューム姿の女性たちが、踊り始めた。

新垣が「甘いもの食べる?」と言ってきた。「ドーム型のモナカアイスや、クレープがあるんだよ。特にお勧めはクレープ。バナナチョコ生クリーム味のが、最高に旨《うま》い」

「いただきたいところなのですが、残念ながら、もうお腹がいっぱいです」

「本当に? ちょっとだけでも食べられない? 一つ全部を食べられないなら、二人で半分ずつは? すっごく旨いんだよ。ゆかりちゃんに食べて欲しいんだよなぁ」

新垣が心の底から私に食べて欲しいと思っているような、真剣な顔をした。

しょうがなくて私は頷く。

買いに行った新垣がすぐに戻ってきて、「はい」と差し出してきた。

ひと口食べて「美味しい」と私が言うと、喜びで顔を輝かせた新垣が「だろ?」と言った。

途端に、胸に小さな明かりがともったようになる。

はっとした。

新垣が喜んでいることが、私の喜びに繋《つな》がっている——。

これって……。

軽いパニックに襲われて、私はあたふたしてしまう。

どうしていいかわからなくて、気が付いたら、クレープを必死で口に運んでいた。

いつの間にか、半分ほども食べていた。

新垣に食べかけのクレープを渡した。

受け取った新垣が、大きな口で齧《かじ》り付く。

口の端についた生クリームを、舌ですくってから話し出した。「野球ってさ、女性は、あんまり良くわからないって人が多いようだが、社会の縮図なんだよ。走りが得意な選手がいて、パワーが自慢の選手がいて、サインを見逃すおっちょこちょいがいて、読みが甘い外野手がいてって具合に。社会の中もそうだろ？　会社の中もだ。各選手の特徴やコンディションを把握してるコーチは、部長かな。監督は社長。部長から情報を得るが、最終的には自分で決断しなくちゃいけない。全員が満足するのが理想ではあるが、非現実的だ。控えの選手たちが、満足なんかするわけないんだからね。そんな控え選手を腐らせずに、努力するよう仕向けられるのが、優れた監督。いるんだよ、上司との相性が悪いとか、希望の仕事じゃないとか、不満たらたらの社員って。そういうのを叱《しか》ったり、励ましたり、おだてたりして、仕事をさせる。それで、今日一勝する。明日も一勝。そうやって、勝ち進めていきたいと俺は思ってる」

ふと、神様を思った。

十日前、給湯室で、上司への愚痴を散々言っていた神様。

今どこかでこの話を聞いてる？　神様は新垣の考えに、どう反論するかしら。

新垣がクレープを食べ終え、ナプキンで口を拭《ぬぐ》った。「男と女は、ピッチャーとキャッチャー。勝って、お立ち台に立つのはピッチャーだけだが、キャッチャーのいいリードで、いいピッチングができたんだってことは、皆わかってる。男がいつもピッチャーじゃないよ。女がピッチャーの時もある。ワンバウンドの球でも、とんでもない球でも、受けてやるのが、いいキャッチャー。いい男ってことだ」

新垣がじっと私の目を覗き込んできた。

私は見つめ返す。

まるで、神様が現れる時みたいに、時間が止まったかのよう。

でも、時間は止まっていなくて、選手の交代を告げる声が聞こえてきた。

途端に新垣は我に返ったように、身体を動かした。

大型スクリーンに、新たに登場する選手の名前が映し出された。

新垣が拳《こぶし》を自分の太股に打ち下ろした。「ここで代えちゃ、ダメなんだよぉ。我慢して使わないと、伸びないよ。監督から信頼されてないと思ってる選手が、伸びるわけないいんだからさぁ」

代えられた選手の伸びしろについて、新垣は熱く語り出した。

夢中で語る新垣を見ているのが、なんだか楽しい。

たかが野球にこんなに熱くなって。

社長としての決意のようなものを語ってた新垣も、素敵だと感じたけれど、こんな風に子どもみたいに野球に熱中している新垣も、悪くない。

騙《だま》されたようなもんだったけれど、今夜ここに来て、良かったかな。

誰かと一緒に楽しむのって、いいものなのね。

でも……。

楽しんじゃダメじゃないって、私を叱る声がどこからか聞こえてくる。

紘のこと忘れる気？　紘に悪いでしょって、私を責める声が、頭と心に反響する。

そうなのよ。

もう私は誰も好きにならない、なっちゃいけないと思ってた。

それなのに——私は新垣に魅かれてる。

ダメなのに、好きになりかかってる。

誰だかわからないけれど、もっと強く私を叱って欲しかった。そうすれば、自分の気持ちにストップを掛けられる。

今ならまだ引き返せる。

だから、もっと私を咎《とが》めて。酷《ひど》い女だと糾弾《きゅうだん》して。

声の主に対して、私は強く、強く祈った。

4

「ゆかりさんも羊が好きなんですって?」と、林信幸《はやしのぶゆき》が聞いてきた。

私は頷く。「そうなんです。でも、いくつか持っているというだけで、こんなに立派なコレクションじゃありませんけれど。どれくらいあるんですか?」

「二百ぐらいかな」

「凄いですねぇ」

インテリアデザイナーだという林が、妻と住んでいる家は、大きく個性的だった。林の自宅には、今夜四組八人が集まった。フードスタイリストだという、林の妻の手料理が振舞われた後、全員がリビングに移動して、今はお酒タイム。

林夫妻とは、先月の七月に出席したパーティで知り合った。それは、新垣の仕事がらみのパーティだった。席が隣だったせいもあって、二時間余りのパーティ中いろいろと話をした。その縁で、今夜自宅に招かれることになった。

窓際に三メートルほどの長さのガラスケースが置かれていて、その中に様々な羊コレクションがディスプレイされていた。

私も羊グッズを見るとつい買ってしまうのだけれど、持っているのはせいぜい十個程度で、ここまでのコレクションではない。

新垣がグラスを片手に、私たちに近づいてきた。

「羊について語ってるんですか？」新垣がおどけた調子で言う。

林が「そうですよ。羊への愛について語り合っているんですよ」と、返した。

新垣がいつものようにからかう。「メーメー鳴いてるだけの動物ですけどねぇ。特に賢いとか、愛嬌《あいきょう》があるってわけでもないですし」

いつもなら反論するところだけれど、私はなにも言わずにおく。他人がいる前で、男に恥をかかせてはいけないと私は信じていた。だから誰かがいる時には、彼の意見に反対しない。反論なら、新垣と二人だけの時にたっぷりする。

林が「羊っていうのはですねぇ」と語り出した。

その時、私たちの足元にチワワがやってきた。人懐《なつ》っこいチワワは、新垣の足に纏《まと》わりつく。新垣がグラスをケースの上に置き、チワワを抱き上げた。

私は急いで、新垣が置いたグラスを摑《つか》み、濡れてしまったケースの上をハンカチで拭《ふ》いた。

林が「そんなの、ほっといていいですよ」と私に声を掛けた。「新垣さんは、ゆかりさんから尽《つ》くされてますね。羨《うらや》ましいですよ」

客の一人から大きな声で名前を呼ばれた林は、「待っててください。羊について朝まで語りますから」と冗談を言って、立ち去った。

新垣が腕の中のチワワに話し掛ける。「俺が尽くされてるってさ。尽くされてるかなぁ」

周りに誰もいないことを確認してから言った。「そうよ、あなたは尽くされてるのよ。感謝しなさい」

新垣は素直に頷き「わかった」と言ってから、ニッと笑った。

この笑顔。

これに、私は弱い。

ドームに野球観戦に行ってから四ヵ月。新垣のマイペースぶりに、うんざりすることもあったけれど、この笑顔を出されてしまうと、私はいつも彼の言うなりになってしまう。五年前からベジタリアンだったのに、新垣のこの笑顔で度々《たびたび》勧められたせいで、再び肉と魚を食べるようになってしまったのもそう。平日に新垣の部屋に泊まるのは嫌なのに、彼に子どものように帰るなと駄々をこねられた後で、この笑顔を出されてしまうと、家に帰れなくなってしまうのもそう。

無茶なボールを投げるのはいつも新垣で、私はまだ一度もピッチャーマウンドに立たせてもらっていない。

それでも……新垣と一緒の時間は楽しかった。

でも、紘に悪いという思いは常に心にある。

だから、苦しかった。

林の妻の久美子《くみこ》が、私たちに近づいて来た。「飲み物か、おつまみをお持ちしましょうか？」

即座に新垣は「いや、自分で」と言って、チワワを抱いたまま離れていった。
五、六歩も進んだかと思うと、新垣は突然振り返った。
目を大きくして、いたずらっ子のような表情を私に向けてくる。

新垣は久美子が嫌いで、今日も林の招待を受けるのはいいんだが、彼女には会いたくないんだよなぁと、タクシーの中で散々言っていた。そんなだから、久美子から速攻逃げたに違いない。

そして、久美子が新垣に背中を見せているのをいいことに、彼は私にだけ伝わる方法で、メッセージを送ってきているのだった。

私を人質として差し出して、自分だけ逃げるなんて、酷い男だわ。

私だって久美子が苦手なのに。

苦手でも、そう口にしたことはない。でも、新垣だってちゃんと知ってるはず。私だって苦手だってこと。それなのに。

久美子が言う。「今夜の料理は、お口に合ったかしら?」

「とっても美味しかったです。プロの方にこんなこと言ったら変かもしれませんが、お料理がお上手ですねぇ」

「お口に合ったのなら良かったわ。今夜のメニューのレシピ、メールでお送りしましょうか?」

「よろしいんですか? ありがとうございます」

あんなに手の込んだ料理を作ることは、絶対にないとは思ったけれど、そうは言えないので、レシピをいただいたら早速作ってみますと続けると、久美子は満足そうに頷いた。

セオリー通りにいくとしたら、次は家を褒《ほ》めるべきよね。広さか、インテリアか、駅からの近さか——久美子はなにを喜ぶかしら。

迷っているうちに、久美子が先に口を開いた。

「新垣さんとは、結婚のお話はまだ出てないのかしら?」

「いえ、そういうことは……」

「そうなの？　ダメねぇ、新垣さんは。こんなに素敵な女性と出会ったら、すぐに嫁にしようと思うのが、普通なのに」

こういうところが、苦手なのよねぇ。

ドカドカと人の領域に土足で踏み込んでくるようなところ。

心配してるのよってフリも、鼻につく。

私はコーナーに飾ってある花を見ながら言った。「素敵なアレンジメントですね。久美子さんがなさったんですか？」

「ええ、そう」

「向日葵《ひまわり》は部屋全体を明るくしてくれますね」

「そうね」笑顔のままで話題を変えた。「お子さんは、欲しいでしょ？　だったら、早い方がいいわよ」

助けて。

嫌な顔をしないようにするのが、とっても大変――。

助けを求めて新垣の姿を探すと、彼はソファの端に座っていた。

私と目が合うと、新垣は抱いていたチワワを床に下ろす。そして、久美子の足元を指差してチワワを放した。チワワは新垣の指示通り、久美子の足元を目がけて走ってきた。

久美子はチワワに甘い声を上げ、腰を屈《かが》める。

その時、新垣がこっちに来いと手で合図をしてきた。

私はするりと久美子をかわして、新垣の元に急ぐ。

新垣の隣に座ると、すぐに彼が耳元に囁《ささや》いてきた。

「一応助けたろ」

私がなにも言わずにじろっと新垣を睨《にら》んでいると、再び耳元で「ちょっと遅かったけど」と囁いた。

遅過ぎると責めたかったけれど、周囲にはゲストたちがいたので、帰り道まで取っておくことにする。

ふと、久美子の言葉が蘇《よみがえ》る。

結婚……子ども……。

新垣は公私に関係なく、集まりに私を同伴したがる。このままだといつの日か、結婚という言葉が新垣の口から出されるかもしれない。

そうしたら……どうするんだろう、私は。

途端に恐怖を感じて、全身に震えが走る。私は身を守るように腕をクロスした。

5

隣の椅子に誰かが座った。

「合格まであと少しだよ」

顔を上げると、神様だった。

私が「神様、お久しぶりですね」と言うと、「そうね」と答える。

勤務先の給湯室に神様が現れてから、半年が経っていた。

信用金庫の中を見回してみると、そこにいる全員がフリーズしていた。

神様が口を開く。「マイスターの合格まで、あとちょっとだからね。頑張ってよ。マイスターになると、人生変わるらしいよ。公《おおやけ》にしたくないって人もいるらしいけど、誇らしいことなんだからさ、堂々と発表したらいいんだよ。そうすれば取材が殺到して、一躍時の人だ。本を出したり、講演会に呼ばれたりするようになるってさ。いいじゃない、そういうの。講演会なんて一時間ぐらいマイクを握ってりゃ、百万貰《もら》えるってさ」

私は読んでいた雑誌を閉じて、神様の方へ身体を向けた。

神様と見つめ合った。

今日の神様の瞳にも、優しさが映っている。

今度神様が現れたら話そうと思ってたこと、たくさんあったんだけれど——頭が真っ白になってしまった。

しばらくしてから、神様がゆっくり話し出した。「あなたはわかってるじゃない。最後の一歩を踏み出せない理由が、なんなのか」

頷いた。「紘のことです」

「そうだね。だからそうやって、雑誌の占いページで、新垣さんとの相性を見た後、紘さんとの相性も見てしまうんだね」

私は自分の膝《ひざ》の上の雑誌に目を落とす。

「過去を断ち切れとは言わないけどさ」神様が言う。「ちょっと小さく丸めて、ポケットにでも入れておきなさいよ。たまに取り出してみるのは、いいさ。でも、たまにだよ。あなたが、たまにしかポケットから取り出さなかったからっていって、化けて出てきやしないよ。担当が違ったって、そういうことはわかるんだよ。神様だからね。あなたの人生をちゃんと生きなさいよ」

「あの……私は……幸せになってもいいんでしょうか?」

「バカなこと言ってんじゃないよ。誰だって、幸せになる権利をもってるんだよ。オケラだって、アメンボだってさ。そういう歌あったろ？　幸せのつづらと、不幸せのつづらがあってさ、大きいからって、不幸せのつづらを選ぶ人なんていないよ。あなたの瞳が潤《うる》んでいるように見えるんだけど、私の気のせいかな。泣かないでよ、頼むから。泣かれるのが、一番困るんだよ。神様はさ、皆泣かれるのに弱いんだよ。泣くって行為が、どうも私らには理解不能でね。泣かないね？　よし。ま、とにかくさ、勇気をもって一歩を踏み出すことだよ。そういうことだから、じゃ」

あっという間に神様は姿を消して、信用金庫の中は元に戻った。

誰だって幸せになる権利をもっている――。

私は神様の言葉を心の中で何度も繰り返しながら入金手続きを終え、事務所に戻った。

それからはほとんど上の空の状態の中、電話を受け、取引先にメールを送った。

定時で退社した私は、思い切って、自宅とは反対方向の電車に乗った。

二つ隣の駅で降り、西口のロータリーを進む。

景色は五年前とまったく変わっていなくて、それがなんだか不思議な気がした。

大通りに出て、二つ目の角を左に折れた。

二十メートルほど進み、一軒のカフェの前で足を止める。

あの日と同じように、白い布テントが張り出されていた。

突然息が苦しくなって、胸に手をあてる。

何度も何度も自分を励まして、やっとの思いでカフェの扉を押し開けた。

あの日と同じ窓際の席に案内された。

あの日と同じカフェオレを頼み、窓から外の景色を眺める。

紘とのデートの待ち合わせは、たいていここだった。

お店の前は一方通行の道で、紘の車がこのお店の前に停まると、私は会計を済ませて外に出た。助手席に乗り込み、レストランへ移動するのが、いつものコースだった。

あの日もこうやって待っていた——。

紘は約束の時間にちゃんと来たことがなかった。それを私が指摘すると、仕事でもプライベートでも車を使っている紘は、電車と違って、時間は読めないもんだと悪びれもせずに答えるのが常だった。

あの日の前夜、私は電話口で紘に宣言した。明日遅刻してきたら、デートはしばらくしないと。

なんであんなことを言ったのだろう。紘の言う通り、誰だって車での到着時間を正確に予想なんてできないのに。私が待っていればいいだけのことだった。それなのに、私は——。

本気で怒ってなんていなかった。私を大切に思っていないから遅れるのだと責めた言葉には、甘えた気持ちしかなかった。それから何度、この時の自分の行為を責めたか、わからない。

あの日、紘は来なかった。

携帯に何度か電話しても繋がらなくって、もう帰ろうとした時、紘の会社の人が電話をくれた。教えてもらった病院に駆けつけると、紘は緊急手術中だった。警察官から、車を走行中、飛び出してきた子どもを避けようとしてハンドルを切ったが、上手にかわせず、ビルに衝突したようだと教わった。スピードの出し過ぎだったために、ハンドルを切れなかったのだろうと警察官から言われた時、私はショックを受けて気を失ってしまった。気が付いた時には、待合室のベンチに横になっていた。身体を起こすと、隣にはさっきの警察官がいて、悪い夢がまだ続いていると知り、私は泣いた。

手術の甲斐《かい》なく、紘は死んだ。

霊安室で紘と対面した後、ドアを開けると、彼の母親が立っていた。私たちの結婚にずっと反対していた人だった。彼の母親は、私に「あなたはずっと生きるのね」と言った。

私のせいだった。

私が前の日に、遅刻したらデートはしばらくしないなんて言わなければ、紘はスピードを出さなかったはず。スピードを出したがるような人じゃなかった。安全運転を心掛ける人だった。それを、私が変えてしまった。

紘、ごめんなさい。

本当に、本当に、ごめんなさい。

私は紘の死に責任がある。

だから、もう私は……笑ってはいけないと思った。人を愛してはいけないし、幸せになってはいけないと思ってきた。

それなのに……。

五年——。

たった五年で、私は自分の幸せを望む女になってしまった……。

新垣と付き合っちゃいけないと、必死で気持ちにブレーキをかけたけれど……結局、自分の正直な気持ちを抑えられなかった。

ただ、紘への罪悪感は消えない。

新垣とどんなに楽しい時間を過ごしていても、いつも後ろめたさがあった。だから、ごめんなさいと、常に心の中で紘に謝っていた。

しんどくて、やめたくなる。

やめたいのは、謝ることなのか、それとも新垣との交際なのか――どちらなのか、よくわからない。

この思い出のカフェで、紘に宣言するつもりだった。私、幸せになりますって。

誰でも幸せになる権利をもっていると、神様が言ったから。

でも……。

すーっと一台の車が、お店の前に停まった。

椅子を引く音がして、私は前のテーブルに目を向けた。

長い髪の女性が立ち上がっていた。

その彼女が、到着した車に向かって小さく手を振る。

やがて彼女はテーブルから離れた。

会計を済ませてお店を出た彼女は、助手席に乗り込んだ。

車はすぐに動き出した。

まるで、昔の私みたい……。

胸にぴりぴりと刺激が走り、やがて痺《しび》れていく。

涙が溢《あふ》れてきて、目の前の景色が滲《にじ》んだ。

たくさんの涙が次々に落ちる。

ぼやけた世界に私は独りぼっちだった。

6

社長室のテーブルに並んだコーヒーカップを片付けていると、社長が自席から話し掛けてきた。

「沢田さんさぁ、新垣と結婚しても、うち、絶対に辞めないでよ。毎日じゃなくてもいいから。週に三日でも構わないから、辞めないでよ」

「新垣さんと結婚の話なんて、出てませんから」

「そうなの？　あの野球の日から七ヵ月か。まぁ、そう遠くない話だろうけどさ。あいつも会社やってるから、沢田さんを公私共々、自分のところにって考えるんじゃないかと思ってね。今度あいつに言っておかないとな。二人を取り持ったのは、僕だからね。そこはこれからも忘れて欲しくないわけよ。生涯感謝し続けてもらいたいんだよね」

私は苦笑いをして、テーブルの上を拭く。

社長が立ち上がり、ポールハンガーに掛かっていたジャケットに手を伸ばした。

私が「出掛けられるんですか？」と尋ねると、社長はそうだと言い、戻りは六時を過ぎるだろうと続けた。

社長がバッグにノートパソコンを入れながら、「子どもは？」と言った。

社長まで久美子みたいなこと言って。

私がどうやって話を逸《そ》らそうかと考えていると、社長が先に口を開いた。

「今、七歳だっけ？　パパが再婚するって話、理解できる年なのかなぁ」

「あの……今なんて？　七歳？　パパって新垣さんのことですか？」

目を丸くした。「あれっ？　まだ、その話聞いてなかったの？　うわっ。どうしよう。ごめん。僕……てっきり、そういう話はもう済んでるかと思って。ごめん。本当に」

ひたすら謝り続ける社長を、私はぼんやり眺めた。

七歳の子どもがいたなんて……。

いてもいい。

新垣は三十七歳だもの。結婚経験があったとしたって、全然不思議じゃない。

ただ……やっぱり、新垣の口から聞きたかった――。

社長は、新垣が一度結婚して離婚していること、前の奥さんとの間に七歳の息子がいること、子どもは前の奥さんが育てていることを教えてくれた。

そして謝罪の言葉を何度も繰り返してから、出掛けて行った。

私はソファにどかりと座り、白い壁を見つめる。

裏切られたのよね、私。

だけど、なんだか……少しほっとしている。

なんでかしら。

もっと激怒したり、哀しんだりしてもいい話だと思うのに。

秘密があったのは、新垣だけじゃない。私にもある。

新垣に笑顔を見せてはいても、紘への罪悪感で心の底が痛んでいること、私だって内緒にしている——。

もしかして……お互い様って思って、腹が立たないのかしら。

そういうこと……みたいね。

みるみる肩の力が抜けていく。

背中を大きく反《そ》らして、頭を背もたれのトップ部分にのせた。

天井をぼんやり眺める。

じわじわと心が緩《ゆる》んでいく。

目を閉じた。

胸の中でなにかが溶けていく感覚に、しばらくの間浸る。

社長室を出た時の私は、とてもすっきりしていた。

それからは、鼻歌でも歌いたくなるような心持ちで仕事をこなした。

三十分ほど残業をして職場を出た時、携帯電話に新垣から留守電が五回入っているのに気付いた。社長が新垣に連絡をしたみたいね。どんどん声が切迫していくようなのは、私が怒って電話に出ないと勘違いしているのかも。仕事中は携帯を個人ロッカーに入れてしまうので、出られないと知っているはずなのに。メールも新垣から三件入っていた。『本当に』と『ごめん』だらけのメール。

コールバックも、返信も、なんとなくしたくなかった。

すれば、今の晴れ晴れとした気分が、終わってしまうように思えた。

携帯はバッグに戻して、独り暮らしの自宅に向かう。

途中スーパーと花屋に立ち寄り、食材とガーベラを買った。

自宅に戻ってすぐに、こちらの電話機にもメッセージが入っていることに気付いたけれど、そのままにして夕食の準備を開始する。

サラダとパスタが出来上がると、ガーベラを挿《さ》した花瓶もテーブルに並べた。

いつものように小さな声で「いただきます」と呟いてから、食べ始めた。

ひと口目のパスタを味わっている時、自宅の電話機が鳴った。

そのままにして、食事を続ける。

留守電に切り替わる信号音の後、新垣の声が流れてきた。

「今、銀行の隣のファミレスにいます。何時でもいいんで、来てもらえないかな？　ゆかりが来てくれるまで待ってるから」

電話が切れて、思わずパスタを呑《の》みこんだ。

キッチンカウンターに置いてある電話機へ目を向け、苦笑した。

相変わらず勝手なんだから。

このマンションから歩いて一分ほどのところにあるファミレスは、新垣と何度か待ち合わせに利用したことがある。

本当にあのお店で、私が現れるまでずっと待ってる気なのかしら。

朝まででも？

きっとお店から追い出されるわね。

いつもの何倍も時間をかけて、夕食を済ませた。

朝タイマー予約しておいた、洗濯乾燥機の終了ブザーが鳴った。

洗濯物をたたみながら置時計を見ると、午後八時だった。

まだまだ。

テレビをつけてから、普段なら週末にするアイロン掛けを始める。

ちょっと前にヒットした歌ばかりを流す番組を選んだ。

ブラウスの皺《しわ》を伸ばしながら、一緒に口ずさむ。

歌詞を見ないで歌える曲が多くて、私はもう旧い世代なんだと実感してしまう。

四枚のブラウスにアイロンを掛け終え、次にハンカチに取りかかった。

すべてのハンカチを終えて、アイロンのスイッチを消した。

まだ九時。

時間が経つのが遅いわね。

しょうがないので、ネットを始めた。

テレビから流れてくる歌を一緒に歌いながら、たまに覗くファッションモールのホームページを訪ねた。

ちょっと気になった物を、お気に入りフォルダに保存していく。

その歌番組が終わったのは十一時だった。

そろそろかしらね。

パソコンを閉じて、立ち上がった。

時間を掛けて化粧を直してから、マンションを出た。

ファミレスのガラガラの駐車場を見ながら、階段を上る。

ドアを開けて、店内を見回すと——いた。

私と目が合った新垣は、手を高く上げて合図してきた。

笑顔はなく、硬い表情をしていた。

私は一番奥まった席に向かって歩き出す。

新垣の向かいに座った途端、彼が頭を下げてきた。

「来てくれてありがとう。それから、本当にごめん」

水を運んできたウエイトレスに、私はホットコーヒーを頼んだ。

ウエイトレスが立ち去ると、新垣は打ちひしがれたような顔で、「本当にごめん」と繰り返した。

これからあと何回、本当にごめんを聞かされるのだろう。数えてみようかと、意地悪なことを考えていたら、新垣が話し出した。

「俺から話すべきだった。話そうと思ってた。会う度にそう思ってたんだが、なかなか切り出せなくてズルズルときてしまった。俺が三十歳の時に結婚して、次の年に子どもが生まれた。男の子だ。結婚して三年で離婚した。原因は……まぁ色々だ。話し合いの結果、子どもは彼女が育てることになった。毎月養育費を振り込んでいるし、子どもとは月に

一、二度会ってる。今、七歳だ。突然こんな話を聞かされて、びっくりしてると思う。本当にごめん。許してくれとはとても言えないんだが、受け止めて欲しい。ゆかりを失いたくない。騙しておいてこんなこと言えた義理じゃないんだが、ゆかりと別れたくない。その……君はとても落ち着いているように見えるんだが、それは、もうなんらかの結論を出したとか、そういうことなのかな?」

私が口を開きかけると、新垣が手で制してきた。

そして、「頼む」と言って、テーブルに両手をついた。「許してくれ。本当にごめん。別れるなんて言わないでくれ」

さてさて。どうしようかしら。

あなたにも秘密があったと知って、ほっとしてるのなんて言っちゃいけない。ここは、とてもショックだったってしておくのが正解よね、きっと。あっさり許してしまえば、新垣は私を軽んじる。もう終わりになるかもしれないという危機感を、引っ張れるだけ引っ張るのが肝心。浮気された時と同じ対応がいいように思う。

私は精一杯躊躇《ためら》う演技で間を空けてから口を開く。「時間をください」

「時間? 別れる準備の時間じゃないよね? 考える時間ってこと? そっか。わかった。タイムだな。ピッチャーマウンドに皆が集まって、ピッチャーに落ち着く時間と、考える時間を与える、あれだろ?」

私は苦笑いを浮かべる。

新垣はなにかというと野球に譬《たと》えた。

野球に譬えることで、わかり易《やす》くなるならいいのだけれど、たいていが無理に野球に譬えるので、却ってわかりにくくなる。いつもなら、「そうね」と相槌を打ってあげるところだけれど、今日はそれはやめておきましょう。

私は言う。「ちょっと違うわ。監督がピッチャーを交代させようか、続投させようか、考えているところって言った方がいいと思う。ピッチングコーチに、控えの選手のコンディションの確認は済ませてあるので、あとは監督の判断次第」

新垣がショックを受けたような顔で、私を見てきた。

譬えが強烈過ぎたかしら。

新垣はみるみる元気をなくしていく。

ちょっと可哀想よね。

でも……ここで甘い顔をしちゃ、ダメなのよ。そうなのよ。ここは大事なところ。

私こそ辛《つら》いのという演技をしながら、水の入ったグラスに手を伸ばした。

7

次の信号を左に曲がれば、家はすぐそこ。

運手席の新垣は口数が少ない。

私とどう接したらいいのか、戸惑っているといったところかしら。

ピッチャーを交代させるか、続投させるか、考える時間が欲しいと宣言してから、三週間になる。

二ヵ月前に買っていたチケットがあった。新垣の友人がホテルで開く、サロンコンサートのチケット。二ヵ月前には、新垣と二人で、花束を持って出席するつもりでいた。でも、今は新垣にお灸《きゆう》をすえている時期。欠席を伝えるために新垣に電話をしたのだけれど、彼の声を聞いているうちに気が変わった。以前のように新垣の彼女として出席する方が、より大きなダメージを彼に与えられると気が付いた。

新垣の友人には何事もないかのように振舞い、花束を渡して、素晴らしかったとコメントして、午後九時過ぎにホテルをあとにした。送ってくれるというので、迷うふりをしてから、新垣の車の助手席に座った。

私のマンションの前で車が停まった。

「送ってくれてありがとう」と私が言うと、「いや、気を付けて」と新垣は意味不明の言葉を発した。

目の前のマンションまで、歩いて五歩なのに。気を付けてなんて言って。

顔を覗き込むと、なにかを言いたそうにしている。

少し待ってみたけれど、なかなか言い出さない。

私は新垣に背中を向けて、ドアのハンドルに手を掛けた。

「あのさ」

新垣の声がして、振り返った。

「あのさ」新垣がもう一度言った。「今度、息子に会ってくれないかな?」

「えっ?」

「会って欲しいんだ、息子に」

「私のこと話したの?」

「いや、まだ」

「だったら言わないで。ほら、これから私たち、どうなるかわからないでしょ。父親と離れて暮らしていることを、どう胸に納めているのかわからないけれど、七歳でそれは結構大変なことだと思うの。それなのに、さらに私みたいな登場人物が増えたら、混乱するんじゃないかしら。もう少し大きくなってからで、いいんじゃない？　その頃私たちが付き合っていれば、だけれど」

新垣は戸惑うような表情を浮かべた。

私、なにか理解不能なこと言った？

言ってない。真っ当なこと言ってる。

私は「お休みなさい」と言ってから、車を降りた。

新垣を見送るつもりでいるのだけれど、なかなか車は動き出さない。

腰を屈めて覗き込むと、新垣は真剣な顔つきでじっとしていた。

新垣に手を振ってみた。

ダメね。

考え事に集中していて、私に気付いてないようだわ。

私は歩き出す。

ほら、ぴったり五歩。

キーをセンサーにかざしてから、振り返った。

まだ新垣の車はあった。

そんなに衝撃的だった？

ショックを受けたのは私の方だわ。

子どもに会ってくれなんて、急にそんなこと言われても……困る。

自動ドアから中に入った。

郵便受けを開けて、中身を取り出す。

エレベーターに向かって歩き出した時、自動ドアの向こうに、まだ新垣の車があるのに気が付いた。

まだいるなんて。

車は街灯に照らされて、鈍《にぶ》く光っている。

とても大切にしているニュービートル。

もう五年乗っていて、ところどころにトラブルを抱えているのだけれど、別れがたくて買い替えられないと言っていた。

高校生の頃、男性の恋愛観を知るには、車に対する考え方を聞けばいいと、誰かがどこからか仕入れてきた。欲しい車を尋ね、どうしてそれがいいのかを喋《しゃべ》らせればいいという。『車』のところを『女』に置き換えれば、それが、その男性の恋愛観だと教わった。

その後十八年ほどの間に、何度か面白半分に、男性に車への考え方を尋ねたことがある。

当たっていた。

しょっちゅう車を買い替える男性は、浮気性だったし、フォルムにこだわる男性は、女性の外見を重視するタイプだった。

どうしてだかわからないけれど、新垣にはこの質問をしていない。

なぜ私だったのかしら。

不思議よね。男と女の縁なんて。

歩き出し、エレベーターのボタンを押した。

インジケータの数字が、七から順に小さくなっていくのを見つめた。

新垣の子どもにどんな風に接したらいいの？　あなたのパパの彼女よ、よろしく、なんて挨拶するの？

もっと大きくなってからよ。

十歳は超えてないと、無理だわ。きっと、理解なんてできない。ただ傷つけるだけ。

ドアが開いて、足を踏み出した途端、息を呑んだ。

エレベーターの奥の側面に、クリスマスリースが飾られていた。

大きく息を吐き出してから、乗り込む。

毎年クリスマスが近づくと、ここにリースが飾られるのが恒例になっていた。何度か見たことがあっても、出掛ける時にはなかったものがあると、それだけでドキンとしてしまう。

クリスマスまで二週間ちょっと。

クリスマス前には新垣を許してあげようと思っていたのだけれど、子どもと会ってくれなんて言われてしまったから、作戦を変更しなくてはいけないかも。

難しいわね。

関係を元に戻すタイミングって。

五階に到着して、ドアが開いた。

一歩足を出すと、たちまち冷気に全身を包まれた。

ふと、淋しくなった。

8

嘘。

どうして、そんなこと……。

新垣が近づいて来る。

子どもの手を引いて。

受付のテーブルに一人ついていた私に、新垣は招待状を差し出してきた。

「息子の駿《しゅん》。こちらはゆかりさん。こんにちはして」

「こんにちは」

元気良く挨拶してきた駿は、新垣にそっくりの顔をしていた。

動揺を隠して、私はなんとか「こんにちは」と、答えた。

新垣と駿に、ビンゴゲームのカードと、抽選会用の番号札を一枚ずつ渡す。

新垣は駿の手を引いて、部屋の奥へ歩いて行く。

駿は振り返り、私に手を振ってきた。

思わず、振り返す。

新垣と駿の姿は人混みに紛れて、すぐに見えなくなった。

今日は会社の恒例のクリスマスパーティだった。取引先をまとめて接待する目的で、ホテルの一室を借りて、ビンゴゲームや抽選会をする。今年は十九日が開催日になった。ハワイまでの往復航空券や、国内の温泉旅館宿泊券などが当たるためか、毎年出席者は多い。事前に出席者の人数を連絡してくれれば、誰でも参加自由としているので、同僚や友人、家族などを同伴する人も多い。

例年通り、私は部屋の入り口横に置いたテーブルで、午後六時から一人で受付をしていた。新垣が子どもと現れるなんて思いもせずに。

新垣が持ってきた、招待状を検《あらた》める。

左隅に押されたナンバリングを見て、こういうことねと呟いた。

その番号は、社長のプライベートな招待客たちに用意されたものだった。リストでこの番号を探すと、社長の筆跡で二名とだけ書かれていた。氏名欄には横棒が引かれている。

社長と二人で企んだのね。

引き合わせ方が強引過ぎるわよ。

心の準備ができてないわ。

どう接していいかわからないもの。

新垣は駿にどこまで話しているのかしら。

首を伸ばして、新垣と駿を探してみる。

ダメだわ。人がたくさんいて、姿を見つけられない。

探すのを諦《あきら》めて、受付仕事に戻る。

次々と現れていた人が途切れたのは、八時を過ぎた頃だった。ビンゴゲームが始まるまであと三十分ほど。来場者たちは、思い思いの場所でお酒を飲んだり、食事をしている。バイキングコーナーが一番混んでいるのは、いつもの年と一緒。

その人だかりをなんとなく眺める。

なんだかお腹が空いてしまった。

遅れてくる人もいるし、途中で帰る人には手土産を渡さなくてはいけないので、私はここを離れられない。そうわかっていたから、ここに来る前にサンドイッチをお腹に入れておいたのだけれど、あまり役には立たなかったみたい。

人混みの中から新垣が姿を現した。

手にはお皿とグラスを持っている。

少し遅れて、駿が姿を見せた。

同じようにお皿とグラスを手にしている。

手つきまでそっくりなのね。

凄いのね、DNAって。

駿のゆっくりした歩調に合わせるように、新垣が寄り添って歩く。

微笑《ほほえ》ましく見ていたのだけれど、二人が私に向かって歩いてきていることに気付いた瞬間、顔が引き攣《つ》り始めた。

やめてよ。

なんでこっちに来るの？　空いてる席なら、あっちにだって、そっちにだって、たくさんあるじゃない。

うわぁ……来ちゃった。

料理ののったお皿を、私の前に置いて新垣が言う。「はい。ずっと受付じゃ、食べられないんだろ？　これ、テキトーに取ってきた。駿、ゆかりさんの隣に座らせてもらいなさい。もうちょっと奥まで、ちゃんと座りなさい。そうそう。パパはちょっとトイレと、仕事の電話してくるから、ここにいてな」

「うん」

えっ？

「悪い」新垣は軽い調子で私に言ってきた。「ちょっとの間、駿を見ててくれないか？」

声がすぐに出なくって、やっと「でも」と言えた時には、新垣の身体は部屋から出かかっていた。

私は腰を上げて、「でも、あの」と声を掛けたけれど、新垣は半身を捻って片手を上げただけで、そのまま行ってしまった。

なんてことなの。

ゆるゆると腰を戻して駿に目をやると、椅子から下ろした足を、ぶらんぶらんとさせながら食事をしていた。

弱ったわねぇ。

取り敢《あ》えず、「美味しい？」と尋ねてみる。

「辛《から》い」と言われて、慌ててお皿を覗くと、いくつか盛られている料理の中に、エビチリがあった。

私は指差す。「これが辛かった？　そう。それじゃ、私のこれと交換する？　こっちは酢《す》豚《ぶた》だから、甘いわよ」

「うん」

駿は私の皿にフォークを伸ばして、豚肉に突き刺した。そして、小さな口で齧って、

「辛くない」と言った。

それは良かった。

胸を撫《な》で下ろす。

なんで、辛いと言われたぐらいで慌てちゃったのかしら、私。

小さな横顔を眺める。

これからもこの子がなにか言う度に、私は今みたいにおたおたするのかしらね。

一つため息をつく。

駿が突然話し始めた。「僕ね、ポロネーズ、ト短調弾けるんだよ」

「ポロネーズって、ショパンの？　ピアノ習ってるの？」

「うん。それでね、一月にね、発表会に出るんだよ。凄く難しいんだけどね、ポロネーズ、ト短調弾くんだ。僕はお教室の代表として、一人だけ発表会に出るんだよ」

「へぇ。凄いのねぇ」

「うん」と頷いたあと、駿はニッと笑った。

その笑顔――パパにそっくりね。

太い眉も、鼻の形も……。

まるでこの子――新垣の過去、そのものみたい。

誰にでも過去があるのよね。

私にあるように、新垣にも。

神様は過去を小さく丸めてポケットに入れておけと言っていた……皆そうやって暮らしているの？

……そうかも。

自分の過去がどんどん成長していくのを見るのは、どんな気分なのかしらね。

ラ・カンパネッラを弾くようになって、恋をするようになるのは、いつ頃？

その時が新垣は待ち遠しいの？　それとも、それは淋しいこと？

社長の挨拶が始まった。

私はトレーの下に挟んでおいた、自分用のビンゴゲームのカードを取り出した。

駿にビンゴゲームのルールを知っているかと尋ねると、わからないと言ったので、説明をした。

私のカードを渡した。「私の、駿君にあげるわ。もし、こっちのカードがビンゴになったら、その賞品は駿君のものよ」

駿のジャケットのポケットに覗いているカードを指差して、「これ、駿君のカードね？数字を読みあげられたら、二枚ともよく調べてね」と言った。

私をまじまじと見つめてから「うん」と駿は頷き、「ビンゴになるかな？」と言った。

「なるといいわね」と私は答える。

駿はポケットからカードを取り出し、二枚を両手に持って較《くら》べ始めた。

その横顔には、わくわくしているような表情が浮かんでいる。

私の胸まで弾みそうになって、ちょっと動揺してしまう。駿の気持ちが移ったのかしら。

「悪い」と言いながら、新垣が戻って来た。

駿を抱き上げて私の隣に座ると、そのまま自分の膝の上に息子をのせた。

新垣は駿に「ビンゴゲームは始まったか?」と尋ねる。まだだと言われると、ポケットから自分の分を出し、「パパのも見てくれ。なんで駿は二枚持ってるんだ?」と聞いた。

駿は私に顔を向けてきて、「くれたんだよね?」と言ってきた。

私は笑顔で頷く。

駿が三枚をテーブルに並べて、くっつきそうになるほど、顔をカードに近づけた。

そして突然声を上げる。「3がいいな。ほら、これと、これに3があるんだ。だから3がいい」

新垣が駿の頭越しにカードを覗き込むようにした。「どれ、本当だ。よし、3だな。3来い」

駿が真似をして、「3来い」と大きな声を上げた。

言い方まで似てる。

思わず頰《ほお》を緩めた時、新垣と目が合った。

私が小さく笑いかけると、新垣はみるみる顔を綻《ほころ》ばせていった。やがてそれは安堵の表情に変わっていったので、私の気持ちは伝わったみたい。

社長がビンゴゲームを始めると宣言する声が聞こえてきた。

来場者たちから拍手が起こる。

その時、部屋の外で大きな音がした。

私は立ち上がり、通路に出た。

神様……。

恋愛の神様が立っていた。

神様が「おめでとう。胸ポケットを見てごらん。マイスターの合格証が入ってるよ」と言った。

ポケットに手を入れ、カードを取り出す。

恋愛検定マイスター合格証と書いてあり、私の顔写真の下には、名前と生年月日が記されていた。

神様が言った。「二人っきりの時と、彼の友人がいる時での、パワーバランスの切り替えは見事だった。お仕置き期間中の、彼との距離の取り方も、傷ついているという演技も文句なし。許すことにしたと、わからせるタイミングも絶妙。私が担当した人で、初めてのマイスター合格者だ」

「……ありがとうございます」

「人間はさ、何度でも幸せになっていいんだよ」

胸を衝《つ》かれて、神様を見つめた。

「誰が一度って決めたのよ」神様が続ける。「何度だって、新しい人生を歩き出せるんだよ。過去はポケットに入れてね。ちょ、ちょっと、泣きそうなの？　やめてよ。困るんだよ、涙はさ。法則がわからないんだよ。哀しい時じゃなくたって泣くだろ、人間は。ほら、今だってあなた、ちょっと笑いながら涙を出しそうじゃない。かなり不気味だよ。わかってる？　なに？　引っ込んだ？　そりゃ、良かったよ。とにかくさ、合格だから。私の成績も上がって、万々歳だ」

「神様のお陰です。どうもありがとうございました」深く頭を下げる。

ゆっくり頭を上げると、神様の姿は消えていた。

部屋から社長の声が零《こぼ》れてくる。フリーズが解除されていた。

神様が立っていた辺りのカーペットを眺める。

涙に弱くて、お酒で現実逃避したくて、愚痴っぽい神様——。

ちょっと個性的な神様だったけれど、色々アドバイスをくれたし、励ましてもくれたのよね。

合格証に目を移し、そっと両手で包んだ。

頑張ってみます。

心の中で神様に宣言する。

私は身体を回して、一歩踏み出した。

第七章

現状維持に縋《すが》りつく女　四級

～恋愛の神様の最新活動報告より～

1

仕切り屋杏子《きょうこ》。

そんな風に呼ばれている。

本当は仕切りたくて、仕切ってるわけじゃない。できることなら、誰かに仕切って欲しいと思っている。でも、そんな人は私の周りにはいなかった。だから気が付くと、私が仕切るしかないという状況になっている。

ちょうど、今みたいな状態。

会議室の机を囲むナースも、介護福祉士も、施設の担当者も、ぐだらぐだらと自分勝手な意見を言うばかりで、それじゃ、どうすればいいのかという方向へ話をもっていく気配はない。

しょうがない。ケアマネージャーとしてまとめに入りますか。

「それでは、今まで出していただいた意見を整理してみましょう。えっと、皆さん。どうしましたか？　ちょっと？」突然固まってしまった出席者たちに、私は声を掛ける。

どうしたのよ皆……。

「西崎《にしざき》杏子さん？」

びっくりして振り返ると、スーツ姿の男がいた。

男が片手を上げた。「どうも。恋愛の神様です」

「……」

あまりのことに、ただ呆然《ぼうぜん》と見上げているだけの私に、神様は言った。

「データからみて、あなた、四級受検ね」

「えっと、いえ、あの……ちょっと待ってください。私、カレいます。だから人違いとか、そういうのじゃないですか？」

神様は椅子《いす》もないのに、座るような格好をして足を組んだ。「西崎杏子さんでしょ？三十七歳のケアマネージャー。間違ってないね。神様はあんまり人違いってしないんだよ。カレってのは、恩田真人《おんだまさと》、三十八歳のことかな？」

「そうです」

自分のジャケットの内ポケットから取り出した機械に、指でタッチをする。「二級建築士なんだね、そのカレってのは。で、交際十年か。随分と長い春のようだけど、それであなたは満足してるの？」

痛いところを突かれて、言葉が出ない。

神様が続ける。「いいんだよ、籍に入るとか、入らないとか、そんなことはどうでもさ。人間が勝手に作ったルールなんだから。だけど、あなたはとてつもなく結婚したいと思っているのに、それを向こうに伝えてないってところが、問題だね」

「入籍したら、四級合格なんですか？」

「違う違う。戸籍のことなんて、どうでもいいんだって。あなたが望んでいる関係と、向こうが望んでいる関係が違っているのに、それをちゃんと伝えることもせず、放置したまんま十年も過ごしてきたってことに、驚いているんだよ、私は。あなた、相当恋愛力低いよ。その年で四級受検なんて、結構恥ずかしいことだからね。自覚はあるの？」

「……まぁ、はい。でも、結婚を迫って、それで、カレがそういうつもりならとか言って、別れるようなことになったら……きっと後悔するように思うから」

神様はため息を吐いた。

わかってる。

こんなだから、長い春になってるんだって。

でも……やっぱり怖い。

真人に結論を迫った途端、別れがくるような気がするから。

この年で一人になったりしたら——寒気がして、少し身体が震えた。

付き合い始めた頃、私はまだ二十七歳だった。周りがバタバタと結婚していくのに、不安になったこともあったが、まだ余裕はあった。真人から将来の話が一切出なくても、彼が一度結婚に失敗しているから慎重になっているせいだと、自分を納得させることもできた。

だが一年経ち、二年経ち、不安はどんどん大きくなっていった。

三十歳になった時、私は勝負に出た。

OLを辞め、ケアマネージャーを目指そうと思うんだけど、どう思う？　と真人に尋ねた。

それは、真人にそれとなく決断を促《うなが》すためだった。

なかなかきっかけが摑《つか》めなくて、プロポーズできずにいるなら、そのきっかけを私が作ってあげようと考えたのだ。結婚を考えているなら、私の人生設計の変更は、真人にだって少なからぬ影響を与えるはずだから。

でも真人は「凄《すご》いね。頑張ってよ」と、さらりと言っただけだった。

一大決心で挑んだ作戦だったのに、肩透かしを食って終わったことが、私にはショックだった。

それからも、出席した友人の結婚式の話をしたり、送られてきた赤ちゃんの写真入りの年賀状を見せたり、私は精一杯メッセージを送り続けた。でも真人は「へぇ、凄いね」「可愛いね」と、ほかの時と同じようなコメントをするだけだった。

焦《あせ》りは日増しに強くなっていったが、どうすることもできなかった。

三十五歳になった時、もう本当にヤバいという思いがピークに達した。

そこで、借りていたマンションの契約更新時期が近づいていたのを利用しようと思い付いた。そして、引っ越すか、いっそ買っちゃおうかなと言ってみた。

真人は「凄いね。家持ち人だね」と、口にしただけだった。

一世一代の私の賭けだったが、それに真人は、口癖の「凄いね」で答えた。

それが、二年前。

それ以降、それまで以上に私は怯《おび》えるようになってしまった。

真人から結論を出されることに。

今では真人から最終決断を聞きたいという思いと、聞きたくないという思いは、同じくらい。

その瞬間、瞬間に、二つの気持ちの間を行ったり来たりしている。

「仕切り屋の杏子って言われてるのにねぇ」神様が嘆いた。

「仕事では、なんです」

「友達の間でも、その名で通ってるじゃないよ。飲み会でも、旅行でも、あなたがいつも仕切ってるんでしょ？　なのに、カレが同席していると、あなたは本性を隠すんだ。十年も本性を隠して付き合ってたっていうのは、別の意味で凄いことだとは思うけどさ、努力する場所違ってるでしょうよ」

「そんなこと言われたって……」

「言いたいことを言わずに十年。それであなた、幸せだったの？」

衝撃を受けて、私は神様を見つめる。

幸せだったと——言い切れない。

それは、たまらなく哀しかった。

「このセリフ、効くんだよ」神様が小さな機械を内ポケットに仕舞う。「ごちゃごちゃ御託を並べる受検者にさ、それであなた、幸せだったのかい？　って聞くんだよ。大抵言葉を失《な》くすんだ。黙らせるには一番いいセリフ。ま、とにかく、そういうことだから、四級合格目指して頑張ってよ」

神様が消えた。

と、会議室の皆が動き出した。

ぼんやりと私は彼らを眺める。

頭の中では、「それであなた、幸せだったの?」という神様の言葉が、リフレインしている。

「西崎さん」

名前を呼ばれて、我に返った。

皆が私を見つめていた。

一番年長のナースが口を開いた。「西崎さん、どうかした? 大丈夫?」

「えっと、大丈夫です。多分……」と、私は答えた。

2

「こうやって二人だけで会うのって、初めてって、知ってた?」私は中川美歌子《なかがわみかこ》に尋ねた。

「知ってた」美歌子は小さく笑って、パスタを口に運ぶ。

美歌子と会う時は、いつも四人だった。私と真人に、中川倫紀《のりき》と、妻の美歌子の四人。

真人と倫紀は大学時代からの友人で、その頃から、歴代の彼女を伴ってのダブルデートをしていたらしい。

者。

私は未《いま》だに彼女のままだけど、美歌子は違う。ちゃんと妻という座を手に入れた、成功者。

三日前に突然、美歌子から連絡があり、部屋に遊びに行ってもいいかと聞かれた。マンションの場所を説明している時に、一度もうちに来ていないことと、二人だけで会うのが初めてだということに気付いたのだ。

ベッドの横に置いた小テーブルに、私たちは向かい合って座っていた。私は斜め座りだが、行儀のいい美歌子はちゃんと正座している。

テーブルの上がいっぱいで、美歌子の手土産《みやげ》のアップルパイは、カーペットに直置きしてある。

そのパイに目を送って、私は言う。「私のパスタなんかより、美歌子ちゃんの手作りパイの方が美味しそうで、なんかちら見ばっかりしちゃう。美歌子ちゃんが作るパイは、いつも絶品だから」

「だといいんだけど。あのね」フォークをテーブルに置いた。「パリにお菓子作りの勉強をしに行くことにしたの。留学。この年だから、ちょっと恥ずかしいんだけど」

「ええっ？　そうなの？　全然、恥ずかしくないよ。むしろ、格好いいじゃない。どれくらいの期間なの？」

「二年かぁ。結構長いよね。それともあっという間なのかな。倫紀さんのことだから、背中を押してくれたんだよね」

一瞬、目を伏《ふ》せてから、すぐに私を真っ直ぐ見つめてきた。「離婚したの」

「はい?」

「先週、離婚届を出したところ」

「そんな……いつからそんなことに? ずっと仲がいいとばっかり」

「仲はね、今もいいのよ。私、病気したでしょ? 去年。入院して手術して、大変だった。医者からは生存率とか、治癒《ちゆ》率とか、いろんなこと言われてね、死っていうのを凄く意識させられたの。どんな人もいつかは死ぬのに、そういうの、普段は考えずに過ごしているじゃない? それが突然、死ぬかもしれないって考えたら——あの時は、本当に毎日が怖かったわ。私まだなにもしてないのに、このまま死にたくないって思ってね。手術が成功して、転移もなくて、大丈夫だってわかった時ね、あぁ、これからは一生懸命生きるぞって、強く思ったの。死ぬ時にはね、まぁまぁの人生だったなって、満足した状態でいたいなって。病気でね、人生観が変わったみたい。病気をしなかったら、子どものいない専業主婦のままでいたと思うから。それなりに幸せだったしね」

確認する。「一生懸命生きるっていうのは、いいとして、離婚しなくてもいいんじゃなくて？　それとも、留学するなら離婚しろと、倫紀さんに言われたとか？」

美歌子は静かに首を左右に振る。「倫紀は留学に賛成してくれたわ。杏子ちゃんと同じこと言ってた。生きがいを見つけるのはいいことだし、全然構わないけど、離婚しなくたってできることだろって」

美歌子はグラスに手を伸ばし、引き寄せた。グラスを両手で包むようにして、中を覗《のぞ》く。

しばらくそうしていたが、やがてゆっくり顔を上げた。「上手く言えないの。自分の気持ちなのに。病気になった時、倫紀は励ましてくれたし、看病もしてくれた。倫紀の支えがあったから、頑張れたって思うのよ。それなのにね、完治したってわかって、これからのことを考えたら、この人と過ごすのは違うって感じちゃったの。嫌いになったとかじゃないから、余計説明できなくって、倫紀に理解してもらうの大変だった。離婚届にはサインしてくれたけど、多分倫紀、今でもよくわかってないと思う。私の気持ち」

「そう……だろうねぇ」

私だってよくわからない。嫌いになったんじゃないなら、離婚する必要ないのに。この人と過ごすのは違うって、どういうことよ。

それにしても、なんだか皮肉。

私は十年もの間、妻というポジションにつきたくて、つきたくて、のたうちまわっているっていうのに、美歌子はそれを、あっさり捨てたというんだから。

ちりっと、胸の端っこが焦げたようになる。

四人で旅行や、買い物や、食事に行った。いつも思っていた。私からは言えないけど、美歌子から「どうして結婚しないの」って、真人に聞いてくれればいいのにって。「いい加減結婚したら」でもいい。いつも四人で行動しているのに、一組は夫婦で、一組は夫婦じゃないって、変なんだから。私からは言えないことも、美歌子なら言えるはずだった。だが一度として、美歌子は真人に決断を促すような発言をしてくれなかった。

せめて、私の気持ちを尋ねてくれてもよかったんじゃない？　そうすれば、私は胸のうちを語れたかもしれない。いいや、絶対語った。

色々聞いて欲しかったのに。聞くべきだったのよ、あなたは。ずっとずっとカノジョでしかない、私の話を。

パイへ目を向けた。

中央がへこんでいて、なんだか不味《まず》そうだった。

スマートフォンをテーブルに置いて、私は倫紀に告げた。「真人、まだ会社を出られそうにないって。必ず行くから待っててくれって。ごめんなさいね。倫紀さんを励ます会なのに、私だけになっちゃって」

「いや、そんなことないよ。あいつ、今、仕事大変なんだろ。忙しいんだから、僕を励ます会なんて必要ないって言ったんだけど。こっちこそ、なんだか申し訳ないよ」

「そんな。ま、飲んでよ。愚痴でもなんでも聞くからさ、今夜は」

倫紀は口の端だけで笑った。

先週、美歌子はパリに旅立った。

見送りはいらないと言われてしまったので、私は「ボン・ボヤージュ」とメールを送信しただけだった。

倫紀が頼んだ大吟醸《だいぎんじょう》と、私の白ワインが運ばれ、何度目かの乾杯をする。

居酒屋では盛り上がっているグループがいくつもあって、煩《うるさ》い。合コンらしきテーブルも、あっちこっちにあった。

ここには四人で何度も来ているが、客層が若くなってきて、最近はあまり居心地がよくない。ま、私たちが年を取ったというだけかもしれないけれど。

倫紀がスペアリブを手で摘《つ》まみ、齧《かじ》り付いた。

きれいに骨だけにすると、小皿に捨て、おしぼりで手を拭《ふ》いた。そして一瞬、自分の掌《てのひら》を眺めてから、グラスに手を伸ばした。

思わず、私は小さく微笑《ほほえ》む。

倫紀の小さな癖《くせ》。なにかした後、掌を見ること。まるで掌に文字でも書かれていて、それを確認するかのように、ほんの一瞬だけそこに目をやるのだ。

そういえば、美歌子はその倫紀の癖を嫌がった。「またやってるわ」と呟《つぶや》いて、眉間《みけん》に皺《しわ》を寄せることもあった。

誰かに迷惑をかける癖でもないんだし、いいじゃない、それぐらい。私はそう思っていた。嫌がるほどのことじゃない。むしろ、見たいぐらいだった。

「女はさ」倫紀が喋《しゃべ》り出した。「ほんっとに、わからない。つくづく、わからない。男には一生わからないな」

「お言葉を返すようですが、男と女という話になさっておられますが、女の私だって、今回の美歌子ちゃんの行動は、理解できてないからね。女はわからない、じゃなくて、美歌子ちゃんはわからないと、訂正していただけますでしょうか?」

目を丸くしてから「かしこまりました」と倫紀は答え、少しだけ笑った。

倫紀が笑ってくれたことが、嬉《うれ》しかった。

「女はさ、たっくさんいるから」私は励ます。「これからまたいい出会いがあるって。倫紀さん優しいいし、誠実だし、すごく素敵だもの。だからね、女が放っておかない。バツイチってモテるらしいしね」

「頼む。もっと言ってくれ。今夜だけは」

「わかった。もっと言う。だけど、今夜だけサービスしてるんじゃなくて、いつも思ってることなんだよ、素敵な人だってことは。そうだ。このお店だった。私がちょっと飲み過ぎた時、あの日は元々体調が悪かったんだけど、それに最初に気付いてくれたのは、倫紀さんだった。ずっと気遣ってくれてたよね。なのにいつもの調子で飲んじゃって、トイレ行ったのよね、私。様子を見に来てくれたのは、倫紀さんだった。吐いていた時、髪を持ってってくれて、背中を撫《な》でてくれたのも。ごめんなさいって私が言ったら、なに謝ってんだよ、いいんだよって言って、口の周りを拭いてくれたの。なんかあの時……自分のすべてを委《ゆだ》ねているって感じがして、凄く心地良かったんだよね。ねぇ、聞いてる？」

片肘《かたひじ》をテーブルにつき、目を閉じている倫紀に尋ねた。

倫紀がゆっくり頷いて、答える。「聞いてる」

「それにね、倫紀さんは人の悪口を言わないでしょ。そういうとこ、尊敬してる。つい言っちゃうよね、悪口って。自分から言い出さないにしても、その場にいる誰かが言い出せば、つい乗っかっちゃうもんじゃない？　そいつ変だよ、なんて。本当はよく知らないのに。でも、倫紀さんは、絶対に、絶対に、言わない。なんか、人として大きい気がして、そういうところいいなって思ってた。悪口は言わないけど、ちゃんと注意をしてくれるところも、素晴らしいと思う。私が職場の人間関係で愚痴ったら、ちゃんと最後まで話を聞いてくれたうえで、こう言ってあげたらどうだったのかなとか、それは杏子ちゃんがよくなかったね、なんて注意してくれるでしょ。ほかの人から言われたら、キレてるかもしれないけど、倫紀さんからだったらちゃんと聞ける。信頼してるからだと思う」

……私、なに言ってるんだろう。

なんかまるで、私が告白してるみたいになってない？

ただ励まそうと思っただけだったのに——。でも、嘘は言ってないし、オーバーでもない。倫紀という人を、正確に表そうとしただけ。自分の気持ちも。

ふと、自分のスマホに入っている画像を思い出した。

写真を撮るのが趣味の倫紀によって、四人で行った先々の思い出が、大量の画像として残っている。倫紀から送られた画像のほとんどは、自宅のパソコンに入っているが、気に入っているいくつかをスマホに移して、持ち歩いている。

その中の一番のお気に入りは、草津《くさつ》の温泉旅館での真人とのツーショット。

でも、私が一番輝いているのは、倫紀と見つめ合って大笑いをしているショット。なにが可笑《おか》しくて、そんな大笑いをしたのか思い出せないのだが、倫紀のカメラで、美歌子が撮ったと思われるその一枚の中の私は、とても楽しそうだった――。

もし……真人と別れるようなことになったら、倫紀との縁は切れてしまうのかな。それは嫌。絶対に。

なにそれ。おかしい。今日の私、どうかしてる。真人と別れた後のことを考えるなんて。

そんな恐ろしいこと。考えるだけでも、ダメ。縁起が悪いもの。

私は倫紀の腕をポンポンと軽く叩《たた》いた。「さ、飲もう」

3

酒で顔を真っ赤にした男が言う。「真人君の今度の嫁さんは、働きもんだぁ」

隣の厚化粧の女が、ちらちらと私を見ながら「お嫁さんじゃないの。カノジョ。何度言ったら覚えるのよ。そういう間違い、失礼だよ。すみませんねぇ」と謝ってきた。

私は必死で笑顔を作り、空いた皿を盆にのせる。

真人の祖母が亡くなり、葬式に出席する彼に同行した。嫁としてではなく、カノジョとして。

三年前に真人の祖父の葬式に、同じように出席したことがあるので、座敷で飲み食いしている人の中には、以前見た顔もあった。

顔を真っ赤にしている男も、その時見かけている。親戚だという男は、その時も同じセリフを吐き、その妻らしき女が同じように窘《たしな》めた。

私が傷ついたのも、以前と同じ。

いや、以前より深い。三年経ったのに、私の立場は変わっていないから。

空いた徳利《とっくり》を盆に加え、立ち上がった。

廊下に出て、台所へ向かう。

真人の実家は山陰地方の小さな町で、四代続く味噌屋だった。五代目になる予定の真人の兄は、同じ敷地に建てられた別邸で、妻と二人の子どもたちと住んでいる。通夜は祖母と両親が暮らしていた、築八十年だという母屋で行われた。三年前と同じだとすれば、この母屋での通夜ぶるまいの時間は、まだまだ続くだろう。

廊下は冷たい。

タイツを二枚重ねしていても、しんしんと足元から冷気が襲ってくるのは、家屋が古いせいだろうか。

接地面をなるべく小さくしたくて、つま先だけで歩く。まるで忍び足みたいで、なんだか可笑しい。

「どうするのよ」

真人の母親、一恵《かずえ》の声がして、私は足を止めた。

一恵の声は続いた。「親戚や近所の手前っていうのが、あるからね。部屋がたくさんある家だったらまだしも、こんな狭い家だしね。杏子さんを、うちに泊めるってわけにはいかないのよ。東京じゃどうかしらないけど、ここらは、そういうの、昔のままだからね。嫁じゃないんだから」

「駅前のビジネスホテルに泊まるんじゃないかな？」

聞こえてきた真人の声に、私は息が止まりそうになる。

反論しないんだ。

もう嫁同然じゃないかとか、嫁のように手伝ってくれてるじゃないかとか、そんな風に言って欲しいよ、やっぱり。

三年前も、私だけビジネスホテルに泊まった。その時、真人は言った。ホテルの方が気を遣わなくていいだろ？　と。

真人なりの優しさで、ホテルに泊まるよう言ってくれたのかと思っていた——。でも、そうじゃなかった。私を実家には泊めたくなかったからだった。

私は……よそ者。十年真人と付き合っていても、家族の一員にはなれない。ただのカノジョだから。

それじゃ、どうして私を葬式に誘ったの？　私が手伝うのを、止めもしないじゃない。お客さんなんだからそんなことしなくていい、とは言わないのよね。そのくせ、ビジネスホテルに泊まれと言うのよね。人手が足りない時だけ雇われる、期間工なみじゃないの。

口惜《くや》しかった。

こんなもの放り出して、帰ってしまおうか——。盆の上に積みあがった皿に、目を注いだ。

でも……やっぱり……そんなことはできない。私の十年が無駄になってしまう。二十七歳から三十七歳までの私の人生が、消えてしまう。それだけは嫌。

私は盆をそっと上下に揺らした。

カチャンと食器の音をさせてから、歩き出した。古い廊下が軋《きし》むように、体重をしっかりかけて。

足を踏み入れた台所には、一恵と真人と、変な空気があった。

一恵はレンジの扉に手をかけていて、真人はビール瓶を両手にぶら下げている。

私がわざと立てた音を聞きつけて、準備を整えていた様子がわかる。

盆の皿を私がシンクに移していると、背後から真人が言ってきた。

「今日なんだけどさ、どうする?」

「どうするって、なにが?」

「どこに泊まるのかなって思ってさ」

「ホテルよ」精一杯明るい声で答える。「駅前の。予約してないんだけど、大丈夫よね?」

「そっか。大丈夫じゃないかな。満室なんて滅多にないホテルだから」

一恵と真人がほっとしているのが伝わってきた。

私は二人へは顔を向けず、スポンジに食器洗剤を含ませる。

よかったわね、思い通りに私をホテルに追いやれて。

涙が出そうになるのをなんとか堪《こら》えて、私は徳利を洗い出す。

なにやってんだろう、私。

こんなところで、洗い物なんかして。

ベッドに倒れ込み、天井を見上げる。

直径二十センチほどの円形の染みを発見し、気分がさらに沈む。

「あなた、酷過《ひどす》ぎるよ」

びっくりして起き上がると、小さなテレビの上に神様が座っていた。

「なんだ、神様かぁ。びっくりした。神様が突然現れて、心臓発作起こした人っていないんですか？　結構驚きますよ、その登場の仕方」

私の質問に神様は答えず、冷蔵庫の中に入っている酒をご馳走してくれると嬉しいんだがと言った。

神様から頼まれて、断れる人っている？

私はビジネスホテルの部屋の隅にある、小さな冷蔵庫の前に移動した。

中に入っていたアルコールをすべて取り出し、テレビの横の台に並べた。

神様が幸せそうな顔でお酒を次々に飲んでいくのを、私はベッドの上で、枕を胸に抱えて眺める。

神様は七本の缶ビールを、あっという間に飲み終えてしまった。

そして「ふうっ」と、小さな息を吐いてから、話し出した。「さっきの通夜で、出たかったんだよ、私は。酒がたくさんあったろ。今の上司は酒に関しては、割と大目に見てくれるもんだからさ。でもあなたの大事な場面だったから、ここで時間を止めちゃいかんだろうと、そう判断してね、我慢したんだよね。私はさ、恋愛の神様としてちゃんと仕事をしているんだよ。してますから」

天井の一点に向かって訴える神様に、尋ねた。「誰かいるんですか？　アピールする相手でも」

「いや、気にしないでくれ。まず、忠告しておくけど。この調子じゃ、間違いなく不合格だからね」

「……ですか」

「あなた、自分のことを可哀想がってるようだけど、悪いのはあっちだけかね？」

「えっ？」

「嫌なら嫌、傷ついているなら、傷ついていると主張しない限り、この状態が続くよ。本当はさ、こういうアドバイスしちゃいけないんだよ、神様はさ。だけどあなた酷過ぎるからさ。念のために言っておくけど、酒を奢《おご》ってくれたから特別扱いしているとか、そういうことじゃないからね。ま、せっかくだから、全部いただくけどさ」

神様は四本のウイスキーの小瓶を、ジャケットのポケットに入れると、「じゃ」と言った。

「あの」と声を掛けた時には、すでに姿は消えていた。

もう少し親切で紳士かと思ってた……神様って。

冷蔵庫からポカリスエットを取り出し、窓辺に移動した。

カーテンを開け、窓から外を窺《うかが》う。

二階の部屋のため、街灯が手を伸ばせば届きそうな位置にある。

その街灯が照らしているのは、いたずら書きだらけのシャッターばかり。

ここが目抜き通りらしいが、現役で商売をしている店はほとんどなさそうだった。

いっそ闇に身を潜めていたいだろうに。引退しているのに、こんなに煌々《こうこう》と照らされちやって。

男が現れた。

両腕で、左右それぞれの女の肩を抱くようにして歩いている。

酔っているのか、酔ったふりをしているのか、三人の足取りはふらふらしている。

ふと、神様の言葉が蘇《よみがえ》った。

悪いのはあっちだけかね?

神様はそう言った。

私も悪いってこと？　自分の気持ちを主張しなかったから？　だけど……台所で「廊下で聞こえちゃったんですけど、どういうことですか？」なんて言える？　言えないって、フツー。

もし言ってたら、どうなった？

真人が味方になってくれるなら、私だって強くなれる。一歩踏み出せる。愛されてると確信できていたら、きっと結婚してよって言えてた。

私がずるずるとここまできてしまったのは、確信できなかったから——。そうだ、そういうことだった。

ちょっとだけ胸がすっきりする。

理由がわかったところで、哀しさが深くなっただけだけど。

窓外の三人に再び注目すると、まだあっちへ行き、こっちへ行きと、動き回っている。

と、右の女が転んだ。

転んだ女が何事かを叫んでいるのが、窓越しに伝わってくる。

男と左の女は、首を後ろに捻《ひね》っただけで、そのままふらふらと前に歩いて行ってしまう。

アスファルトに座り込んだままの女が、またなにか大声を上げた。

待ってよとでも、言っているのだろうか。だが男と左の女は、転んだ女をそのままにして行ってしまうつもりのようだった。

置いていかないでよ。

思わず、私は声を上げた。

すぐに戻って、彼女に手を差し伸べるべきよ。

どうして戻らないのよ。

どうしてよ。

そんなところに一人で取り残されたら、どうしたらいいのよ。

はっとした。

耳に届いた自分の声が、震えている。

いつの間にか私は泣いていた。

4

「そこの曇りガラスに、紙を貼ったらどうでしょうかね」と、私は伊《い》原《はら》啓《けい》蔵《ぞう》に提案した。

立ち上がった私は戸を開け、隣の部屋へ足を踏み入れる。

散らかり放題の部屋に立ち、戸を閉めた。

戸の中央部分には、曇りガラスが嵌《は》め込まれている。そこに自分の身体を映すようにして、右へ左へと歩いてみせた。

戸を少しだけ開けて、私は顔を覗かせる。「啓蔵さんは私だとおわかりになりますが、摂子《せっこ》さんにとっては、オバケと見えてしまうかもしれませんよね、この曇りガラスでは」

啓蔵がゆっくりとハゲた頭に手をのせ、その手を下ろしついでに自分の顔を撫でた。

「そういうことだったかもしれませんな」

私は頷き、居間に戻った。

和室に置かれたソファに座っている摂子は、にこにこしている。

一方その隣に座る夫の啓蔵は、渋い表情をしていて対照的だった。

相談者の家族と接する度、私は思う。絶対先にボケた方が勝ち、と。

ケアマネージャーの私が、伊原家を訪問するのは今日が初めてだった。

七十八歳の啓蔵が、初期の認知症と診断された、七十六歳の妻、摂子を介護することになる。一人息子は遠方で働いているため、摂子の面倒は、すべて啓蔵がみなくてはならなかった。

たくさんの家族をみてきて思うのだ。認知症の場合、当人以上に家族の方が打ちのめされてしまう。発症前にはできていたことが、日に日にできなくなっていく。現在の医学では、そのスピードを遅く、傾斜をなだらかにする程度が精一杯だった。同じように手のかかる育児では、日に日にできることが増えていくという、喜びや嬉しさがあるだろう。成長しているという確かな実感。これがあれば、人は辛《つら》くても乗り越えられるに違いない。だが、介護は違う。後退していく毎日の、その先にあるものは、更なる苦労しかなかった。また介護者が高齢の場合は、その精神的、経済的負担は若い人たちより大きい。

だからどうせボケるなら、先にボケた方がいいのだ。

摂子がオバケがいると言い出すようになったと、啓蔵から聞いたのは、うちの事務所で初めて話を聞いた時だった。なんとか人様に迷惑をかけないようやってきたが、オバケがいると言い出すようになって、これはもう自分の手に余ると、相談を決めたきっかけについて語った。

二人の暮らしぶりを見せてもらい、居間に腰を落ち着けた時、オバケの話を思い出し、啓蔵に尋ねた。摂子がオバケが出ると言うのはどこでかと。すると、啓蔵は長い時間をかけて考えたうえで、ここでテレビを見ている時だと答えた。

そこで、居間と隣室の間の戸に嵌め込まれている、曇りガラスのせいではないかと指摘したのだ。隣室にいる啓蔵の姿を、ガラスに映っていると認識できない摂子が、ぼんやりしたものが動いているのを、オバケと思い込んだ可能性がある。

書類に書き込み、顔を上げると、啓蔵と目が合った。

「さすがプロですな」と啓蔵が言ったので、「たまたま、以前同じようなケースがあったので、そうかもしれないと考えただけです」と答えた。

啓蔵が頭を下げる。「今後とも、どうぞよろしくお願いいたします」

「そんな。どうぞ頭を上げてください」

「私の身体が許す限り頑張るつもりでおりますが、なにせ、わからんことばっかりで。西崎さんが頼りです」

弱っちゃうんだよなぁ。こういう人多くて。西崎さんはいい人、西崎さんが助けてくれる、と思い込む人がとても多い。特に高齢者に。

私はケアマネージャーという仕事柄、依頼者がどんなサービスを受けたら、生活しやすくなるかを考えるだけ。実際に伊原夫婦と接することになるのは、ホームヘルパーや施設のスタッフたちだ。ところが、スタッフやサービスに不満や問題があったとしても、言わなくなってしまうのだ。西崎さんが紹介してくれた人だから、多少やりにくくても我慢しようと思ってしまうらしい。介護者が高齢であるほど、ケアマネージャーに対する依存傾向が高い気がした。

「啓蔵さん」なるべく優しく語りかける。

「頑張らないでください。皆さん頑張るって仰《おつしや》るんですよ。でも、介護って長い期間のことですからね。頑張り過ぎると、啓蔵さんが先にまいってしまいますよ。ですからね、頑張らないって、そう心がけるようにしてくださいね。困ったなと思ったら、すぐに相談してください。遠慮せずにね」

啓蔵は小さく何度も頷《うなず》いた。

そして、啓蔵は摂子へ目を向けた。「しゃきしゃきしとる女でしてね。こうなる前のことですが。ずっと中学校の教師をしとりまして、いつもぴしっとしとりましたよ。生徒にとっては、おっかない教師だったに違いありません。家のことも、なんでもてきぱきとこなしてましたよ。だが、ミスはしますな、人間ですから。そんな時、こいつは笑い転げるんですわ。こんなことしちゃったわと言いましてね。そうやって、自分のミスに笑い転げるこいつを見てると、つられてこっちも笑ってしまうんです。些細《ささい》な事で何分もね。笑い過ぎて、涙が出るし、息苦しいんですがね、なんとか笑いが治まると、あぁ、こいつと一緒になってよかったと、いつも思ったもんです。だが、もう……あんな風に、笑い転げることはないんでしょうな。それが、どうにも残念ですわ。残念です。年は取りたくないもんですな。まぁ、せいぜい頑張り……いや、精一杯頑張らないようにします」

「あの、どういう経緯でご結婚を?」口にした途端、後悔した。「すみません、立ち入ったことをお聞きして。どうか、今のは忘れてください」

「いやいや。聞いてもらいましょうか。なぁに、よくある話ですよ。幼馴染《おさななじみ》なんですわ。家が近所でしてね。子どもの頃から、仲間が集まればそこに、これがいつもいたんです」

「幼馴染から奥さんにするのに、大きな決心とか、そういうの必要ありませんでした？」

「ん？　どうだったかなぁ」自分の頭に手を置き、しばらく遠い目をしてから、手を下ろす。「病気したんでしたわ。私がです。風邪をこじらせましてね。そうしたら、これが看病してくれましてね。ふと目を開けたら、こいつが心配そうな顔で私を覗き込んでいたんですわ。病気になった時、心配してくれる人がいるっていうのは、有り難いもんだと思いましてね。そうだ、結婚しようと決めたんです。それで言ったんです」

「なんてですか？」

「結婚しようと。いやぁ、昔の話でも恥ずかしいもんですな」啓蔵が照れたような顔をした。

「それで摂子さんは、なんて？」

「ふふふっと笑いましたな」

「笑ったんですか？」

「そう。ふふふっと笑ってから、はい、そうしましょうと言いました」

うわぁ、いいなぁ。

結婚へすんなり進んでいる。私とは違って。

真人が風邪を引いた時、何度も看病したが、その度に「悪いね。サンキュー」と言われるだけだった。

私がもし先にボケたら、真人はどうするだろう——。

この仮定質問は、ケアマネージャーの勉強を始めた時から、何度も考えてきたことだった。

だがいつも答えが見えそうになると、回線を切って、ほかのことに気持ちを向けるように仕向けてきた。冷蔵庫の中身や、今夜どのテレビ番組を見るかといったことに。

そうやって十年——。

これからどれだけ月日を重ねても変わらない。多分……。

大きく息を吐き出した。

もう見えている結論の前で、目をつぶるのは止めなきゃ。もし私がボケたり、大きな病気をしたりしたら、真人は離れていく。必ず。昨夜の右側の女のように、私はその場に置いていかれてしまうのだ。元気な時や、楽しい時は一緒にいてくれる。でも躓《つまず》いたら最後、真人は私を独りぼっちにしてしまうだろう。

そんな男が、私と結婚する？　するわけないじゃん。わかってるのに、どうして十年も待ってるんだろう、私。

意地？　なにそれ。まだこれを続ける気？

このままなにも変わらずに、あっという間にまた十年経っちゃうよ。自分を可哀想がって、泣いてを繰り返す？　自分が大切なら――変わらなきゃ。わかってるけど……。

私は啓蔵に意識を戻した。

摂子を見つめていた。

その啓蔵の瞳には、優しさが詰まっていた。

たちまち私は二人に嫉妬《しっと》する。

同時にこの二人は大丈夫だと確信する。

介護生活はとてもとてもしんどい。そのしんどさのせいで、仲の良かった夫婦が、虐待の加害者と被害者になってしまうこともあった。でもこの二人なら、なんとか乗り越えてくれそうな気がする。

啓蔵が頑張り過ぎないよう、見守っていかなくては。

5

もう勢いでいくしかない。

いつもあれこれ考えて、結局なにもできなかったんだから。

私はトイレの鏡越しに自分を励ます。行こう、やるしかない。

足早にトイレを出て、バーへ向かった。

そのバーはホテルの最上階にあり、窓からの景観が人気らしい。ネットで調べている時、そういった口コミが何件かあった。そこに決めたのは、席がその窓に向かうようになっていたからだった。向き合うのではなく、並んで座る、そこでならなんとか言えそうな気がしたのだ。

バーの入口で足を止め、ゆっくり深呼吸をした。

よしっ。

心の中で呟いてから、スタッフに名前を告げた。

案内された席には、すでに倫紀がいた。

片手を上げ、いつもの笑顔を見せる。

私は白ワインを頼み、窓に向いた。

夜が広がっていた。

高速道路を走る車のライトが連なり、一本の線のようになっている。

「見事な夜景だね」と、倫紀が言った。

返事をしようとしたが、なぜか声が出ない。

しょうがなくてこっくりとした。

白ワインが届いて、倫紀のグラスと合わせた。

行くよ、今夜は。行くしかないんだ。西崎杏子、三十七歳、頑張れ。

夜景に向かって私は口を開いた。「今日は時間作ってくれてありがとう。っていうか、ごめんなさい。えっと、謝るんじゃなくて、言わなきゃ。えっと、倫紀さん、私と結婚を前提に付き合ってもらえませんか？」

「えっ？」

驚くよね、やっぱりね。あぁ、ダメ。倫紀の方に顔を向けられない。

無理。どうしよう。もう一度言うべき？

聞こえなかったわけじゃないんだろうから、それはしつこいか。

思いの丈《たけ》を言うべき？　言っちゃう？　私、重くない？

「杏子ちゃんはさ」

倫紀の声が聞こえてきて、心臓が止まりそうになる。

「真人と喧嘩でもしたんだろ?」

「えっ、違う」と声にした時、思わず倫紀へ顔を向けてしまった。

倫紀は困っているような顔をしていた。

私のやる気はみるみる小さくなっていく。

困らせてるんだ、私……。

泣きたくなってくる。

もうどうにでもなればいい。

そんな風に思った途端、私の口から言葉がするりと飛び出した。「真人と喧嘩したわけじゃない。喧嘩しないのよ、私たち。ちゃんと向き合ってないから、ぶつからないの。そういうのわかってるくせに、一人になるのが怖くて、ずるずると十年も経っちゃった。十年かけても、私は真人の特別な人にはなれなかった。たまたま隣にいる女でしかなかった。それでも、私が真人のことを、好きで好きでしょうがないというなら、割り切れるんだと思うの。でもね、違った。私もほかにいなかったからなの。週末やお盆休みや年末年始の休みに予定がなかったら、寂しいから。それだけ。でも、一緒にいても寂しかった。

十年無駄にしちゃった。十年を取り返すことはできないけど、これからは、失くした十年の分も、たくさん幸せにならなきゃって思ってる。貪欲《どんよく》になろうと決めたの。だからね、勇気をもって倫紀さんに言うことにしたの。いつの頃からかわからないんだけど、気が付いたら、倫紀さんは私にとって大きな存在になってた。四人で会って、家に帰るでしょ。思い出すのは、倫紀さんが言ったことや表情だった。倫紀さんとの会話を思い出して、幸せな気持ちになったり、もっと気の利いたことを言えばよかったとへこんだりしてた。好きだったの。倫紀さんが。でも、真人や美歌子ちゃんや、そういうの色々あったから、自分の気持ちに蓋《ふた》をしてた」

「びっくりしたよ」

倫紀とは反対側から声が聞こえてきて、顔を右へ向けた。

神様が立っていた。

急いで周りを見回すと、人と物がフリーズしていた。

神様が言う。「てっきりさぁ、二級建築士に結論を出すよう迫るんだと思ってたよ。人間っていうのは、こっちの予想通りには行動しないってわかってはいたけど、いやぁ、今回はまったくの予想外だったわ。はい、それ。四級の合格証」

テーブルに目を落とすと、免許証サイズの合格証が置いてあった。

私は確認する。「あの……検定の合格と、その恋愛が成就するかどうかっていうのは、関係ないんでしたよね？」

「その通り。一応言っておくけどさ、たとえその隣の男からフラれたとしても、あなたに魅力がないとか、そういうことじゃないんだよ。あなたは今のままで充分魅力的なんだけどさ、人の好みってのは色々あるでしょ？　ビールが好きな人に、素晴らしく美味《おい》しいワインを、どうぞどうぞと勧めたって、いやいや、私は結構ですってことになるよね。でも、ワインが悪いわけじゃないのよ。好みが合わなかっただけでさ」

それって……ダメってことなのね。

私は大きくため息を吐いた。

神様が自分のジャケットの内ポケットから機械を取り出し、それを弄《いじ》り出した。

やがて小さく頷くと、内ポケットに戻した。「受検者の心のケアについて、細心の注意を払うようにって、上から言われててさ。研修受けさせられたばかりなんだよ。どんな言い方をしたって、傷つくヤツは傷つくもんだろうと、私は思うんだけどさ、第三者委員会にクレームが多くなるのは、避けたいっていうんだよ。上がさ、恋愛の神様を通過点と思ってるのよ。恋愛の神様やってる時に粗相でもあったら、次のステップになかなか異動できなくなっちゃうからね、だからさ。ま、というわけで、私はあなたに言ったよ。いいね？　隣の男がノーと言ったとしても、あなたに魅力がないってことじゃないんだからね。なに、今みたいに自分の気持ちを表現できてりゃ、大丈夫だよ。その年で、真っ直ぐなだけで、技もなんにもない告白だったけどさ。じゃ」

ぱっと神様の姿が消えた。

私は今一度小さく吐息をついてから、テーブルの合格証に手を伸ばした。

カードケースに仕舞い、マフラーを首に巻く。

コートに腕を通した時、倫紀から声がかかった。

「どうして僕の答えを聞かずに、帰ろうとしてるの？」

「えっ」手を止める。「だって、恋愛の……えっと、その、だって倫紀さん、困ったって顔してたから」

「突然だったからだよ。困ったんじゃなくて、驚いただけだ。少しね。頼むから、こんな状態で帰らないでくれよ。気持ちを——杏子ちゃんの気持ち、嬉しいよ。凄く。杏子ちゃんは真人の彼女だからって、自分に何度言い聞かせたかわからない。奥さんもいたしね。でも、奥さんが杏子ちゃんだったらって思ってしまったことは、何度もあったよ。でも自制してきた。真人との友情、僕には大事なんだ。それはわかってくれる？」

「……わかるわ」

「いや、わからないと言ってほしい」

「えっ?」

倫紀の表情は真剣だった。「自制して、それで皆が幸せになれるならいい。それもまぁ、アリかとも思う。だけど、誰も幸せになっていない。美歌子も、僕も、真人も杏子ちゃんも。いい人ぶって気持ちを抑えた結果が、これだ。突き破らなきゃいけない、僕も。勇気をもって。僕らはちょっと似ていたのかもしれないね。打破する勇気がなかった者同士で、十年経ってしまった」

苦笑いをする倫紀を、私は呆然と眺める。

今の話だと……なんとなく、付き合うことに前向きっぽい発言のような気が――。

私はさっきまで神様がいた場所へ、目を向けた。

神様はいない。

さっきの神様の口ぶりで、てっきりダメだと思ったんだけど……。神様、違ったの?

私はきょろきょろして神様の姿を探す。

その時「予想外のことばっかりだよ」と、耳元で声がした。

あっ。

神様の声だった。

倫紀の反応も、神様の予想外だったってこと？　なによ、随分予想外のことあるんじゃない。私はなんだか可笑しくなって、小さく笑ってしまう。

倫紀に目を戻すと、不思議そうな顔をしていた。

やがて、私につられるように笑みを浮かべた。

その笑顔は、私をとても幸せな気持ちにさせた。

解説　「『恋愛検定』の傾向と対策」

ゆうきゆう（精神科医）

『恋愛検定』登場人物分析

第一章　自称恋多き女　辻恵理子《つじえりこ》の場合

辻恵理子さんは、男性が自分に興味を持っているかどうかを見分けるのが少し苦手なようですね。

実は、心理学者のピーズによると、人は恋愛対象として興味を持った異性の目から胸のあたりまで視線を走らせる傾向にあるのだそうです。魅力的な異性に会うと、相手の目だけでなく身体全体を見たいと思うからなんですね。

また、身体の向きも重要です。人は、言葉でとりつくろうことはできても、身体の向きにはうっかり本音が出てしまいます。たとえ他の相手と話しているときでも、興味がある異性のほうにはつい身体を向けてしまうのです。

もしも異性があなたの顔や目だけでなく、やや下のほうまで視線を向けてくるのなら、それはあなたのことを「いいな」と思っている証《あかし》。そして、顔、胸、ひざなどの身体の部分がより多くあなたのほうを向いてるほど、あなたへ強い興味を持っていると言えるのでチェックしてみましょう。

また、彼女は常にハイヒールで服にはこだわりを持っているようです。自分のスタイルを持つことはすばらしいのですが、いつも完璧にキメたファッション、周囲の人全員に平等に完璧な笑顔をふりまくことは、自ら恋愛の芽《め》を摘《つ》んでいるのと同じ。

心理学には、「自己開示の法則」というものがあり、自分の情報をより多く公開している人ほど人から好感を持たれやすいのです。いつ見ても同じようなファッション、誰に対しても同じ態度では、ずっと一つのギャグしか言わない芸人のようなものでなかなかファンはつきません。人が友達から恋人になるときには、たいていの場合、この「自己開示」がきっかけになるのです。告白であったり、自分の弱い面を見せることであったり、その形は様々ですが、ずっと同じ態度では決して恋愛関係にはならないのです。

断言します。「待っているだけでホイホイ男が寄ってくるモテモテ女性」は、現代は「存在しません」。

「好きになる」のも「好きになってもらう」のも、「あなたの努力」でしかありえないのです。

「いつもと違うメイク」「いつもと違うヘアースタイル」「あわてる姿」「趣味について熱く語る姿」などなど……、相手にとって意外なあなたの一面を見せることから、恋愛が始まるかもしれません。

第二章　シンデレラ願望男　堀田慎吾《ほったしんご》の場合

「いつかきっと完璧に理想的な人があらわれるはず……」

堀田慎吾さんのそんな願望を、神様は「シンデレラのよう」と言いました。実際、現代では「シンデレラ願望」を持つ人が少なくありません。

でも、考えてみてください。当のシンデレラだって、綺麗《きれい》な格好をして舞踏会に行ったのです。ただ家で王子様を待っていたのではありません。

どんなに魅力的でモテているように見える人だって、はたから見てもわからないだけで、何かしら自分で行動を起こしているもの。「誰かに好かれる」のも「誰かを好きになる」のも、決して自然に起こることではないのです。

現代社会では、男性・女性は、ものすごく「惚《ほ》れにくく」育ってしまっています。テレビをつければ恋愛ドラマが、雑誌を開けば魅力的な異性がたくさんあふれているのですから。

誰でも、何かを判断するとき、たいていは「比較」によって決めます。これを心理学では「社会的比較理論」といいます。

「絶対音感」を持つ人がすごくまれなのと同じように、「この人は、絶対的にいい男！」なんて、一目見ただけで判断できる人は、本当に少ないのです。ですので、どうしてもテレビで見るような「いい男」や「いい女」と比較して、まわりにいる相手を必要以上に低く見てしまうこともあるのですね。

そんな人が恋愛をするために、もっともシンプルで簡単なのは、「いいところ」を見つけること。

どんな人でもいいので、会った瞬間に「いいところ」を一つだけ見つけてください。「声の綺麗な人」「優しいところもある人」、なんでもかまいません。隣にいる人でも目の前にいる人でも、探して「いいところ」を見つけてください。そして会うたびに、「あ、優しい安田さんだ」というように、心の中で相手のことを誉《ほ》めながら会話するのです。

第三章　友達止まりの女　香川紗代《かがわさよ》の場合

香川紗代さんは、他人の期待に必要以上に応えてしまう、「尽《つ》くしすぎる女」タイプ。これは、「いいひとの役割を演じなければ相手に嫌われてしまうかもしれない」という不安感によるものです。ムリに先輩らしく振舞ったり、理解のある彼女のふりをしたり……。

過去の失敗にとらわれるあまり、期待される役割を演じないと自分の価値を認めてもらえないように感じて、自分の気持ちを押し殺してまで相手に尽くしてしまうのです。

これは心理学では「過剰適応」と呼ばれ、ストレスの原因としてはトップクラスに入るもの。人あたりがよく、気がきく人に多く見られます。

心理療法の一つに、「ゲシュタルト療法」というものがあるのですが、その中で最も大切なことは「自分の感情に気付くこと」であると言われています。そして気付いた感情を素直な言葉として外に出せるのが理想的。

といっても、そう簡単にはいきませんよね。自分の気持ちに素直になるのは、思ったよりもずっと難しいもの。「自分を信じろ」という言葉はよく聞きますが、それができれば苦労しません。自分ひとりで決めなければいけないと思うから決断を後回しにしてしまうんです。

「何もしないまま時間が過ぎてしまう」ことほど後悔することはありません。人はたくさんありすぎる選択肢を前にすると思考がストップしてしまうのです。これを心理学では「決定麻痺」と言います。

ですので、「A、友達のままでいる」「B、友達のままじゃイヤだと気持ちを伝える」というように、強引にでも、選択肢を二択や三択にしてしまうことが大切。

そして時には、後押ししてもらう意味で、おまじない、ジンクス、占いや神様に頼ってみてもいいのではないでしょうか。

第四章　慎重すぎる男　大野《おおの》尚《ひさし》の場合

自分が好かれていると確信するまで、自分からは絶対にアプローチをしない。これは、プライドが高すぎて相手に拒絶されることが耐えられないからでしょうね。

自分から動かない・好きにならないのは、一種の自我防衛と言えます。自分が傷付く状況を必要以上に避けてしまうのです。

大野尚さんのような典型的理系脳の男性は、「相手は自分を好きなのか？　好きではないのか？」のオール・オア・ナッシングな思考をしてしまいます。ですので、相手の女性の揺れ動く気持ちが理解しにくいんですね。

頭が良く他人を観察する眼は鋭いのに、自分が関わったとたんに物事を客観的に見ることができなくなるのもこのタイプの特徴です。そのため、「デート中は楽しく会話をしていたはずなのに、なぜだか次のデートにつながらない……」なんていうことになるわけです。

実際の人間は、いきなり誰かを「100％確実に好き」になったりはしません。相手へのちょっとの興味が好意に変わり、好意がだんだんと恋愛感情に育っていくものなのです。

「質問」は最も効果的なアプローチ方法。質問をしてくる相手は、あなたにそれだけの興味を持ってくれているのですから、「自分を本当に好きかどうか？」なんて考えずに、あなたも同じだけの興味を持って相手に質問を返してあげましょう。

それならたとえ勘違いだったとしてもあなたが恥をかくこともありませんし、相手がもしあなたに好感を持っていたらもっとあなたを好きになってくれるはずです。

そして、質問をしたときには、相手の答えに共感を示すことが大切。

心理学者ハイダーの「バランス理論」によると、人間は同じものを好きな相手と親しくなる傾向にあります。好きな相手が好きなものは、自分も好きになりやすいのです。

相手の話を聞くときには、

「この人は、この話題にたいしてプラスに考えているのか？　それともマイナスに考えているのか？」

ということだけでも、いち早く察知することがベスト。そのためには当然ですが、よく話を聞いてあげることです。

また大切なのですが、だからといって「ウソまでつく」必要はありません。どうしても同意できなければ、話題を変えるのもしょうがないでしょう。

でも、親しくなる前は、相手の「好き」「嫌い」という話題にとにかく「合わせる」のがベスト！

そして万が一知らない話題であっても、なるべく「知らないけど、知りたいです」ということを伝えること！

せっかく今、一緒に会話をしている二人。同じ時間を共有している二人の気持ちが、離れていることほど悲しいことはありません。

ほんの少しだけでもいいので、あなたの大切な人に伝えてあげてください。

「私の気持ちは、あなたと同じなんだ」

それは、何より相手にとって、もっとも嬉しい言葉のはずですから。

第五章　恋愛がメンドーな女　森本瑠衣《もりもとるい》の場合

ブランドものを身につけたいと思う、オークションに熱中する、ライバルが出現すると今まで興味がなかったものでも急に欲しくなる……誰でもこんな経験はあるでしょう。手に入りにくいものほど貴重なものだと考える「希少性の原理」がはたらいているからです。

人は、自分自身に確信が持てないときに「他の人の行動」を基準に判断することがあります。これを心理学では「社会的証明」といいます。「希少性の原理」の根っこには、この「社会的証明」があるのです。

「他の人が認めたものは良いものに違いない」と考えるんですね。

森本瑠衣さんは、本当に自分が欲しいものや行きたい場所、付き合いたい人を選ばないでここまできてしまったのでしょう。みんなと同じように行動しているだけで、自分と向き合うということをあまりしてこなかったのかもしれません。

親が何でもしてくれるように、自分から何もしなくても男性が一方的にアプローチしてくれる、周囲がお膳立てしてくれることを期待しているのです。

「運命の人なら、何も努力しなくても自然に結婚するはず」と言っていますが、恋愛の神様が縁を結びつけてくれるなんて期待できないことがわかってもなお自分から動こうとしないのです。

もしかしたら、失敗を恐れるがために、「必死になる必要なんてない」と自分に言い聞かせている面もあるのかもしれません。

森本瑠衣さんのように、自分の気持ちがわからず他の人の影響を受けやすいという自覚がある場合、解決策は二つあります。

一つはもちろん自分の本当の気持ちを考えることですが、これはとても時間がかかることかもしれません。

もう一つは、「社会的証明」を逆に利用すること！　素敵だなと思う恋愛小説や映画、ドラマなどをたくさん見るのです。

心理学者のアルバート・バンデューラの行った実験によると、犬を怖がる子どもに「子どもが犬と楽しそうに遊んでいる映像」を見せると、半分以上が自ら進んで犬と遊ぶようになったのです。

さらに、「性別、年齢の異なる子どもが、様々な種類の犬と接している場面」を見せると、もっとも効果が上がったそうです。

つまり、身の回りの友達から恋愛小説、海外のドラマなどいろいろな人の恋愛の様子を知ることによって、恋愛をしたい気持ちが芽生えてくるのです。そして、たとえフィクションでもたくさんの恋愛にふれる中で、徐々に自分の気持ちにも気付いていく可能性も十分にあるのではないでしょうか。

第六章　昔の恋を引き摺っている女　沢田《さわだ》ゆかりの場合

「幸せになることが怖い」こんな気持ちは誰もが多かれ少なかれ持つものです。

その原因は、「私だけが幸せになってもいいんだろうか」という〝罪悪感〟であったり、「私なんかに幸せになる資格はない」という〝無価値感〟であったりさまざまです。

沢田ゆかりさんの場合は、元彼の死が自分のせいであるように感じ、その罪悪感から幸せを避け続けていました。

罪悪感などのネガティブな気持ちを埋め合わせるための行動を、心理学では「補償行為」と呼びます。幸せを遠ざけて苦しむことが、彼女にとっての補償行為だったのです。

恋人の死を経験している人はあまりいないかもしれませんが、誰だって幸せになるときには心の奥底で罪悪感を感じます。心理学的に、幸せになると人はある種の不安を感じ、罰を受けると安心感を得るという不思議な現象がありえるのです。

新しい恋人ができるとき、その相手を好きだった人がいれば後ろめたさを感じるでしょう。

最近恋人と別れたばかりの友人に対して申し訳ない気持ちになるかもしれません。

あなたの心の中に幸せでない人がいて、「その人が幸せでないのに自分だけ幸せになること」に対する罪悪感なのです。

あなたにとって、それは誰でしょうか？

そして考えてみてください。その人は、本当にあなたが幸せにならないことを望んでいるのでしょうか。

親友、親、前の恋人……あなたが喜ぶ顔を見せれば喜んでくれる、あなたの幸せをなによりも望んでいる人ではありませんでしたか？

立場を置き換えて考えてみてください。もしも自分が事故で亡くなっていたほうだとしたら、恋人がその後何年も苦しむことなんて望まないはず。

罪悪感を持ち続けることではなく、その人の想いに感謝すること、あなたの幸せな姿を見せてあげることがただ一つの恩返しになるんです。

あなたがもしも誰かに対して罪悪感を持っていて、新たな一歩が踏み出せないでいるとしたら……その相手が幸せで楽しい毎日を過ごしている、そんなイメージを持ってみましょう。

そして、その人が幸せになるように祈ってあげてくださいね。

第七章　現状維持に縋りつく女　西崎《にしざき》杏子《きょうこ》の場合

西崎杏子さんは、本当は彼氏が自分とは結婚するつもりがないと気付いていています。けれども、それまでかけた歳月が無駄だったとわかることが怖くて、話し合うことを避けてしまっていました。

これを心理学では「コンコルド効果」と呼びます。「コンコルド」という超音速旅客機の開発に多額の費用をかけた会社が、採算がとれないことがわかってからも、それまでかけた莫大なコストを惜しんで更に際限なく時間とお金をつぎ込んでしまったことからこの名前がつきました。「今やめたらこんなにかけた時間が無駄になってしまう……もう少し続けたら利益がでるんじゃないだろうか」という、ギャンブルをやめられない人にも共通する心理。

これは子供や動物にはあまり見られない現象、失敗を恐れて自分の直感を信じられない大人に多くみられる現象なのです。

恋人は自分のことを本当には好きじゃない、自分も恋人のことを本当には好きじゃない。それなのに、今まで相手に注いできた10年間が惜しくて別れられない。

こんな風にならないためには、いつでも手のひらに一枚のチップをにぎっているイメージをもつこと。「時間」という、誰も等しく枚数の限られたチップです。

「10年間かけてきた相手とそのままでいるか、別れて他の相手をみつけるか」と悩むと、別れる勇気がでないかもしれません。でも、「10年間芽が出なかった男性」「最近離婚したばかりの前からいいなと思っていた男性」どちらに手のひらのチップを賭けようかと考えてみれば、直感が答えを教えてくれるはずです。

積み重ねることはとても大切ですが、大人は時としてコンコルドの開発者のように、積み重ねに縛られて正しいと思う選択肢を選べなくなってしまいます。

ガンになって九死に一生を得た美歌子《みかこ》は、いままで自分がどれだけ積み重ねに縛られてきたか気付いたのかもしれません。

『恋愛検定』総論

現代の日本には、人との出会いが多すぎるのかもしれません。恋愛のあり方やライフスタイルも多様になっているため、「この人こそが運命の相手だ!」と確信を持つことが難しくなってしまっているのです。

結婚にいまいち踏み切れない人が多くなったのはそのためではないでしょうか。

「恋愛の神様」は、検定の受検者に、今(もしくは近い将来)身の回りに運命の相手がいることを伝え、そのうえで期限を設けます。

恋愛の神様は、理想的な異性と出会わせてくれるわけでも、付き合うきっかけを作ってくれるわけでもありません。

ただ、あなたの周りにターゲットがいることと、結果にかかわらず期限内にその相手と付き合えるような努力をしなさいと伝えるだけです。

恋愛の神様が降りてこなくても、「恋愛検定」は自分の心の中で設定できるはず。「一週間以内にあの子のメアドをゲットしたら恋愛検定五級！」「三カ月以内にプロポーズできたら恋愛検定一級！」というように、自分の中で具体的な期限を決めるのです。「期限のない目標」は目標ではありません。

何かの選択をするときは、とても勇気がいります。でも、「今は決めないで、ただ何もしないでおく」のは、あなたが「何もしない」という選択肢を「選んでいる」のと同じこと。「まだ選ばない」ということで気楽な気持ちになっている人は、どうか肝《きも》に銘《めい》じてください。あなたも、そこで結局は選択をしているのです。

人生は永遠には続きません。

いつか必ず終わるときが来るのです。

あなたが迷っている間も、決断を先延ばしにしている間も、最後のときは刻々と迫っているのです。

だから、悩むのはやめてください。
進んでさえいれば、どっちを選んでも幸せになれるんですよ。

ゆうきゆうプロフィール
精神科医　ゆうメンタルクリニック院長
（上野院　http://yucl.net/　03－6663－8813　上野駅0分）

（池袋院　http://yuik.net/　03－5944－8883　池袋駅1分）

（新宿院　http://yusn.net/　03－3342－6777　新宿駅0分）

（渋谷院　http://yusb.net/　03－5459－8885　渋谷駅0分）

（秋葉原院　http://yakb.net/　03－3863－8882　秋葉原駅0分）

静かで癒される都会のオアシスとして評判が高い。

『おとなの1ページ心理学』（少年画報社）『マンガで分かる心療内科』等、著者多数。

(この作品『恋愛検定』は平成二十三年九月、小社より四六判で刊行されたものです。

また、「第七章　現状維持に縋りつく女　四級」は「Feel Love」vol. 18 2013 Springに掲載されたものです)

一〇〇字書評

切・り・取・り・線

購買動機（新聞、雑誌名を記入するか、あるいは○をつけてください）

□（　　　　　　　　）の広告を見て	
□（　　　　　　　　）の書評を見て	
□ 知人のすすめで	□ タイトルに惹かれて
□ カバーが良かったから	□ 内容が面白そうだから
□ 好きな作家だから	□ 好きな分野の本だから

・最近、最も感銘を受けた作品名をお書き下さい

・あなたのお好きな作家名をお書き下さい

・その他、ご要望がありましたらお書き下さい

住所	〒				
氏名		職業		年齢	
Eメール	※携帯には配信できません	新刊情報等のメール配信を 希望する・しない			

この本の感想を、編集部までお寄せいただけたらありがたく存じます。今後の企画の参考にさせていただきます。Eメールでも結構です。

いただいた「一〇〇字書評」は、新聞・雑誌等に紹介させていただくことがあります。その場合はお礼として特製図書カードを差し上げます。

前ページの原稿用紙に書評をお書きの上、切り取り、左記までお送り下さい。宛先の住所は不要です。

なお、ご記入いただいたお名前、ご住所等は、書評紹介の事前了解、謝礼のお届けのためだけに利用し、そのほかの目的のために利用することはありません。

〒一〇一-八七〇一
祥伝社文庫編集長 坂口芳和
電話 〇三（三二六五）二〇八〇

祥伝社ホームページの「ブックレビュー」からも、書き込めます。

http://www.shodensha.co.jp/bookreview/

祥伝社文庫

恋愛検定《れんあいけんてい》

平成26年6月20日　初版第1刷発行

著　者　桂望実《かつらのぞみ》

発行者　竹内和芳

発行所　祥伝社《しょうでんしゃ》

東京都千代田区神田神保町3-3
〒101-8701
電話　03（3265）2081（販売部）
電話　03（3265）2080（編集部）
電話　03（3265）3622（業務部）
http://www.shodensha.co.jp/

印刷所　萩原印刷
製本所　関川製本
カバーフォーマットデザイン　芥陽子

Printed in Japan ©2014, Nozomi Katsura ISBN978-4-396-34040-7 C0193

祥伝社文庫の好評既刊

飛鳥井千砂　君は素知らぬ顔で

気分屋の彼に言い返せない由紀江。徐々に彼の態度はエスカレートし……。心のささくれを描く傑作六編。

五十嵐貴久　For You

叔母が遺した日記帳から浮かび上がる三〇年前の真実――叔母が生涯を懸けた恋とは？

井上荒野　もう二度と食べたくないあまいもの

男と女の関係は静かにかたちを変えていく。人を愛することの切なさとその愛情の儚さを描く傑作十編。

中田永一　百瀬、こっちを向いて。

「こんなに苦しい気持ちは、知らなければよかった……！」恋愛の持つ切なさすべてが込められた、みずみずしい恋愛小説集。

中田永一　吉祥寺の朝日奈くん

彼女の名前は、上から読んでも下から読んでも、山田真野…。愛の永続性を祈る心情の瑞々しさが胸を打つ感動作。

三羽省吾　公園で逢いましょう。

年齢も性格も全く違う五人のママ。公園に集まる彼女らの秘めた過去が、日常の中でふと蘇る――。感動の連作小説。

祥伝社文庫　今月の新刊

石持浅海　彼女が追ってくる
名探偵・碓氷優佳の進化は止まらない……傑作ミステリー。

桂　望実　恋愛検定
男女七人の恋愛を神様が判定する!?　本当の恋愛力とは?

南　英男　内偵　警視庁迷宮捜査班
美人検事殺し捜査に不穏な影。はぐれ刑事コンビ、絶体絶命。

梓林太郎　京都　保津川《ほづがわ》殺人事件
茶屋次郎に、放火の疑い!?　嵐山へ、謎の女の影を追う。

木谷恭介　京都鞍馬《くらま》街道殺人事件
地質学者はなぜ失踪したのか。宮乃原警部、最後の事件簿!

早見　俊　一本鑓《やり》悪人狩り
千鳥十文字の鑓で華麗に舞う新たなヒーロー、誕生!

長谷川卓　目目連《もくもくれん》　高積見廻り同心御用控
奉行所も慄く残忍冷酷な悪党とは!?　与兵衛が闇を暴く。

喜安幸夫　隠密家族　くノ一初陣
驚愕の赤穂浪士事件の陰で、くノ一・佳奈の初任務とは?

佐々木裕一　龍眼　流浪《るろう》　隠れ御庭番
吉宗、家重に欲される老忍者。記憶を失い、各地を流れ…。